İLKER ÖZMESTÇİ

BİTTİN OĞLUM SEN

DESTEK
yayınları

DESTEK YAYINLARI: 674
GÜNCEL: 48

İLKER ÖZMESTÇİ / BİTTİN OĞLUM SEN

Her hakkı saklıdır. Bu eserin aynen ya da özet olarak hiçbir bölümü, telif hakkı sahibinin yazılı izni alınmadan kullanılamaz.

İmtiyaz Sahibi: Yelda Cumalıoğlu
Genel Yayın Yönetmeni: Ertürk Akşun
Yayın Koordinatörü: Özlem Esmergül
Editör: Devrim Yalkut
Kapak Tasarım: İlknur Muştu
Sayfa Düzeni: Cansu Poroy
Sosyal Medya-Grafik: Tuğçe Budak - Ali Türkmen

Destek Yayınları:
1.-8.Baskı: Mayıs 2016
9.-12.Baskı: Haziran 2016
Yayıncı Sertifika No. 13226

ISBN 978-605-311-113-9

© Destek Yayınları
Abdi İpekçi Caddesi No. 31/5 Nişantaşı/İstanbul
Tel.: (0) 212 252 22 42
Faks: (0) 212 252 22 43
www.destekyayinlari.com
info@destekyayinlari.com
facebook.com/DestekYayinevi
twitter.com/destekyayinlari
instagram.com/destekyayinlari

İnkılâp Kitabevi Baskı Tesisleri
Matbaa Sertifika No. 10614
Çobançeşme Mah. Altay Sok. No. 8
Yenibosna – Bahçelievler / İstanbul
Tel.: (0) 212 496 11 11

İLKER ÖZMESTÇİ

BİTTİN OĞLUM SEN

DESTEK
yayınları

İÇİNDEKİLER

1. Bozuk Plak 11
Hayaller Paris, Gerçekler Beylikdüzü 15
Oooo Piti Piti 18

2. Kılavuzu Karga Olanın...
Şıkır Şıkır 31
   Topuklu, topuklu, topuklu 34
Sen Sus Gözlerin Konuşsun 38
Göster Ama Elletme! 39
Akıllı Kadın Ne Zaman Salağa Yatacağını Bilir 42
Vücudun Dili Var ve Hep Konuşuyor 46
Tanışabilir miyiz Bayan? 54
Erkeğin Bağlanma Fobisi - Kadının Bağlanma Hobisi 60
Sabır, Sabır, Ya Sabır 63
Koca mı Arıyorum, Çocuk mu Büyütüyorum? 67

Susarak Kazandığın Değeri Boş Konuşarak Harcama 74
Erkeğin Ne Dediğine Değil Ne Söylediğine Bak 77
Hormonsuz İlişkiler 83
Kestik Hanımlar, Olmadı Bu Sahne... 85
Kendini Bil Kendini, Yoksa Öcüler Yer Seni 90
Kıyakçılığın Sonu Ayakçılık 92
Ağlamayan Bebeğe Emzik Yok 93
Yatak Odasında Yemek Yiyin,
Mutfakta Sevişin, Salonda 95
Kendini Kristof Kolomb Sanan Adam 99
Gizem Sadece Bir Kadın Adı Değil 101
Sadede Gel 106
Kişisel Gelişimden Geçemedik Ama Sınıfı Geçtik 109
Kadının Hası = Erkek Kafası 114
Tavşan Kaç, Tazı Tut! 121
Çok da Fifi 131
Bağlanma Hobisi Out - Bağlanma Fobisi In 133
Önce Kalbimi Okşa Sonra Göğsüme Dokun 138
Ayna Ayna Söyle Bana? 141

3. İlişki + İlgisizlik + Monotonluk - (Aldatan + Adrenalin + Öteki) = Aldatmak

Erkekler Aldatır, İhale Bana Kalır 144
Sahtekâr Hayvanlar Âlemi! 161

Yalanlar Detaylarda Gizli 165
Kim Demiş Kadınlar Aldatmaz Diye? 177

4. Ayrılık, Ayrılık, Aman Ayrılık

Alevlendim, Söndüm, Kül Oldum 189

    Birinci Evre: "Hayat Bana Güzel." 190

    İkinci Evre: Hayalet Sevgili 192

    Üçüncü Evre: Geri Vites 193

Söndüm, Kor Oldum, Alevlendim 194

    Birinci Evre: Bittim, Mahvoldum, Öldüm 195

    İkinci Evre: Silkelen ve Kendine Gel 196

    Üçüncü Evre: Yeni Hayat,
    Yeni Aşk ve Gerisini Çöpe At 198

5. Fabrika Ayarlarına Dönün 200

6. Kadınların Kalpleri Basılmamış Romanlardır 213

En güzel anın henüz yaşamadığın
En güvenilir omuz henüz yaslanmadığın
En hoş "Seni seviyorum" henüz duymadığın
Ve belki de en büyük aşk henüz yaşamadığındır...

1. Bozuk Plak

Etkileyici bir adamla tanışıyorsun, akıllı, esprili, kültürlü ve düzgün bir adam yani. Önceleri bana uygun mu diye tartıyor, tanımaya karar veriyorsun. İlk buluşma heyecanını yaşıyorsun. Sonra "Neden hâlâ aramadı, niye mesaj atmadı?" sürecin başlıyor. "Ben mi arasam yoksa beklesem mi?" kararsızlığı yaşıyorsun. Bu badireyi atlattıktan sonra adamı daha iyi tanıyorsun ve tanıdıkça bir şeyler hissetmeye başlıyorsun.

Onunla daha fazla vakit geçiriyor ve bir bakıyorsun ki birlikte olmadığında bile aklın hep onda. Sonrasında el ele tutuşmalar, öpüşmeler başlıyor. Zamanla hislerin kuvvetleniyor, saatlerce telefonda konuşuyor ya da sürekli mesajlaşmaya başlıyorsunuz. Sizi gören arkadaşlarınız ne kadar uyumlu ve yakışan bir çift olduğunuzu söylüyor devamlı. Nazar değecek diye korkmaya bile başlıyorsun. İnanılmaz eğlenip, şehvetle sevişiyorsunuz. Artık o adama ait olduğunu düşünüyor ve ondan önce nasıl yaşadığına hayret etmeye başlıyorsun. Gözün başka bir şey görmüyor, onsuz bir hayat düşünemez hale geliyorsun. Onun doğru erkek olduğundan artık eminsin. Hatta önceki ilişkilerim ne kadar boşmuş diye düşünüyorsun.

Sen bunları ona yüksek sesle söylemezken onun da senin gibi düşündüğünden eminsin. O da eğleniyor, özlüyor ve seninle çok mutlu görünüyor. Sonrasında kararını veriyorsun "Hayatımı, geleceğimi bu adamla geçirmeliyim" diye. Ondan bir şeyler duymak, gelecek planları işitmek istiyorsun. Yanlış anlama evlilik teklifi demiyorum. Sadece seninle aynı kafada, aynı yolda olduğunu bilmek istiyorsun. Ama adamda hiçbir değişiklik yok. Yine aynı adam, seninle birlikte mutlu ama belki biraz azalmış bir romantizm içinde. Susuyorsun, belli etmemeye çalışırken "Bu ilişki nereye gidiyor?" sorusu içini kemirmeye başlıyor. Üstüne gitmeyeyim, gidişatına bırakayım diyorsun. Önceden hiç inanmadığın yeni âdetler başlıyor. Her kahvende fal kapatıyor, hatta falcıya bile gidiyorsun. Her söylenenden, her şarkıdan kendine, ona ve ilişkine pay çıkartmaya başlıyor, ümitleniyorsun.

Arkadaşlarının, çevrenin baskısı da cabası. Soru hep aynı: "Siz çok yakışıyorsunuz, evlilik ne zaman?" Önceleri "Biz iyiyiz böyle" deyip geçiştiriyorsun, sonrasında "Hayırlısı olsun" temennileri başlıyor. Ama o soruyu her duyduğunda evliliği düşünmesen bile "Neden?" sorusu kafana takılıyor, kızıyor, sinirleniyor, "İlişkimiz nereye gidiyor?" diye bağırmak istiyorsun. Yine de sabırla susuyor, o tatlı prenses olmaya devam ediyorsun. Aradan zaman geçiyor ve ne yazık ki adamın duygularını hâlâ çözemiyorsun, ne istediğini bir türlü anlayamıyorsun. Kafandaki sorular daha da artmaya başlıyor: "Hâlâ beni seviyor mu?

Seviyorsa neyi bekliyor? Yoksa beni gelip geçici bir ilişki olarak mı görüyor?"

Artık dayanamıyorsun, konuyu tatlı bir şekilde doğru bir zamanda açıyorsun. O biz erkekleri ürküten "evlilik" kelimesini kullanmadan aile olgusuna bakışı ve gelecekle ilgili planları hakkında konuşarak altyazılı ama içinden bağırarak "Bu ilişki nereye gidiyor?" sorusunu olabildiğince anlayışlı ve sıradanmış gibi soruyorsun. Önceleri anlamıyor veya anlamamış gibi yapıyor. Zorlayıp üstüne gidince "Biz böyle çok iyiyiz" veya "Çok erken bunları konuşmak için, daha kaç ay oldu ki ilişkimiz başlayalı?" ya da en favorim olan "Hazır değilim" cevapları geliyor.

Sonra ne mi oluyor? Bu konuşmadan hemen sonra senden yavaş yavaş uzaklaşıyor. Buluşmalarınız azalıyor, mesajlarına kaçamak cevaplar, aramalarının bir kısmına geri dönmemeler başlıyor. O heyecanlı, sevgi dolu adam gidiyor, yerine soğuk, ciddi bir adam geliyor. Adam senden yavaş yavaş uzaklaşıyor. Sen bunu çok iyi görüyor, anlıyorsun. Fakat her "Her şey yolunda mı? Neden böylesin?" soruna verdiği kaçamak cevaplar "Yok bir şey. Ne alakası var? Seninle ilgili değil. Bu aralar biraz kafam karışık" şeklinde. En sonunda zaten senin de beklediğin ama kaçtığın o an geliyor ve senden ayrılıyor. O son ayrılık konuşması da (şayet yüz yüze yapma saygısı varsa) ya "Ciddi bir ilişkiye hazır değilim" ya da sizin o nefret ettiğiniz "Ben sana layık değilim" ve benzeri nakaratlarla geçiyor. Veya en kötüsü ne biliyor musun? Her şey iyi giderken, en azından sen öyle sanırken, adam seni uyduruk bir karıyla çatır çatır aldatıyor.

O ilk zamanlarda gözüne muhteşem görünen, doğmamış çocuklarının babası olan o adam bir anda öküze dönüşüyor. İlk başlarda o pır pır atan kalbini taşlarla doldurup, çekip gidiyor.

İşte siz kızların yaşadığı tam olarak bu bahsettiğim rutin ilişki döngüsü. Başı romantik komedi, ortası gerilim ve sonu dram.

Birçoğunuzun başından geçmiş, geçen veya geçecek günümüz ilişkilerini özetledim. Hani sizin bir türlü anlam veremediğiniz, önceleri heyecanlanıp devamında kafanızın karıştığı ve en sonunda yorulduğunuz, üzüldüğünüz, aşka olan inancınızı kaybettiğiniz ilişkiler. Aslında anlattığım ne yazık ki gerçek ve çok yaşanan günümüz ilişkileri. Böyle bir ilişkinin içindeyken veya hüsranla bitirmişken yaşadığınız duygular çok yıpratıcı. Ayrılık, terk edilme, ihanet, yalan çok yıkıcı duygular.

Fakat siz kadınları bence en çok didikleyen o büyük "Niye?" sorusu. "Neden bu başıma geldi? Her şey o kadar güzelken ne değişti birdenbire? İlişkilerimde nerede hata yapıyorum?" soruları peşinizi bırakmıyor. Tüm bu soruların cevaplarını inanılmaz derecede merak ediyorsunuz veya "Adam pişman olup geri dönecek mi?" diye düşünüp içinizden bunun için dualar ediyorsunuz. "Benim gibisini hayatta bulamaz, kafasını taşlara vuracak, geri dönecek ama iş işten geçecek" diye boş boş kendinizi avutuyorsunuz. Arkadaşlarınızla acil durum toplantıları düzenleyip tüm süreci uzun uzun anlatıyor, arkadaşlarınızın "O kedi buraya dönecek, bak kesin. Aha buraya çiziyorum" laflarıyla rahatlıyor ve hatta "At gibi giden, it gibi döner" sözleriyle umutlanıyorsunuz.

Bir erkek olarak itiraf ediyorum, ben de ilişkilerden çok kaçtım, yok oldum, terk ettim. Ben de birçok kız arkadaşımı, sevgilimi aniden kaybolup, gitmelerimle üzdüm. Kafalarında oluşan soruların çoğuna dürüst cevaplar veremedim. Durun hemen bana da küfrü basmayın. Yaptığım bu öküzlüklere özür olarak size tüm bu soruların cevaplarını, nedenlerini, nerede hata yaptığınızı, nasıl yapmalıydınızları anlatacağım.

Daha önce yazdığım *İstanbul Erkeği* adlı kitabımda taktiklerden, oyunlardan bahsetmemiştim. Kitabı okuyanlardan oldukça fazla bu konuyu da yazmamı isteyen mesajlar aldım. İlk kitabımda bu konudan elimden geldiğince kaçmıştım. İlişkilerin doğal, saf ve temiz olması gerektiğini savunmuştum. Hâlâ da savunuyorum. Ama hayat bir oyun bahçesi ise bizler de oyunu kurallarına göre oynamalıyız ki zevk alalım diye düşünmeye başladım...

Hayaller Paris, Gerçekler Beylikdüzü

Ah siz kadınlar, yaşınız kaç olursa olsun ne titrinize, ne aynaya, ne içinde bulunduğunuz koşullara, ne de seçtiğiniz adama doğru dürüst bakarak âşık olursunuz. Hiçbir zaman planlı, zamanlı olmaz sizin aşklarınız. İlk görüşte âşık olmayı ister ama bundan ölümüne korkarsınız. Zamansız gelen, kontrolünüzde olmayan aşklar, sonunu bilmediğiniz dipsiz kuyular gibi ürkütücü gelir ama bu atlamanıza engel olmaz tabii ki. Aşk kapınızı çaldığında mantığınız hata raporu verir, sistemi kilitler. En düzgün adamdan sıkılır kaçar, en olmayacak serseri adamın peşinden koşturursunuz.

Her kız kıza dışarı çıkmanız aslında heyecanla beklediğiniz, dilediğiniz o ilk tanışmalara hazırlıktır, her ne kadar öyle olduğunu sesli söylemeseniz de. Giyeceklerinizi seçerken en ince ayrıntısına kadar düşünür, aynanın karşısında dakikalarca, saatlerce "Abartılı mı olmuş yoksa çok mu sade veya dekolte bir şeyler mi giysem, yok yok ağırlığımı bozmayayım, imajımı korumam gerek" diye diye uzunca bir süre uğraşırsınız.

Ama en sevdiğiniz, hiçbir şey yaşamayacağınızdan emin olsanız da iç çamaşır seçiminiz. Pejmürde bir şeyler de giyseniz, o danteller kendinizi dünyadaki en seksi kadın gibi hissetmenize yetiyor, bunu biliyorum yerinde tespit ettim. Onları da seçtikten sonra sıra saç ve makyajda. Doğal ama çekici, iddialı ama belirsiz gibi olmalı. Bakımlı ama sanki her zamanki halinizmiş gibi durmalı. İşiniz zor vallahi... Sanki karşınızdaki öküz eyelinerınızın inceliğini çok da anlayacak. Neyse zaten siz kendiniz için süsleniyorsunuz ya. Yersek...

Sonuçta kız kıza dışarı çıkacaksınız. Ama ne olur ne olmaz enerjiniz yüksek olsun, ne de olsa etrafta sizi gözetleyen yeni baba adaylarınız olacak. "Kadere inanırım, olacak, olacak" sloganıyla hazırlıklar tam gaz devam.

Bol kahkahalı, dedikodulu masalarda eski sevgililerinizi kadehlere meze yaparken bir boşluk olur içinizde. O an "Biri olmalıydı şu an karşımda, gözlerimin içine hayranlıkla bakarken ellerimi tutan" diye iç çekişlerinizle devam eder gece. Yemek sonrası bir şeyler içip hem de eğleniriz diye girdiğiniz yeni mekânda silkelenir ve kendinize gelirsiniz. Daha dik yürür, o umursamaz gülüşünüzle siparişlerinizi verip çaktırmadan etrafı keser ve "Bu gece yanıma gelecek şanslı kim acaba?" diye ön bir tarama yaparsınız. Ama genelde molozun biri gelir.

Her ne kadar kız kıza çıkıp eğlenmeye bayılsanız da, âşık çiftleri gördüğünüzde içiniz gider, sinsi bir kıskançlık kaplar ruhunuzu. Aslında aradığımız adamdan o kadar da çok şey beklemiyoruz deyip listeyi sıralarsınız. Evet, zengin olsun ama kariyeri de olsun, yakışıklı olsun, kirli sakal yakışsın, atletik vücutlu olsun, ayrıca gece gezmeyi de bilsin, ailesiyle arası iyi olsun ama ana kuzusu olmasın, hem bakımlı hem de biraz maço olsun, kıskansın ama kısıtlamasın, elinde çiçekle kapınızda yatmasın ama ufak sürprizler yapmayı da atlamasın, "Nereye gidelim?" diye sormasın, "Hadi hazırlan gelip alıyorum seni" diyenlerden olsun. Güzel gülsün, gülüşüyle ısıtsın, öyle bir baksın ki gözlerinde eritsin. Zeki olsun ama çokbilmiş olmasın, saygın olsun ama yanındaki kadına da saygı duyup onu ezdirmesin, çok sevsin, tamam az söylesin ama öyle bir hissettirsin ki beş kilometre öteden görenler "Vay be!" desinler. Öyle güçlü olsun ki, arkamda, yanımda "o" var diyebilin. Ufacık angaryaları bile sizin adınıza düşünüp kendiliğinden yapıp şaşırtsın, monotonluğu aşmak için tüm işveli, cilveli ve yaratıcı fikirleri sizden beklemesin, bir gece de eve girdiğinizde sizi polis kıyafetiyle karşılayıp adrenalini o yaşatsın. Börek açsın kek yapsın demiyorum ama akşam eve geldiğinizde ya da sabah yatağınızda kendi elleriyle hazırladığı minicik bir şey olsun. "Bugün alışverişe gittim, gezerken bunu görüp senin üzerinde hayal ettim" diyen bir adam olsun. Gerçekten çok da şey istemiyormuşsunuz. Utanmasanız ütüleri de yapsın, bir de cam silsin diyeceksiniz.

Evet, hayaller Brad Pitt, gerçekler muhasebeci Kamil. Böyle adamların olmayacağını bilmenize rağmen hayal kurmaya devam ediyorsunuz. Ne de olsa peri masallarıyla büyümüş, beyaz arabalı, yakışıklı prensinizi bulacağınıza inanmışsınız. Böyle adamlar var mı bilmem ama gerçek hayattaki heriflerin çok daha bencil ve odun oldukları kesin.

Sizler daha çantanızdaki telefonu bile bulamazken, doğru adamı bulamamış olmanız inanın bana hiç garip gelmiyor. Merak etmeyin, telaşa düşmeyin hemen, sizlere yardım için buradayım.

Şimdi hayatın gerçeklerine hazır mısınız? Ama benden uyarması, gerçekler acıdır, canınızı acıtır.

Oooo Piti Piti...

Eğer bir erkeği gerçekten tanırsanız ve anlarsanız onu kendi oyununda yenebilirsiniz. Adamın sizin üzerinizde kurduğu etkiyi kendi avantajınız haline getirebilirsiniz. Bunu başarabilmek için önce erkeği tanımanız gerekli. Ne tarz bir erkek olduğunu bilmeniz şart.

Birçok erkek tarzı var biliyorum ama hepsini yazmaya kalkarsam sadece buna ait bir kitap yazmam gerekir ve ben oturup da sıkıcı erkekleri yazmayacağım, hiç kusura bakmayın. Onun yerine kadınları yazmayı tercih ederim.

Genelde kadınların ilgisini çeken adamlar, şayet tarz sahibiyseniz, zeki ve dolu bir kadınsanız, merak uyandırıyorsanız ayartması kolay ama elde tutması zor olan çapkın erkeklerdir. Şimdi "çapkın erkek" lafını duyunca "Nasıl yani?" diyenleriniz vardır, aslında kastettiğim, hayatı sindirerek yaşamış, kendini bilen deneyimli erkek. Adam olma yolunda ilerleyen, arayış içinde olan yorucu erkek.

Kim ne derse desin, ne kadar "Hayır böyle birini istemiyorum" derseniz deyin sizler de çapkın erkeğe ilgi duyarsınız, bana hikâye anlatmayın. Uzak dur denen adam her zaman daha çekicidir. Çünkü kadını çok iyi tanır, kendine özgü bir gizemi ve çekiciliği vardır. Yaptığı iş her ne ise mutlaka başarılıdır. Kendine ait bir giyim stili vardır. Her girdiği ortamda parlar, erkek-kadın statü fark etmeksizin insanlarla iyi anlaşır ve yönetir. Bunu çok doğal ve kibar biçimde yapar. Onun yanında her zaman kendinizi güvende ve rahat hissedersiniz. Neyi nasıl söyleyeceğini, yapacağını bilir. Empatisi yüksektir. Kendini, kendine ve çevresine çoktan ispat etmiştir, bunun için gereksiz bir çaba içerisine girmez. Evet biraz narsistir ama Osho'nun da söylediği gibi ilişkide narsislik güzeldir. Mutluluğunu önde tutan sevgili, sevgilisinin mutluluğunu da en az kendisi kadar ister. Ne de olsa mutsuz bir sevgili onu da mutsuz edecektir.

Çapkın erkek karşısındaki kadının duymak istediklerini, nasıl davranılmaktan hoşlandığını çok çabuk çözer ve bunu uygular. Bir kadına nasıl yaklaşacağını, nasıl dokunacağını, nasıl mutlu edeceğini kitabını yazacak kadar iyi bilir. Kadına dişiliğini hatırlatır, aşkı yaşatır ve özel hissettirir. Kadınların böyle erkeklerden kopması çok zordur. Belki de bu yüzden akıllı kadınlar bu tarz adamlardan kaçmaya çalışır ama bunu kolay kolay başaramaz.

Çapkın erkek, kadınları diğer erkekler gibi genel görmez. Her kadının farklı ve özel olduğunu bilir ve diğer erkeklerin göremediği o özelliğini çabucak fark eder. Bu arada tüm bunları kadınla sevişmek için asla yapmaz. O doyuma çoktan ulaşmıştır. Şeyini çoktan terbiye etmiştir. Aslında ilişki için yaklaştığı her kadına âşık olur. Bu bahsettiğim aşk kadının bir noktası, özelliği bile olabilir, sesi, gülüşü, saçını arkaya atışı, gamzesi, yürüyüşü, yazarlığı, ressamlığı, kariyeri, başarıları, güçlü kişiliği, rakı sohbeti... Kadının orasıyla, o özelliği ile sevişir. Bu aşk kimi zaman on beş dakika, kimi zaman bir gün, kimi zaman bir hafta veya daha fazla sürebilir. Ama kesinlikle cinsellik yaşamak için değil tutkuyla yaklaşır, hissettiği gibi davranır. Seks dürtüsüyle kadına yaklaşıp, yalan dolanlarla, sahte hareketlerle, vaatlerle yaklaşan erkekler çapkın değil doymamış, aç, oyuncu erkeklerdir. Karıştırmayalım lütfen. Kavram kargaşası yaratmayalım.

Çapkınlık zor zanaat. Sürekli gezmeye, yemeye, içkiye rağmen kilo almaman yani spor yapman, güzel giyinmen ve bunlar için de bolca para kazanman gerek. Üye olduğun derneklere, maçlara, partilere, açılışlara katılmalı, her şeyin ötesinde ailenle zaman geçirmelisin. Kitap okuyup hobilerine, koleksiyonlarına zaman ayırmalısın. Yeni insanlarla tanışıp onların isimlerini hafızanda tutmalısın. Onlarla arada bir buluşmalısın.

Tatillere, seyahatlere gitmelisin. Söyledim ya, çok zor ve yorucu bir iş çapkınlık.

Zaman yönetimi çapkınlığın belkemiğidir. Çapkın adam kendini verimli hissettiği gecelerde, partilerde kızlarla tanışıp lafı çok uzatmadan telefon numarasını alır ve zaman kaybetmeden bir diğerine geçer. Bir gece içerisinde beş altı telefon numarası toplayıp kızlarla buluşmalarını da hafta içerisine yayar. Hafta sonu avlanmakla, hafta içi ise avladıklarını yemekle geçirir. Organizasyon ve zaman yönetimi konularında oldukça başarılıdır.

Ful mesai isteyen, sosyal güvencesi, emekliliği olmayan (belki evlilik) bir yaşam biçimi hatta meslek. Sırf bu yüzden "Ben artık yoruldum abi" diyerek istifa eden ve evlenen arkadaşlarım da oldu, tatile gittiğimizde hadi oğlum şu kızlarla konuşalım dediğimde "Yok abi, ben çalışmıyorum, şu an tatildeyim" diyen arkadaşlarım da.

Çapkın erkek zordur, elde tutması neredeyse imkânsızdır. Fazla sabır ister, onu anlamanızı ümit eder. Âşık olacağını hissettiği anda önceden kurduğu alarm zilleri çalar ve ilişkiden kaçmaya çalışır. Bağlanma korkusu bu tarz erkeklerde diğerlerine göre çok daha güçlüdür. Hayatı dibine kadar yaşama başarısı olduğu için kız arkadaşının buna engel olmasını değil tam tersine hayat enerjisini yükseltmesini bekler. Bu tarz adamlar narsisliğin neredeyse dibine vurmuştur.

Gerçek çapkın erkek aslında arayış içindedir. Geleceğini tam bir uyum içerisinde geçirebileceği, hayatın tüm renklerini birlikte paylaşabileceği, gezip tozabileceği, eğlenebileceği, kendisiyle uyumlu fakat aynı zamanda bağımsız kadınını arıyordur fakat bu arayışının farkında bile değildir. Standartları ve çıtası tüm yaşadığı, tanıştığı kadınlar yüzünden biraz yüksektir. Bu yüzden bu seçim çok kolay olmaz. Tanımaya, bakmaya, ilişki yaşamaya doyumsuzca devam eder. Aslında çoğu zaman bu arayış sınırlarını aşar ve her aşırı yapılan şey gibi farklı ilişki bağımlısı olur. İpin ucunu kaçıran bazı çapkın erkekler kadın bağımlısı bile olabilirler. Tek bir kadına bağımlılıktan bahsetmiyorum. Farklı kadınları tanıma, elde etme bağımlılığı bu bahsettiğim. İşte bu durumdan kurtulması zordur erkeğin, her bağımlılık gibi bataklığın içinde kaybolurlar. Onları tekrar kazanmak düşündüğünüzden çok daha zordur.

Bu tarz erkeklerin en zayıf noktası karşısındaki kadını gerçekten tanıyamadığı anlardır. Kadını tam olarak çözemediğinde, anlayamadığında, eline geçiremediğinde egosu zedelenir. Kadınları çok iyi tanıdığından o kadar eminken, şaşırtan birine rastladığında daha da meraklanır. Onu da tanımak, dibine kadar anlamak, çözmek ister. Her kadının onu seveceğinden, sevdireceğinden o kadar emindir ki, farklı bir davranışla, ilgisizlikle karşılaştığında egosu zedelenir. Çözmek ve eline geçirmek için kıçını yırtar. O kızla daha fazla zaman geçirmeye, daha çok birlikte olmaya çalışır. Bu süreç bu tip erkeklerin tek bağlanma şansıdır.

Bu zor adamlardan ayrılma süreci kadın için çok yıpratıcıdır. Çünkü asla kötü, kavgalı, tartışmalı, sorunlu ayrılmazlar. Kadınları gerçekten sevdikleri için ellerinden geldiğince üzmemeye çalışır, suçu da kendilerinden uzak tutarlar. Genel ayrılma şekilleri yavaş yavaş soğutarak, kızın bitirmesini sağlamaya çalışarak olur. Hem kendi içlerini rahatlatmak, kızı minimum üzmek, hem de hâlâ arkadaş kalmak niyetiyle yavaş ayrılırlar. "Ben böyle biriyim, ne yapayım değişemiyorum..." veya "Baştan beri bu tarz bir adam olduğumu biliyordun, kızma bana" gibi laflarla giderler.

Sıradan, iyi bir erkeğe gerçekten âşık olmanız zordur. Sizin ayaklarınızı yerden kesemezler. İçinizde sakladığınız o yaramaz kızı dışarı çıkartamaz hatta daha da derine gömerler. Tutku ve şehvetinizi farkında olmadan engellerler. Siz de kendinizi onun kadar iyi olmak zorunda hissedip, baskı altına girersiniz. Çapkın erkekteki gibi tutku önlerde değildir. Sıradan erkekle olan ilişkiler zaman geçtikçe monotonlaşır ve her gün aynı şeyleri yapmak sizi sıkmaya başlar. Heyecan, adrenalin, terk edilme korkusu, tutku, şehvet bu ilişkinin içinde yer almaz. Aslında artık yoruldum, düzgün, iniş çıkışları olmayan, benim onu değil onun beni düşüneceği, peşimden koşacağı, onun bana âşık olacağı bir ilişki peşindeyim veya artık evlenip çoluk çocuk istiyorum başka hiçbir şey umurumda değil diyen kızların aradığı ilişkidir. Bu adamlar "Ay ne düzgün çocuk" deyip arkadaş kalabileceğiniz, ama içinizde hiçbir dürtüyü harekete geçiremeyen sadece iyi çocuklardır. Aslında bu adamlardan mükemmel eş olur. Bunun tersini asla söylemiyorum. Keşke bunu siz kızlar kabullenebilseniz ve o adam size yetse. İnanın bunu çok isterim. Ama ne yazık ki size yetmiyor, belli bir süre sonra o adamın iyiliği size batmaya başlıyor. Kendinizi yeterince güvende hissetmemeye başlıyorsunuz. Yaptıkları ve anlattıkları sıkıcı geliyor. Siz onun aslında güçsüz olduğunu görmeye başlıyorsunuz. Önce gözünüz sonra gönlünüz o diğer tehlikeli adamlara kaymaya başlıyor. Aynı doğada olduğu gibi, dişi en iyi yavruyu doğurup, onu iyi büyütecek güçlü erkeği ister. Ve doğada iyi, zayıf demektir. Farkında olmadan güçlü erkeğin peşinde koşmanızın altında yatan bu evrimsel süreçtir. Ne kadar güçlü bir kadın olsanız da, yine de bunun peşinde koşmanızın en büyük sebebi budur.

Bir de çapkın erkekle hep karıştırılan evlerden ırak oyuncu erkek tipleri vardır. Bu adamların kişilikleri oturmadığı gibi bir de utanmadan kendine örnek olarak çapkın erkeği alırlar. Onu taklit eder, onun gibi olmaya çalışırlar, bildiğiniz Çin malı çakma çapkınlar yani. Bırakın kadınları sevmeyi kadın düşmanı bile olabilirler. Kadınları birer materyal gibi görüp doyumsuzca skor peşinde koşarlar. Kendi zayıflıklarını, yetersizliklerini kadınlar üzerinde egemenlik kurarak, baskı yaparak, çakma maçoluklarla bastırmaya çalışırlar. Kısacası üzerler, kırarlar, yok ederler, yarım bırakırlar ve bu durumu hiç umursamadan diğer avlarının duygularını emmek üzere arkalarına bile bakmadan çekip giderler. O beğenmediğiniz, sıkıcı dediğiniz erkeği bile mumla ararsınız. Aman, uzak durun bu duygu vampiri asalaklardan.

Erkek tiplerini daha iyi ayırt edebilmeniz için size birkaç tüyo:

Seviştikleri Kadınları

Çapkın erkek asla anlatmaz, isim vermez.
Oyuncu erkek abartarak anlatır, yaşadıklarıyla övünür, hatta afişe eder.
Sıradan erkek, yaşadıklarına kendi bile inanamaz.

İlişkilerinde

Çapkın erkek farklı kadınları tanımak ister.
Oyuncu erkek skor peşinde koşar.
Sıradan erkek kendiyle gurur duyar.

Kadınlara Karşı

Çapkın erkek güven verir, sahiplenir.
Oyuncu erkek yalaka ve yapışkandır.
Sıradan erkek sıkıcı ve kendine güvensizdir.

Arkadaşlarıyla İlişkilerinde

Çapkın erkek sevilir, saygı duyulur.
Oyuncu erkek çıkarcı ve sahtedir.
Sıradan erkeğin en yakın arkadaşı annesi ve kuzenleridir.

Kadınlara Yaklaşırken

Çapkın erkek kibar ve kendinden emindir.
Oyuncu erkek yılışık ve seviyesizdir.
Sıradan erkek, yaklaşamaz.

Kadınlara Hangi Gözle Bakar?

Çapkın erkek kadınları sever.
Oyuncu erkek spor ve skor olarak görür.
Sıradan erkek kedinin ciğere baktığı gibi bakar.

Kadına Nasıl Davranır?

Çapkın erkek kadını içten hisseder, onları gerçekten anlar.
Oyuncu erkek duyduğu, gördüğü, hatta izlediği taktikleri uygular.
Sıradan erkek kadın ne isterse onu yapar.

Eski Kız Arkadaşlarıyla

Çapkın erkek, onları hâlâ çok sever, sevilir, arkadaş kalır. Arada görüşür.

Oyuncu erkeği eski kız arkadaşları görse bir kaşık suda boğar.
Sıradan erkeğin eski kız arkadaşı yoktur.

İlk Gece

Çapkın erkek, gerçekten beğendiyse sevişir.
Oyuncu erkek yatağa atmaya çalışır.
Sıradan erkek yatağa atma hayali kurar.

Tarzı

Çapkın erkeğin kendi stili vardır.
Oyuncu erkek son moda giyinir ama üzerindekileri taşıyamaz.
Sıradan erkeğin süveteri ve kareli gömleği vazgeçilmezidir.

İlk Tanışmada

Çapkın erkek kadını dinler, soru sorar ve onu anlamaya çalışır.
Oyuncu erkek sadece kendini anlatır, abartır, hatta yalan söyler.

Sıradan erkekle ancak siz yanına giderseniz tanışabilirsiniz.

Seviştikten Sonra

Çapkın erkek, kadına saygı duyar. Beğenmezse bile birkaç defa daha görüşür.

Oyuncu erkek, seviştikten sonra kaybolur.

Sıradan erkek, sevişirse yapışır, ayrılmaz ve kadına tapar.

Muhabbeti

Çapkın erkek, her konuda bilgi sahibidir, sohbeti keyiflidir.

Oyuncu erkek sığ konuşur, genelde bel altı espriler yapar.

Sıradan erkek sıkıcıdır. Askerlik anılarını, işini ve ailesini anlatır.

Onunlayken

Çapkın erkekle kendinizi güzel ve güvende hissedersiniz.

Oyuncu erkekle kendinizi tedirgin ve diken üstünde hissedersiniz.

Sıradan erkekle kendinize güvensiz ve her şeye kendiniz karar vermek zorunda hissedersiniz.

Nasıl Dokunur?

Çapkın erkek, hissederek, hissettirerek dokunur.
Oyuncu erkek, klişe ve ezbere dokunur.
Sıradan erkek, nereye ve nasıl dokunacağını bilmez.

Aşk Konusunda

Çapkın erkek çok zor âşık olur, olursa korkar, hatta kaçmaya çalışır. Duygu arsızıdır.

Oyuncu erkek hiç âşık olmaz ama âşıkmış gibi davranır. Duygusu yoktur.

Sıradan erkek hemen âşık olur ve kaptırır. Duygusaldır.

Ondan Ayrılınca

Çapkın erkekten ayrılan kadının hevesi kırılır, etkisinden uzun süre kurtulamaz.

Oyuncu erkekten ayrılan kadın adamı umursamaz. Sıradan erkeğin değerini anlar.

Sıradan erkekten ayrılan kadın bu ezikle ne işim vardı der ve çapkın erkeğe bakınır.

Gece Çıktığınızda

Çapkın erkek sarhoş olmaz ve etmeye de çalışmaz.
Oyuncu erkek sarhoş etmeye çalışır.
Sıradan erkek, kendisi sarhoş olur.

Şimdi söyleyin bakalım bana, hangi erkek tipi size daha çekici geldi? Ooooo piti piti...

2. Kılavuzu Karga Olanın...

Şıkır Şıkır

Bir erkeği elde etmenin formülü aslında çok basit. Bir cümleyle özetlersem, "Görüntünüzle erkeği avlayın, beyninizle elinizde tutun." İşin özü tamamen bu. Biz erkekler görsel yaratıklarız, sizler gibi sözel değiliz. İlk bakışta dikkatimizi çeken, sizin görüntünüz, yüzünüz, vücudunuz. Hani bir erkek lafı vardır ya "Çirkin kadın yoktur, az içki vardır" diye. İşte aslında sizler, kıyafetiniz ve görüntünüzle bizi içki içmeden de sarhoş edebilirsiniz. Sizi ilk gördüğümüz an, ilk tanışmada önemli bir rol üstlenir. Sizi tanımak istememizi, daha detaylara doğru girmemizi sağlar.

Unutmayın, silahınız vücudunuzun her noktası. Bu silahı iyi kullanan kadınlar, maça 1-0 önde başlarlar. Bu söylediklerimi yanlış anlayanlarınız olabilir. "Ne yani sadece vücudumla mı doğru adamı bulacağım? Aman yok kalsın!" diyenleriniz vardır kesin. Ama bana kızmadan önce şunu da çok iyi anlayın, doğru adamı bulmak için birçok erkekle tanışmanız gerekir, yani seçeneklerinizi artırmalısınız. Bunun için de öncelikle görselliğinizle o adamların ilgisini çekmelisiniz. Sonrasında o zaten aklınızı, tavırlarınızı, duygularınızı öğrenir sizden. Ama dış görüntünüz adamı çekmezse, yaklaşmaz ve sizin zekânızı, iç güzelliğinizi görme fırsatını yakalayamaz. Ayrıca siz de onları tanıyıp, doğruyu bulana kadar eleme şansını kaybetmiş olursunuz. Yani hepsi boşa gider. Paketi çekici, iştah açıcı, parıltılı olmayan bir çikolatayı alıp dener misiniz? Tadı her ne kadar güzel de olsa, daha önceden tatmadığınız bu çikolataya yazık olmaz mı?

Dedim ya biz erkekler fazla görseliz diye, o yüzden ilk dikkatimizi çeken şey de sizin görüntünüz, vücudunuz. Bunu da en güzel şekle sokan, bütünleyen, eksiklikleri, fazlalıkları kapatan kıyafetleriniz ve aksesuvarlarınız. Sizlerin giyim konusunda yaptığınız en büyük yanlış başka kadınlar için giyinmeniz. Evet, kadınların birbiri hakkında ne kadar acımasız olduğunu ve arkasından nasıl dedikodu yaptığını, ne gibi sıfatlar yakıştırdığını biliyorum. Fakat size ne başka kadınların ne düşündüğünden? Zaten nasıl giyinirseniz giyinin, inanın arkanızdan yapıştırıyorlar lafı. Biz erkekler etrafımızdaki kadınlar hakkında yanımızdaki kadından duyuyoruz bunların hepsini.

Ben başka bir kadının giyimini beğenen nadir kadın gördüm. Kıza bakıyorum, bana ve arkadaşlarıma göre yıkılıyor, yanımızdaki kadın kime baktığımızı fark edince cevabı hazır: "Hah! Hiç de güzel değil, ne kadar basit bir kız. Gerçekten beğendin mi bu şıllığı?" Biz de gecenin hatırına ve olay çıkmasın diye "Evet sevgilim, haklısın" diyor ama kaçamak bakışlarımızla bakmaya devam ediyoruz.

Aslında siz kadınların arasında çok yoğun bir kazanma hırsı ve rekabet var. Ne yazık ki biz saf erkekler bunu pek anlamayız. Yanımızda bir kadın varsa, hele bir de hoş bir kadınsa, içinizdeki rekabet ve kazanma hırsı cart diye ortaya çıkar. Çaktırmadan cilveleşmeye, göz teması kurmaya başlarsınız. Bunun sebebi bizi gerçekten beğenmeniz değildir ne yazık ki, amaç orada savaşı kazanmak, yanımızdaki kadını yenmektir.

Zaten birçoğunuz, az önce de bahsettiğim gibi sadece bize güzel görünmek için değil, diğer kadınlar için giyinmiyor mu? Sizin savaşınız o kadınla anlıyorum da, cepheyi niye bizde açıyorsunuz? Sevgilimizin yanında size bakmaya başlamamızla, muharebeyi kazanan komutan mağrurluğuyla ateşkes ilan ediyorsunuz. Biz salak erkekler "Ne oldu? Niye oldu?" diye afallar ve aslında hiçbir şey anlamayız. "Ne adammışım ben be, ne çok bana bakan ve beni beğenen kız varmış" havasına girer ve gururlanırız.

Kadınlarla bir ilişki düşünmüyorsanız size ne onların ne düşündüğünden? Biz beğenmişiz işte. Demek ki olmuş, gerisi teferruat. Sadece kıyafet konusunda değil her konuda bırakın başkalarının ne düşündüğünü. Kendinizin, sizin ne hissettiğiniz, nasıl düşündüğünüz önemli olan. Adları üzerinde, onlar başkaları siz sizsiniz... Unutmayın suyun üzerinde bile yürüseniz, "Çünkü yüzme bilmiyor" diye eleştiren o başkaları hep olacaktır. Bu yüzden siz işinize bakın, tatlı canınız nasıl istiyorsa öyle yaşayın. Zaten kendi ışığına güvenmeyen başkasının parıltısından rahatsız olur. Bırakın şu başkalarını ve biraz da biz erkekler için giyinmeye başlayın artık...

Bizler görseliz. Sizin vücut hatlarınızı belli eden, güzel hissettiğiniz yerlerinizi hafif gösteren kıyafetler giymeniz, sizi bizim gözümüzde inanın basit yapmaz, tam aksine ilgimizi çeker. Hangi erkek arkadaşımla konuşursam konuşayım hepsi ağız birliği yapmışçasına bunu söylüyor. Kalın kumaşlı pantolon ya da üstünüze tam oturmayan bir kot giymeniz inanın hiç çekici değil. Daha o anda size dokunacak değiliz tabii ki ama dokunacakmış gibi hissederiz ve bir kot pantolona dokunmak kendi bacağımıza dokunmaktan farksızdır.

Biz erkekler süslü ve şıkır şıkır şeyleri severiz, hatta bayılırız. Belki de arabaları, yatları, motosikletleri bu kadar sevmemizin bir sebebi de onların parlayan ışıltısıdır. Bir erkek son moda kıyafet ve stilli bir kadına değil, dozunda ve hoş dekolteli bir kadına bakar. O kadın onun dikkatini çeker sakın unutmayın. Biraz ten görmek her erkeğin hoşuna gider.

Bu arada sakın yanlış anlamayın, her dakika şıkır şıkır elbise, etek giyin demiyorum. Hiçbir erkek pazar kahvaltısına yanında düğüne gidiyor gibi giyinmiş bir kızla gitmek istemez hatta bundan rahatsız olur, utanır. Her kıyafetin bir yeri ve zamanı olduğu gibi, kendinize yakışanı giymeniz de hoş bizce. Zarif olmak sadece göze batmak değil, akılda kalabilmektir. Kıyafet bahane, çekicilik şahane.

Topuklu, topuklu, topuklu...

Bir kadını çekici yapan en önemli aksesuvarlardan biridir topuklu ayakkabı. Ayak fetişisti olduğumuzu falan sanmayın ama bir kadını dişi formuna sokan en tamamlayıcı aksesuvar kesinlikle. Topuklu tartışmasız vazgeçilmeziniz olmalı. Seksi görüneceğim diye penguen gibi yürümeyin tabii ki de. Topuklu ayakkabılarla yürümeyi beceremiyorsanız lütfen giyip de kendinize güldürmeyin. Oturun evde biraz çalışın, prova yapın, öyle insan içine çıkın. Tamam alt komşunuz sesten biraz rahatsız olabilir ama zafere giden yolda her şey mubahtır. Hem böylece bizim göz zevkimiz de bozulmamış olur.

Ayrıca giydiğiniz dekolteyi de durmadan huzursuz bir şekilde çekiştirecekseniz boş verin hiç giymeyin daha iyi. Mini etek giydiğinizde aşağı doğru, göğüs dekoltesinde yukarı doğru çekiştirmeleriniz çok çirkin duruyor, bilin istedim. Tüm o seksiliğiniz, büyünüz bir anda bozuluyor. Sizin rahat ettiğiniz kıvamda giyinin, zorlama yapmayın. Bu hareketleriniz sizleri çok özgüvensiz gösteriyor, benden söylemesi.

Biz erkeklerin anlayamadığı başka bir şey de, o genelde düğün, nişan gibi zamanlarda yaptırdığınız topuzlar. Kimin için ve neden yaptırdığınızı, niye saatlerce sıkılmadan kuaförlerde zaman harcadığınızı anlamış değiliz. O güzelim saçlarınızı garip bir şekilde kuş yuvası gibi yapmanızı çözemedik. Derdiniz kuş beslemekse buna bir lafım yok. Bu kesin kuaför mafyasının işidir diye düşünüyorum. Biz o güzel saçlarınızı kısa veya uzun her halükârda görmek istiyoruz. Onlara dokunamasak da dokunabilme ihtimalimizi seviyoruz. Ayrıca o firketelerinizi saatlerce çözerken sizi izlemek çok sıkıcı. Zaten evimizin her bir tarafına dağılıyor ve sonrasında başımıza iş açıyor. Biraz dikkat lütfen.

Hep söylerim bir kadına yakışan en güzel makyaj gülümsemesidir diye. Ama bu makyaj yapmayın demek değil. Tabii ki yapın, hatta mutlaka yapın. Fakat badana ile makyajı karıştırmayın. Güzelleşmek için makyajı abartıp soytarıya dönmeyin. Dikkat çekmeliyim derken basitleşmeyin. Sade ve yüzünüzün güzel hatlarını ortaya çıkaran, canlı gösteren ama yokmuş gibi görünen hafif bir makyaj yapın. Sizi beğenen adam size benzeyen görüntüdeki kadını beğensin. Duş sonrası gördüğünde tanıma ihtimalini almayın adamın elinden. Nasıl olsa er ya da geç doğal halinizi görecek, baştan kandırmaya ne gerek var. Gördüğü hoşuna gitmiyorsa hiç yaklaşmasın boş verin.

Fondöteni ırk yapınızı değiştirecek kadar kullanmayın. Ayrıca gömleğimize bulaşan o lekeler çok tehlikeli olabiliyor bizim için, biraz daha dikkat lütfen. Tehlike demişken rujunuzu da abartmayın. Her erkek öpüştüğünde dudağınızı, tadınızı hissetmek ister, rujunuzu değil. Sürmeyin demiyorum, sadece abartmayın.

Kokunuz çok önemli. Kendinize en yakışan parfümü bulun ve kullanın. Ama lütfen çok sıkmayın. O kadar çok burnumuz yanıyor ki bazen o kokudan dolayısıyla sizden kaçar hale geliyoruz. İkide bir çaktırmadan veya tuvalete gidip makyajınızı tazelerken sıkıp durmayın. Parfüm ten kokunuzla karışınca güzel, tek başına değil. Öyle olsaydı aynı parfümü alıp bileğimize sıkar ara ara koklardık. Ayrıca birçoğunuzun düştüğü diğer bir hata da çok sık parfüm değiştirmeniz. Koku bir insanı en çok çağrıştıran duyudur ve her seferinde başka bir koku duymak sanki başka bir kadınlaymışız hissi veriyor. Bir veya iki parfümünüz olsun. Her çıkan yeni marka parfüm sizin daha iyi kokmanızı sağlamaz. Sizin kokunuzu aldığımızda, siz olduğunuzu hatırlasın burnumuz.

Manikür ve pedikür olayına girmiyorum bile. Bunun

ne kadar gerekli olduğunu siz zaten biliyorsunuzdur. Sırası gelmişken, manikürsüz, ojesiz tırnaklarınızla lütfen kitabımı okumayın. Ayrıca kitabımı okurken hafif bir makyaj yaptığınızı da umuyorum, biraz saygı lütfen.

İç çamaşırı konusuna girersek, biriyle o akşam sevişmeyeceğinizi bilseniz bile rahat ama seksi iç çamaşırları giyin. Bir kız arkadaşımdan duymuştum, "Seksi iç çamaşırı giyince, kimsenin görmeyeceğini bilmeme rağmen kendimi çok daha seksi hissediyorum" demişti. Unutmayın sizin hissettiğiniz seksilik dışa yansır ve öyle de görünürsünüz.

Tabii ki spor yapın, vücudunuza, kilonuza dikkat edin, fit olmaya çalışın, ama bunu sadece başkası için değil kendiniz için yapın. Spora yalnızca erkekler tarafından beğenilmek için değil, sağlığınızı ve enerjinizi artırmak için gidin. Kendinizi güzel ve fit hissetmeniz en çok sizi mutlu eder. Mutluluğunuz dışarı yansır ve o ışıltı sizi çok daha çekici yapar. Ayrıca spor salonları birisiyle tanışmak için en uygun alanlardan biri. Kim bilir beyaz arabalı (pardon beyaz atlı) prensiniz belki orada bekliyordur.

Vücudunuza bakın derken zayıflayıp, o dergilerin, televizyonların dikte ettiği manken, fotomodeller gibi olun demiyorum. Herkesin vücut yapısı farklı, size uygun ve mutlu hissettiğiniz haliniz size yetsin. Herkes tek kalıp, fit ve ideal beden ölçüsünde olmak zorunda değil. Size yakışan, yapınıza, metabolizmanıza en uygun olandan mutlu olmayı da bilin. Unutmayın siz mutlu değilseniz, kimseyi de mutlu edemezsiniz. Kendinizle ve vücudunuzla barışık olun. Özgüven öyle bir şey ki eksikliği inanın metrelerce uzaktan bile belli oluyor. İsterseniz o hep yüzünüze vurulan 90-60-90 ölçüleriniz olsun, eğer mutlu değilseniz ve kendinize güveniniz yoksa hiçbir işe yaramaz. Özgüven vücut yapınızdan, yüz güzelliğinizden, bakımlı oluşunuzdan, kıyafetinizden çok daha önemli.

Sen Sus Gözlerin Konuşsun

Bir ortama girdiğinizde kendinizi güzel hissetmeseniz bile kendi kendinize şu oyunu oynayın, inanın işe yarıyor. İçinizden "Buranın en güzel, en seksi kadını benim. Bakalım hangi şanslı adam benimle tanışmak isteyecek?" deyin ve buna kendinizi inandırın. Omuzlarınızı gererek dimdik durun ve kendinizden emin bir şekilde gülümseyen bir ifadeyle mekâna girin. Kesinlikle kasım kasım kasılın demiyorum, bunu sindirmiş bir doğallıkla yapın. Bizi en çok çeken şeylerin başında kendine güvenen kadın gelir. Bir kadının dünyayı ben yarattım gibi bir eminlikle ama her an kırılabilirim edasıyla yürüyüşüdür biz erkeklerin başını döndüren.

Güzel bakmak çok önemli. Gözlerinizle bir erkeği yanınıza çağırabilirsiniz. Bu işi en iyi yapanlar Arap kadınları, tek görünen yerleri gözleri olduğundan olsa gerek bunu silah gibi kullanabiliyorlar. Gözleriyle sevişen kadınlara rastladım. İnanın bir erkeği bakışlarınızla yoldan çıkarabilirsiniz. Ortamda hoşlandığınız bir erkek varsa olması gerektiğinden birkaç saniye daha uzun kalsın bakışlarınız ve sonra çekin gözlerinizi. Gözlerinizi dikip bakın demiyorum, sadece bir saniye daha uzun bakın, yeter. Adamın içine zehrinizi attınız artık, şayet sizden etkilenmişse kesinlikle konuşmak isteyecektir.

Bu arada yeri gelmişken önemli bir detayı size anlatayım. Biz erkekler, en özgüvenli olanımız bile bir kadın tarafından reddedilmekten çok ürkeriz, hatta korkarız. Bu sebepten dolayı sizin yanınıza gelmemiz o kadar kolay olmaz. Ortamdaki basit kızların yanına gitmemizin altında bu güvensizlik yatar. Yani garantiye oynarız. "Bu kadar güzel ve hoş olmama rağmen neden erkekler çirkin, basit kadınlara gidiyor? İnsanda çirkin şansı olmalı" diye soranlardansanız, bakışınızı, duruşunuzu bir daha sorgulayın. Adamı bakışlarınızla dövüp uzaklaştırmayın...

Ayrıca olması gerektiğinden birkaç saniye fazla süren o cilveli bakış, ilk buluşmalarınızda da çok işe yarar. O konuşurken "Sadece seni dinlemiyorum, hayranlıkla seni seyrediyorum" bakışı o adamı ilişkinin içine sokmanın en kestirme yoludur. Her erkeğin içinde deli bir çocuk egosu vardır. Karşısındaki kadının ona hayran olmasını, her anlattığı (sıkıcıda olsa) hikâyenin en anlamlı, önemli olduğunu, hayranlıkla dinlemesini arzular. Kendini sizin yanınızda önemli ve çok özel hissettiği zaman çözülür ve bağlanma noktasına doğru harekete geçer.

Göster Ama Elletme!

Her tanıştığı adamdan "Buluşalım, yemeğe gidelim" teklifleri alan tanıdığım kızlar var. Sizin için kendimi feda ettim ve ne yaptıklarını, nasıl becerdiklerini gizlice gözlemledim. Direkt bunu nasıl becerdiklerini sorduğumda net bir cevap alamadım. Çünkü inanın kendileri de bilmiyorlardı ne yaptıklarını. Birlikte dışarı çıktığımızda veya kimi zaman uzaktan seyrettim onları çaktırmadan. Aslında yaptıkları çok basit, bu çekici kadınlar daha önce de bahsettiğim gibi hep hafif dekolteli, seksi ama abartısız kıyafetler giyiyorlar. Kendilerinden emin, eğlenceli, kaliteli bir duruşları var. Yüzlerinden gülümseme hiç eksik olmuyor ve en önemlisi farkında olmadıkları flörtöz bir tavırları, mimikleri var. Hafif ama rahatsızlık vermeyen bir alaycılık yüzlerinden okunuyor. Erkeklerin yanlarına gelmesini engellemeyen bakışları ama haddini bilmesi gerektiğini söyleyen bir duruşları var. Tüm vücut dilleri flörtöz, eğlenceli ve rahat. Tüm bunlar da erkekleri çiçeğe üşüşen bal arıları gibi onlara doğru çekiyor doğal olarak.

Unutmayın, her erkek statüsü, ilişki durumu, yakışıklılığı, karizması ne olursa olsun ulaşılabilir. Biz erkekler kadınlar konusunda inanın çok zayıf varlıklarız. Kimseyi gözünüzde büyütmeyin. Erkekler ATM'ler gibidir. 7 gün 24 saat kadınlar konusunda açıktır. Tek yapmanız gereken o ATM'yi kullanmayı bilmek.

Size yanaşan, yeni tanıştığınız erkeklerle konuşmalarınızda eğlenceli olup ve çok da belli etmeden onu tanımaya başlamalısınız. Buradaki denge çok önemli. Çok ciddi bir tavır içerisinde olursanız adamı itersiniz, çok eğlenceli olursanız da adama yanlış sinyaller verirsiniz. Unutmayın erkeğin size ilk bakışının içinde mutlaka cinsel dürtü vardır. Bunun tersini söyleyen adam yalan söylüyordur. Beyninizin en seksi organ olduğunu siz biliyorsunuz, bunu onun anlaması biraz zaman alacaktır.

Hep söylerim, "Erkeğin neresine hitap ederseniz orasından değer görürsünüz" diye. Tabii ki ilk ilgisini dişiliğinizle, görüntünüzle, güzelliğinizle, seksiliğinizle çekeceksiniz. Fakat sakın sadece orada asılı kalmayın, dolu bir kadın olduğunuzu, tek olayınızın vücudunuz ve güzelliğiniz olmadığını da hissettirin adama. Sınırları olan cilveli ve eğlenceli bir ciddiyet içinde olun. Sizi çekici görsün ama beyninize ve zekânıza da hayranlık duysun. Sadece şeyine değil, beynine de dokunmaya çalışın adamın.

Konuşurken ara ara flörtleşin, biraz hafif konularda kelime oyunlarıyla üstü kapalı bir şekilde rahat konuşup hafif cilveleşin. Tam o noktaya geldiğinizde, yani adam konuyu sizin o noktaya getirdiğinizi tam anlamadan ama ilgisini o yöne çekmişken tekrar normal seviyeli konulara dönün. Buradaki denge çok önemli ve tam ayarında olmalı. Gösterin ama elletmeyin... Sizi ne hafif ne de ciddi bir kadın olarak görmeli. Anlatması bile kolay değilken bunu yapmanın ne kadar zor olduğunu biliyorum. Ama bunu çok iyi beceren kızlar tanıdım ve bu kızlar erkeklerin sebebini bile bilmeden onları tekrar görmek istediği kızlardır.

Onu tanımak için direkt sorular yerine konular açın. Mesela "Evliliği düşünüyor musun?" yerine genel ilişkiler hakkında bir konuya girin ve adamı dinleyin. Kendiliğinden yavaş yavaş dökülecektir. Bir erkeğin tam olarak ne olduğunu, altında yatan gizli ajandasını gerçekten anlamanız zaman alacaktır. Her erkek her insan gibi oyuncudur. Ulaşmaya çalıştığı şeye (sekse) ulaşana kadar tam olarak çözülmez. Kendini olduğundan farklı veya hedefine uygun şekilde gösterir size. Hani bir laf vardır ya, "Erkek sevişene, kadın da evlenene kadar gerçek kişiliğini saklar" diye. Yoksa ben mi uydurdum bu lafı? İşte aynen bu laf da olduğu gibi, yani sevişme sonrası erkeğin kırılma noktasıdır. O ana kadar olmak istediği, görünmek istediği, girmek istediği kişilik gibi davranır. Amacına ulaşana kadar da orada kalır. Seviştikten sonra erkek, aynı içine çektiği, saklamak istediği göbeği gibi kişiliğini de salar.

Aslında bir insanla ilk kez tanıştığımızda onun hakkındaki ilk hislerimiz en doğru olanlardır. Bazı insanlar hakkında ilk tanıştığımda ne hissettiğimi hatırlamaya çalıştığım çok olmuştur ve o ilk izlenim genelde hep doğru çıkar.

Beğenmediğiniz, hiçbir şey hissetmediğiniz, güven vermeyen adamlarla konuşmayı o anda kibarca kesin. Unutmayın, her tanıştığınız erkekle görüşmek, her görüştüğünüz erkekle çıkmak, her çıktığınız erkekle sevişmek, her seviştiğiniz erkekle ciddi bir ilişkiye girmek, her ciddi ilişkiye girdiğiniz erkekle de evlenmek zorunda değilsiniz.

Unutmayın ne kadar çok erkeğe şans verirseniz nasıl bir adam aradığınızı daha iyi anlarsınız. Önünüze ilk çıkan adamın üzerine atlamazsınız. Ne istediğinizi daha iyi bilir, seçiminizi daha iyi yaparsınız.

Beğendiğiniz ve ilk elemeyi geçen adamları tanımaya çalışın. İlişkiler eleklerden geçe geçe sağlam bir noktaya gelir. Sizin de elekleriniz olmalı. En üst elek daha geniş delikli, aşağı doğru indikçe küçülen deliklerden oluşmalı. İşte tüm bu eleklerden geçmeyi başaran adam sizin aradığınız.

Akıllı Kadın Ne Zaman Salağa Yatacağını Bilir

Erkekler zeki kadın sevmez diye bir şey öğrenmişsiniz ve bunu devamlı tekrarlıyorsunuz. Lütfen şunu anlayın artık. Yok öyle bir şey. Biz erkekler zeki kadın severiz hatta bayılırız. Zaten zeki kadın ben zekiyim diye ortalarda dolanmaz, ne zaman salağa yatacağını çok iyi bilir. Zekâsını, istediği düzeyde ve geri planda, canının istediği şekilde kullanır. Kadının gülüşünden kalitesini, neye güldüğünden ise zekâsını anlarsınız. "Aptal kadın var mıdır?" diye sorarsanız, cevabım kesinlikle "Hiç sanmıyorum" olacaktır. Bana göre her kadın kendi çapında zeki zaten. Belki de siz, kandırabileceğiniz kadar aptal olan erkeğin peşindesiniz, kim bilir...

Kadının evriminde, erkeğin kas gücüne karşılık zekâsı, aklını kullanması, sosyal becerisi, altıncı hissi, vücut dilini okuması, yalanı yanlışı ayırt edebilmesi daha güçlü olmak zorunda kalmıştır. Siz kadınlar da zekânızı hayatta kalabilmek için daha da sivrileştirmiş durumdasınız, buna mecbur kalmışsınız aslında. Ayrıca erkeklerin yalanlarını yakalamaktan, yalan konusunda doktoranızı yapıp uzmanlaştınız. Erkeklerden yediğiniz kazıklardan sonra ayağa kalkabilmek için tüm ayak oyunlarını öğrendiniz aslında.

Bence en zeki erkek bile konu ilişkiler, sosyal beceriler, vücut dili, bir insanı çabuk tanıma olduğunda en aptal kadından dahi daha beceriksizdir. Sırf bu yüzden bir erkek yalan söylemeyi beceremez ve kadın tarafından hemen yakalanır. Ama bir kadının yalan söylediğini erkeğin anlaması oldukça zor hatta imkânsızdır. Biz erkekler bu noktamızı geliştirmek zorunda kalmamışız ne yapalım...

Sizlerden hep duyduğum bir laf var, "Erkek zeki kadından çekinir, korkar" diye. Evet, kimi zaman haklısınız. Bazı erkekler gerçekten bu durumu kompleks yapabilir, zeki ve başarılı kadından ürkebilir, burası doğru. Ama siz zaten bu tarz zavallı, kompleksli adamları niye isteyesiniz ki? Ne işiniz var böyle gereksiz adamlarla? Ayrıca daha önce söylediğim gibi zekâ, nerede ve nasıl kullanabileceğini bilen beyinlerde etkili. Bu adamın kompleksli olduğunu daha başında o sözde zeki kadının anlamış olması ve o adama ya zekâsını göstermemesi ya da zaten o adamdan uzak durması gerektiğini bilmesi gerekmez mi?

Unutmayın, zeki kadınları basit erkekler, zeki adamları da basit kadınlar yok eder...

Bir diğer söylediğiniz laf da, "Erkekler zayıf, çıtkırıldım, âciz, yardıma muhtaç görünen kadınları severler." Bakın burada biraz doğruluk payınız var. Ben buna "Kadir İnanır sendromu" diyorum. Yani kendi başına yetemeyen, erkeğe muhtaç kadını sahiplenme sendromu. Bu tarz adamlar var ve bunlar genelde bazılarınızın bayıldığı o maço geçinen adamlar. Kadını daha altta görüp, çoğunlukla maddi, biraz da manevi olarak sahiplendiğini sanan adamlar yani. Bu tarz adamları kandırmanın bir yoludur, zayıf ve muhtaç görünmek.

Yanımda bir erkek yoksa ve bana yardım etmezse hiçbir şey yapamam pozları kesmeniz lazım. "Ay canım bak tırnağımın ucu kırıldı şişeyi açarken. Niye sen açmadın ki aşkitom?" gibi hayatının her noktasını o adama dayatmak. Evet dediğim gibi bunu yiyen adamlar var da sen buna kanan, sözde maço adamları ne kadar yiyebilirsin?

Sizin istediğiniz adam kendinden emin, hayatı bilen, kariyerli, yeterince para kazanan, eğlenceli, seviyeli kıskanç, sizi ailenize ve çevrenize utandırmayacak, gurur duyacağınız, sevecen, saygılı, esprili, zeki, size gerçekten sahip çıkacak bir adam değil mi? Eğer öyle ise sözde maço adamlar da size göre değil.

Adamlık, sakal uzatarak, her şeye karışıp, abartılı kıskanarak, olur olmaz her şeye sinirlenip asabiyet yaparak, hat höt diyerek, kadına fiziksel veya manevi şiddet uygulayarak olmuyor. Gerçek adamlık kadınının ruhunu anlayıp, o ruhu gerçekten sevmekten başlıyor. Onu her şeyiyle sahiplenmekten, kendini de ona bırakmaktan geçiyor. Söyledikleriyle yaptıklarının tutmasında adamlık ortaya çıkıyor. Çıkılan yolda yarıda bırakmamakla devam ediyor. Kadının başına ne gelirse gelsin "Nasıl olsa o benim yanımda, arkamda, önümde" dedirtebilmekle tam adam olunuyor.

Bir de klasik erkek ayrımı vardır ya, "Eğlenilecek kızlar ya da evlenilecek kızlar" diye has secretsın onlar. Asıl siz erkek gördüklerinizle eğlenin, adam gördüklerinizle evlenin.

Kendine güvenli her erkek zeki kadın sever. Bir erkeğin geleceği, hayatını geçireceği kadınla tam olarak şekillenir. O kadının zekâsı, güvenirliliği, aklı, şefkati her şeyden önemlidir. Bir erkek en çok en yakınındaki kadının lafını dinler. Bizim ilk tanıdığımız da bir kadındı, o da annemiz. O büyüttü bizi, onun sözünü dinledik, onun söyledikleri ilk kanunumuz oldu bizim. Sonrasında eğer gerçekten değer veriyorsak, ilişki seviyemiz doğru noktadaysa kız arkadaşımızı, sevgilimizi, şayet evliysek kesinlikle karımızı dinleriz. Onların sözleri, her ne kadar bazen dinlemez veya uygulamaz gibi görünsek de eninde sonunda son kararımız olur. Zaten bir evde her zaman son lafı erkek söylemez mi, "Peki hayatım" diyerek?

İnanın aslında sizin zeki adama olan ihtiyacınızdan daha fazla bizim zeki kadına ihtiyacımız var. Zeki kadın sevdiği adamı köle değil kral yapar. Kölenin sevgilisi olmaz, kraliçe olur... Güçlü ve akıllı kadın sonuçta bizi biz yapan, arkamızda, yanımızda, önümüzde duran. Aynı bir adamın size yapması gerektiği gibi. Erkek gibi kadın olun demiyorum, kadın gibi kadın olun yeter. Ayrıca bizi en iyi zeki kadın anlar. Onlar keskin mizaha sahip ve eğlencelidirler. Zeki kadınlar sıkıcı olmaz, konuşacak hep yeni konuları, heyecanlı başlıkları vardır. Onlar bizi baştan çıkarmasını en iyi bilen, beyninin seksiliğini güzelliğiyle birleştiren gerçek dişilerdir.

Zeki kadın tadından yenmez ama kızdırmamak gerek. Kızdılar mı sadece gemileri değil limanları da yakarlar. Zekânızın tüm ince kıvrımlarını kullanın bize karşı. Bunu taşıyamayan, korkan, ürken adamlar çekip gitsin hayatınızdan. Yüzme bilmeyen adamlar da derin kadınlara yanaşmasınlar, boğulurlar...

Vücudun Dili Var ve Hep Konuşuyor

İlk tanıştığınızda, ilk konuşmalarınızda adamı gerçekten anlamaya çalışın. Daha önce de bahsettiğim gibi size olmak istediği, sizin onu beğenmenizi sağlayacak şekilde konuşup hareket edecektir. Yeterince zeki bir adamsa sizin duymak istediklerinizi anlayıp bunları size söyleyecek. Erkekler size kendilerini anlattıkları gibi değil, size yaşattıkları gibidirler. Elbet öğrenirsiniz gerçek yüzlerini, kimini erken, kimini de geç. Söylediklerinin ne kadar üstüne oturduğunu, ne kadarını hissederek konuştuğunu anlamak vücut hareketlerinden belli olur. Bana sorarsanız vücut dilini okumak aslında sizin o çok güvendiğiniz altıncı hissiniz. Siz kadınlarda doğuştan gelen bir vücut dili okuma becerisi var. Bunu farkında olmadan yapıyorsunuz ve adına altıncı his diyorsunuz. Vücut dili deyip geçmeyin, onu iyi okumak her türlü ilişkinizde işinize çok yarayacak.

İlk buluşmada karşınızdaki erkekle ilgili birçok fikre aslında konuşmadan da varabilirsiniz. Tek yapmanız gereken zaten fazlasıyla becerikli olduğunuz bu konuda yani karşınızdakinin vücut dilini okumakta. Ayrıca sadece gözlemleyerek adamın kişiliği, görgüsü, karakteri hakkında fazlasıyla ipuçlarını yakalayabilirsiniz. Kendisi hakkında anlattıklarındansa, bulunduğunuz ortamda size ve etrafınızdakilere nasıl davrandığı daha önemli kesinlikle. Dikkat etmeniz gereken anlattıkları olmamalı sadece. Sonuçta oyuncu bir devirde yaşıyoruz. Ağzı olan konuşuyor ve olmak istediği karaktere bir bukalemun gibi bürünebiliyor insanlar ne yazık ki.

Karşınızdaki erkeğin buluştuğunuz mekâna dik girişinden, kendine duyduğu güveni, gülümsemesinden hayattan keyif alışını, samimiyetini, garsonla, barmenle konuşma tarzından insancıllığını, merhametini, saygısını, yemek veya içki siparişinden kararlılığını, size dokunuşundan, gözlerinizin içine bakmasından size karşı beslediği duygularını, romantikliğini, etraftaki kızlara bakışından çapkınlığını, arayışını, çatal bıçak tutuşundan görgüsünü, aile yapısını, verdiği bahşişten cömertliğini görebilirsiniz. Hepsi tam karşınızda, gözünüzün, içgüdülerinizin önünde bütün çıplaklığıyla aslında.

Anlattıkları belki sahte, belki yalan, belki de sizin duymak istedikleriniz olabilir bundan emin olmanız çok zor ama davranışlar asla yalan söylemez. Laflara değil, eylemlerine ve davranışlarına bakın, karşınızdaki erkeğin kişiliğine yoğunlaşmaya çalışın.

Unutmayın, bir erkeğin kişiliği ve adamlığı, söyledikleri ile yaptıklarının arasındaki ince çizgide saklıdır.

Adamın vücudu sizinle konuşurken size doğru dönükse, iki ayağının açısı direkt sizin üzerinize doğruysa, adam kesinlikle sizinle ilgileniyordur. Hoşlanan erkek, bakışlarınızı yakalamaya çalışır ve bunu başarınca gözlerini kaçırıp sonra tekrar bakar. Bunu bir avlanma güdüsü gibi yapar.

Konuşurken size çaktırmadan, arkadaşınızmış gibi veya farkında olmadan hafifçe dokunuyor ya da buna çaba sarf ediyorsa çok etkilenmiştir. Hayırlı olsun. Eğer bu dokunma işini ilk tanışmada, buluşmada çok rahat bir şekilde yapıyorsa bu adam tam bir çapkın, haberiniz olsun.

Konuşurken gözlerinizi yakalamaya çalışıyor, gözlerinizin tam içine bakıyor ve kaçırmıyorsa ya sizden fazlasıyla etkilenmiş ya da arsız bir adamdır. Kararı konuşmalarından, mimiklerinden, tutarlılığından verebilirsiniz. Karşınızdaki adamın gözbebekleri büyümüşse, elleri terliyorsa ve ellerini koyacak bir yer bulamıyorsa bu adam sizden oldukça etkilenmiş demektir.

Bir erkek hoşlandığı kadının yanında dik durur, omuzlarını geriye atıp, göbeğini içine çekmeye çalışır. Ayrıca bir erkek beğendiği bir kızla konuşurken veya ona yaklaşırken mutlaka elleri saçlarına gider ve düzeltir. Kel erkeklerin bile elleri gider üç tel saçına. Bunu farkında olmadan refleksle yapar. İnanın erkekler saçlarının görüntüsünü sizden daha çok takarlar, ne de olsa değiştirebileceğimiz tek tük aksesuvarlarımızdan biri.

Eğer gözlerini, vücudunuza veya dekoltenize bakarken yakalıyorsanız, basit veya müstehcen konular açıyorsa size o gecelik ve o gecenin devamı için yaklaştığını anlayabilirsiniz. Karar sizin.

Şayet o adam telefonuyla, çakmağı veya sigara paketiyle oynuyor, gözleri etrafta geziniyorsa, hele arada bir saatine bakıp duruyorsa bilin ki adam sizden çoktan sıkılmış. Ya konu değiştirip ilgisini tazeleyin ya da kalkın gidin oradan. Gözlerini kaçırıyorsa, özgüvensiz veya utangaç bir adamdır. Bu arada hafif utangaç kişi erkek veya kadın fark etmez iyidir. Onlar saygılı, ölçülü olur ve ısrarcı değildirler. Arsız insanlar gibi üstünüze gelip, sizi yormazlar. Zaten arsız adamlardan uzak durun. Israrcı, yüzsüz ve seviyesiz olurlar.

Etkilemek istediğiniz erkeklerin karşısında sizin de aynı şekilde dik durmanız önemli, ayrıca çok da abartmadan vücudunuzun ona dönük olması, saçlarınızla oynamanız, kollarınızı kapatmamanız şart. Elleriniz ve bilekleriniz cinselliği çağrıştırdığı için çok önemli, ellerinizi asla saklamayın. Manikürlü değilseniz hariç tabii ki. Hatta bir nesneyle hafif okşar gibi oynamanız, ellerinizi ağır hareketlerle oynatmanız sizi çok daha çekici yapacaktır. Gözlerinin tam içine olması gerektiğinden biraz daha uzun bakmanız da etkili olur. Bunları sayıyorum ama zaten karşınızdakinden etkilendiyseniz, tam bu söylediklerimi elinizde olmadan, farkına bile varmadan yaparsınız. Bunun çalışılacak veya öğrenilecek bir tarafı yok. Tamamen doğal, içgüdüsel hareketler.

Bu arada biz erkekler için sizin mimiklerinizi okumamız gün geçtikçe imkânsızlaşıyor. Zaten bu konuda beceriksiziz bir de üstüne botoks girince işimiz inanılmaz zorlaştı. Artık bir kadınla konuşurken ifadesini anlamak için iyi bir estetisyen olmamız gerekiyor. Maşallah botokslarınız sayesinde yüzünüzde mimik kalmadı. Güldünüz mü, kızdınız mı, şaşırdınız mı anlamak imkânsızlaşıyor günden güne. Neyse, biz erkeklere dönelim. Size bir şeyler anlatırken elleri çok sık özellikle ağzına, kulağına, saçına, burnuna gidiyorsa büyük ihtimalle yalan söylüyordur. Yalan söyleyen kadınlar ise kulakmemesine veya saçlarına istemsizce dokunurlar. Ayrıca yalan söyleyen kişi göz kontağı kurmamaya da özen gösterir. Erkekler yalan söylerken aynı suç işlemiş bir çocuk gibi aşağıya, kadınlar ise daha becerikli oldukları için yukarıya bakarlar. İnsanlar yalan söylediklerinde kendilerini kötü hissettikleri için vücutlarını farklı bir yöne çevirebilir ve sizin söylediğiniz kelimeleri tekrarlayıp zaman kazanmaya çalışırlar.

Bir komiser arkadaşımdan duymuştum, suçlular baskı altında oldukları zaman kendilerini kapatabilirler ve kapalıyken asla doğruyu öğrenemezsiniz. Böyle bir durumda "İnanıyorum sana" havasında konuşmaya başlarsanız veya havadan sudan bir konu içine girerseniz onun kilidini açmış, rahatlatmış olursunuz. İşte tam onun beklemediği anda sorunuzu ansızın sorun. Adamın şakıma veya itiraf etme zamanı işte o andır. Suçsuzlar saldırıya, suçlular anında savunmaya geçer. Ses tonunda, savunmaya geçtiği için değişiklikler olur, ya daha yüksek sesle ya da kısık sesle konuşmaya başlarlar. Daha hareketli olur, yerinde duramazlar. Sigara kullanan biriyse eğer kesin bir sigara yakma ihtiyacı oluşur. Ellerinde ne varsa bilinçsizce onunla oynayıp, sakladığım bir şey yok havasında dik durmaya çalışırlar.

Yalan söyleyen erkek zaman kazanmak için soruya soruyla cevap verir ve gereksiz detaylara girer. Girdiği detayların içinde de mutlaka kaybolur.

Çok bilinen bir örnek vereyim size, diyelim ki sevgilinizin, kocanızın sizi aldattığından şüpheleniyorsunuz ve arkadaşınız onu bir restoranda görüp size ispiyonlamış (ispiyoncu pislik) ve siz bunu hiç beklemediği bir anda (çok ayıp ama yapmayın) adamın suratına suratına vuruyorsunuz.

– Dün sen bir iş toplantısındayım dememiş miydin hayatım?

– Evet hayatım, toplantıdaydım. Niye sordun ki? (Burada direkt bir şey anlamış mı tedirginliği başlıyor. Ne yazık ki biz erkekler çok beceriksiziz.) Bir de uzadı, bıktım artık bu şirketten. Çekilecek iş değil. Son dakikada gereksiz toplantılar koyuyorlar. İstifayı basacağım bir gün görecekler günlerini. (Geri zekâlı herif gereksiz detaylara giriyor panikle.)

– Peki madem şirkette toplantıdaydın öğlen saatinde sarışın bir kadınla restoranda ne işin vardı?

Bir anlık bir duraksamayla, elleri yüzünün bir yerinde dolaşarak konuşmaya başlar adam:

– Kim? Hangi sarışın? Kim görmüş? Nerede görmüş? Hangi otel? Pardon hangi restoran?

Evet biz erkekler yalan konusunda oldukça beceriksiz ve salağız. Zaman kazanmak, bir bahane veya çıkış noktası bulmak için sizin laflarınızı uzatarak sorular soruyor, soruya soruyla cevap veriyor, sonradan hatırlayamayacağımız gereksiz detaylara giriyor ve gittikçe sıçıyoruz. Siz kadınlar yalan söyleme ve yalan yakalama konusunda çok daha beceriklisiniz.

Aslında her yalanı anlayabilme yeteneğiniz var sizin. Ama bunu bazen beceremiyorsunuz. Niye mi? Çünkü karşınızdaki adam konuşurken, onun ne söylediğini düzgünce dinlemiyor, mimik ve vücut hareketlerine dikkat etmiyorsunuz. Onun yerine söylediklerine ne cevap vereceğinizi düşünüyorsunuz. Beyniniz ucundan duyuyor ama o çok konuşma hastalığınız yüzünden cevaplarınızı hazırlıyorsunuz. Tüm derdiniz ve dikkatiniz ona vereceğiniz cevapta. Bu yüzden yalanı, gerçek kişiliğini, gerçekten söylediklerinin inandırıcı olup olmadığını, oyunları, sahte kişilikleri anlamakta zorlanıyorsunuz. Çoğu zaman da o adamlara ve söylediklerine inanmak istiyorsunuz yani kendinizi kandırıyorsunuz. Ne cevap vereceğinizi değil, adamın ne söylediğini, mimiklerini, vücut dilini seyredin. Şems'in de söylediği gibi, "Bazen susmak gerekir, duymak için." Bunun iki faydası var:

1. Çok iyi bir dinleyici olursunuz. Her insan söylediklerini gerçekten dinleyen insanlarla konuşmak ister. Bu gerçek paylaşım o insana bağlılık yaratır. Karşınızdakine kendisini özel ve önemli hissettirir.

2. Gerçekten ne söylemek istediğini anlarsınız. Altyazıları okursunuz. Doğruyu yalanı ayırt edebilir ve yalancı, sahte kişilikleri çözersiniz.

Karşınızdaki kişinin kolları kapalıysa, kollarını kavuşturmuşsa, aynı kolları gibi kendini kapatmış, o ortamdan rahatsız ya da çok sıkılmış demektir. Kollarını açtırırsanız onu tekrar rahatlatabilirsiniz.

Ayrıca bir erkek kur yapıyorsa bunu ses tonundan da anlayabilirsiniz. Sesini alçaltır, sizinle aynı seviyeye getirmeye çalışır ve hafif genizden konuşmaya başlar. Açık tenli erkekler ruh halini en çabuk belli edenlerdir. Zavallıların yüzleri kızarır anında. Onlarla poker oynamak çok keyifli ve kazançlı oluyor. Esmer olduğum için çok şanslıyım.

İnsan ne hissederse bu tamamen yüzüne yansır. Bir erkek sizden hoşlandıysa utangaçlaşır ve yüzü kızarır. Göz temasından –utangaçlığı yüzünden– sakınabilir ama yine de yüzü size dönük kalır, başka yöne çevirmez. Siz konuşurken dudak hareketlerinizi izler. Sizin söylediklerinizi duymak ve tam olarak sizi çözebilmek için bunu farkında olmadan yapar. Ya da büyük ihtimalle sizi öpmek istiyor olabilir. Bu amaç doğrultusunda sizin gönlünüzü kazanmaya çalışıyordur. Pis çakal...

El ele tutuştuğunuzda elleriniz kenetleniyorsa, sıkı sıkı tutuyorsa doğru noktadasınız. Eğer bir de elleriniz kenetliyken başparmağıyla elinizi okşuyorsa, sizden fazlasıyla hoşlanmış demektir. Parmakları gevşekse, ilişkinin durumu da gevşektir ve kararsız veya sizinle ilgisiz bir adamlasınız demektir. Çekin gidin oradan.

Sarılma şeklinden de size olan ilgisinin seviyesini anlayabilirsiniz. Gevşek bir şekilde sarılıyorsa yeterince ilgili olmadığından emin olun. Sıkıca, iki koluyla kendine çekerek sizi sarıyorsa doğru adamlasınız. Bu arada sıkıca sarılarak ve sekiz saniyeden fazla öylece kaldığınızda aranızdaki bağın kuvvetlendiğini biliyor muydunuz? Gelin hep beraber sarılalım. @1istanbulerkegi

Tanışabilir miyiz Bayan?

Biz erkeklerin bir kızı gördüğünde dikkatini çeken şeyin ne olduğunu, o kızdan neden etkilendiğini, neden o kızla tanışmak istediğini, tanışmak için hangi numaraları yaptığını, hangi giriş cümlesini kullandığını, sonrasında telefonunuzu almak için ne dolaplar çevirdiğini bilirseniz o adamı elinize nasıl geçireceğinizi de çözmüş olursunuz. Tüm bu süreç erkek beyninin bir kızı gördüğünde nasıl işlediğini anlamanız için çok önemli.

Bir erkeğin bir kıza en rahat yaklaşabildiği ortam gece hayatında olur, yani bar, gece kulübü gibi mekânlarda. Bu tarz mekânlara giden erkek tamamen "Bir kızla tanışır mıyım acaba?" düşüncesi içinde olur. Erkeğin gerçek eğlencesi inanın tamamen kızlarla tanışmak, onlarla konuşmak ve etkilemek, devamında da onu ayarlamaktır. Bunun dışında özellikle bekâr bir erkeğin gece hayatında başka bir eğlencesi, beklentisi olmaz. Kimi akşam sokağa çıkacağımız bazı arkadaşlarımızın "Abi şu mekâna gidelim, ortam çok şıkmış, acayip iyi müzik çalıyormuş" gibi laflarına diğer erkeklerin cevabı "Bana ne abi müzikten, şık ortamdan? Sen bana kızlardan bahset. Mekânda yeterince kız var mı? Kızlara rahat yürüyebilecek bir ortam mı? Oturup evde de takılabiliriz kızlar yoksa. Ben çalarım yıkılan müzikler size" olur. İşte bu bahsettiğim tam ve gerçek bir erkek kafası. Bizim beynimiz böyle çalışıyor, tamamen avcı kafası yani...

Gece hayatı bir erkeğin en rahat ettiği ortamlardan biri kesinlikle. İçki içiliyor sonuçta. Bu adama ve yanına yaklaşacağı kıza rahatlık ve cesaret veriyor. Ayrıca ayakta durulan ortamlar tanışmak için en ideal yerler. Masasında oturan bir kıza yanaşmak bir erkeğe oldukça zor hatta imkânsız gelir.

Erkeklerin yanına yaklaştıkları kızlar tarafından reddedilme korkusu, hatta fobisi vardır. Yanaştıkları kız reddederse tüm özgüvenleri anlık yok olur, etrafa, arkadaşlarına karşı rezil olduklarını düşünürler. Bu yüzden tanışmak istedikleri kızdan emin olana kadar beklerler. Benim de kızlar tarafından çok reddedilmişliğim var. Bundan da hiç gocunmuyorum, iyi ki reddetmişler. Aslında hepsine teker teker çok teşekkür ediyorum. Reddedile reddedile öğrendim her şeyi. Tüm bunlardan ders çıkarıp doğru yaklaşma tekniğini çözdüm. Sıkıysa şimdi reddetsinler bakalım.

İşin şakası bir yana biz erkekler reddedilme korkusu yüzünden ortamdaki en rahat kıza gitmek isteriz. İlk dikkatimizi çeken kesinlikle dekolteli kızlardır. Ten görmeye, yırtmaca, hafif göğüs dekoltesi veya vücut hatlarını belli eden kıyafetlere bayılırız. İlkönce o kadınları görür gözümüz. Sonrasında çaktırmadan o kızları izleriz. Genelde tek bir kızı değil, birkaç kızı belli etmeden gözlerimizle takip ederiz. "Kiminle birlikte? Yanında erkek var mı? Kalabalık bir grup mu?" öncelikli eleme şeklimizdir. Bu kızların duruşu, gülümsemesi, rahatlığı yanına gidip gitmeyeceğimizi belirler. Dışarı karşı çok kapalı görünüyorsa "Ya bir erkek arkadaşı var ya da yeni ilişkiden çıkmış" hissi verir ve bu kızlardan uzak durmak isteriz. Sonrasında göz teması kurmaya çalışırız. Eğer gözlerimiz kısa bir süre de olsa çarpışırsa, olması gerektiğinden daha mı uzun kaldı ona bakarız. Bu göz teması karşımızdakinden emin olana kadar devam eder. Sonrasında içtiğimiz içkiden cesaret alarak hedefe doğru ilerleriz.

Her erkeğin nakarat bir giriş cümlesi vardır. Bu cümle daha önce başarılı olduğu ilk tanışmasından beri değişmez. Adam bir kere o cümleyle tanışmış, işe yaramış yani. Niye daha yaratıcı bir giriş cümlesi bulsun ki? Yetiyor işte ona. Bu klişe cümlelerden bazılarını size söyleyeyim. Ayrıca şayet adamı beğenmediyseniz, size yaratıcı cevaplar da hazırladım. Bu kıyağımı da unutmayın...

• Merhaba, daha önce tanışmış mıydık?
✓ Yok canım, senin gibi bir hödükle daha önce tanışsaydım kesinlikle unutmazdım.

• Seni bir yerlerden gözüm ısırıyor.
✓ Utanmasa daha nerelerimi ısıracağını anlatacak herif.

• Sana bir içki ısmarlayabilir miyim?
✓ Oldu canım hesabı da kapat istersen.

• Çok sıkılmış gibi duruyorsun, yardıma geldim.
✓ Süpermenim iyi ki geldin. Hadi uçur beni gidelim filan mı demeliyim?

• Buraya sık gelir misin?
✓ Sen sık geliyorsan bu son gelişim olacak.

- Aaa ne haber? Çok pardon ya, bir arkadaşıma benzettim.

✓ Biraz daha bu ucuz konuşmalara devam edersen ben de seni benzeteceğim.

- İçerisi çok kalabalık değil mi?

✓ Hayrola, tenha bir yerlere mi gidelim diyeceksin?

- Merhaba, Ayşe'ydi değil mi?

✓ Ayşe taze bitti, bir kilo Pelin versem?

- Selam, arkadaşlarla iddiaya girdik seninle tanışıp tanışamayacağım üzerine.

✓ Üzüldüm bak şimdi. Kaybettin, ayrıca kaybeden adamlarla hiç işim olmaz.

- Pardon tanışabilir miyiz?

✓ Bilmem, o senin tanışabilme kabiliyetine bağlı.

İlk tanışma anının bu tarz kalıplaşmış giriş cümleleriyle sabote edildiğini çok gördüm. Bu kadar önemli bir anın sıradan, nakarat şeklinde heba edilmesini anlamıyorum. Bana göre her giriş cümlesi ilk öpücük tadında kişiye özel olmalı. Kızın duruşuna, ruh haline, kıyafetlerine göre kişiselleştirilmeli. Kızın ne yiyip ne içtiği, kiminle nasıl konuştuğu, etrafa nasıl baktığı, vücut ve mimik hareketleri, giydiği kıyafet, ayakkabısı, çantası, gülüşü, garson veya barmene yaklaşımı onun hakkındaki tüm önemli detayları gösterir. İşi bilen erkek tüm bunlardan acele bir şekilde yaratıcı bir giriş cümlesi bulabilir. Bunu beceren erkeklere çapkın Sherlock Holmes diyorum. Ayrıca uzun uzun bakmak yerine, beğendiği kızın yanına çabucak gitmeli bir erkek. Bunu okuyan erkeklere önemli bir tüyo bu. Her kadın özgüvenli ve rahat iletişim kurabilen erkekleri sever. Uzaktan saatlerce bakıp zorbela yanına gelen adam oyuna 1-0 yenik başlar. Ayrıca sıradan laflarla değil yaratıcı cümlelerle bir kızın savunmasını ortadan kaldırır.

Diyelim ki bu giriş cümlemiz işe yaradı ve kız bizimle konuşmaya başladı, dikkat edilmesi gereken konuşmanın devamında karşıdakinin soru sorup sormadığıdır. Eğer soru sormuyor sadece kaçamak ve kısa cevaplar veriyorsa, erkeği beğenmemiş ve ilgilenmiyor demektir. Bir veya birkaç soru sorup cevabı dinleyin. Daha sonra yanından ayrılıyormuş gibi hafif geri çekilin, karşınızdaki kadının soru sormasını, konu açmasını bekleyin. Eğer bu olursa, ikiniz de etkilenmişsiniz demektir. Yoksa, yanından yavaşça ayrılın. Bu anlattıklarım da size kıyağım olsun beyler. Eğer çok hoşunuza gittiyse daha sonra son bir kez daha şansınızı deneyin, bir konu daha açın ve sorun, ama o kadar. Bu lafım arsız erkeklere, unutmayın birisi sadece sizinle konuştu diye kadının başında dikilip, saçma sapan sorular sorup, konu açmaya çalışacağım diye kızın evinin kirasına kadar girmeyin. Kız size soru sormuyorsa, kaçamak ve kısa cevaplar veriyorsa çekip gidin yanından. Taciz etmeyin kızın kibarlığını.

Eğer sizden de bir ilgi, beğeni aldığımızı hissediyorsak bundan sonraki ilk işimiz olayı sağlama almaya çalışmak, yani telefon numaranızı istemek olacaktır. Zeki ve tecrübeli erkek bu kısmı uzatmaz ve şansa bırakmaz. Muhabbetin en koyu yerinde, kızı etkilediğinden emin olduğu noktada, aniden ister telefonunuzu. "Arkadaşlarımın yanına dönmem gerek, ama seni yeniden görmek istiyorum. Senin için de uygunsa telefon numaranı alabilir miyim?" gibi akıllıca ve hiç beklemediğiniz bir anda ister. Yalnız aman beyler "WhatsApp kullanıyor musun?" gibi ergen muhabbetleri tadında cümlelerle istemeyin telefon numaralarını.

Numaranızı verip vermeyeceğiniz tamamen size kalmış, ama yeterince emin değilseniz yapacağınız en akıllıca seçim "Sen bana telefonunu ver, ben seni ararım" deyip canınız isterse onu aramak olabilir. Fakat bunun eksi bir noktası var, adamı sadece siz arayabilir veya mesaj atabilirsiniz. Bu da adamın kıçının kalkmasına sebep olur. Her zaman erkeğin aramasını veya mesaj atmasını bekleyin. Unutmayın, ilişki başında erkek aramalı, aramıyorsa yenisine yelken açılmalı. Eğer sizden hoşlandıysa ya da ilgisini çektiyseniz o akşam veya ertesi gün sizinle irtibata geçer, geçmiyorsa siz de geçin o adamı. Üç gün boyunca mesaj atılmaz, aranmaz diye bir âdet vardı eskiden ama üstünden çok sular aktı geçti. Hız çağında yaşıyoruz ve artık kimsenin beklemeye sabrı, tahammülü yok. Siz siz olun o sizi aramadan sakın aramayın. Erkek her zaman zorla, uğraşarak, emek harcayarak elde ettiği şeyi sever. Değerinizi asla düşürmeyin.

Sizi aradığında havadan sudan konuştuktan sonra gerçek arama sebebimize gireriz, tek derdimiz buluşma gününü ve yerini kararlaştırmaktır. Biraz zor kadını oynayın ama çok da zoru değil. Zoru severiz ama imkânsız imajını değil. Buradaki ayar, denge çok önemli. "Bugün-yarın buluşalım mı?" tekliflerini hemen kabul etmeyin. Hazır kıta gibi görünmeyin. En az üç dört gün sonrası için randevu vererek veya "Hafta sonuna doğru tekrar konuşalım" diyerek "Çok da ölmüyorum seni görmek için" duygusunu verin. Ama fazla da nazlanmayın. Unutmayın siz abartırsanız onun da buluşabileceği alternatifleri, yedekleri olabilir. Günümüzde erkekler artık çok fazla seçenekli. Nazlı olun evet ama dozunda.

Erkeğin Bağlanma Fobisi - Kadının Bağlanma Hobisi

Yanınıza yaklaşan her erkeğin altında hep yatan gizli bir duygu olduğunu bilin. Bu ya cinsellik ya da görsel bir çekimdir. Bunu bilerek hareket edin. Onunla konuşurken kendiniz olun, farklı bir kişiliğe bürünmeyin ama bunun bir oyun olduğunu da unutmayın. Kaçınılmaz olan bu oyundan zevk almaya çalışın.

Ayrıca tek oynayan siz değilsiniz. Size yaklaşan erkeğin de bilinçli veya bilinçsiz bir oyun içerisinde olduğunu asla unutmayın. Adamı çok beğenseniz bile bunu ona sakın hemen belli etmeyin. Zaten bizler sizden bir buluşma kaptıysak, sizi yeterince etkilediğimizden hatta elde ettiğimizden emin oluruz. Böyle gereksiz bir egomuz, özgüvenimiz var bizim. Kıçımız tavan yapar, tavan yapan yerlerimizi biraz indirin. Onun değil, sizin seçen olduğunuzu hatırlatın ona. İçinizden "Benden hoşlandın biliyorum ama bakalım ben senden hoşlanacak mıyım?" diye geçirerek, yüzünüze bu yaramaz ifadeyi takınarak konuşun. Gülümsemeyi sakın unutmayın. İki insan arasındaki en kısa yol, çekim, gülümsemektir.

Erkekler hakkında bilmediğiniz bir şey daha söyleyeyim. Erkekler ilişkilerine başlarken o ilişkiyi ne zaman bitireceklerini düşünerek başlarlar. Biliyorum size çok garip geliyor ama gerçekten böyle. Neredeyse hiçbir erkek başladığı ilişkinin sonsuza dek süreceğini düşünmez. Bilinçli veya bilinçsiz bir limit ve süre belirler kafasında. Bu bir günden birkaç aya kadar değişen bir süredir. Bizim evlilik, çocuk gibi hayallerimiz yok. Belki bir gün yapacağımızı biliyoruz ama inanın sadece bilmekle kalıyoruz. Bunu asla planlamıyoruz. Bizi buna iten baskı da sizinki kadar kuvvetli değil. Bir yaprak misali bu konularda amaçsız bir şekilde rüzgârda savruluyoruz. Bizler sizler gibi uzun vadeli planlar yapmayız, bugünü yaşayıp ertesi günü pek düşünmeyiz. Havalar soğuk, kışı bu kızla geçireyim, baharda ayrılır yenisini bulurum diyen öküz arkadaşlarım bile var benim.

Erkekler ilişkileri iş kontratı gibi görürler, nasıl ki o kontratın bir başlangıç ve bitiş tarihi varsa ilişkinin de son kullanma tarihi vardır. Hemen kızmayın bana, ne yapalım biz erkekler böyleyiz işte. Evet ilişkilere sonunun geleceğini bilerek başlarız ama kimi zaman bu koyduğumuz tarihler tutmaz. Burada sizinle ne kadar iyi anlaştığımız, bizi ne kadar şaşırttığınız, yaptığınız sürprizler, cinsel hayatımız, biriktirdiğimiz anılarımız önemli rol oynar. Her şeyden önemlisi sizin güçlü sabrınız belirler ilişkinin geleceğini.

Bu ilişki nereye gidiyor sorusunu ve duygusunu ne kadar geç verirseniz, ilişki içerisinde ne kadar rahat ve sonunu düşünmeden yaşarsanız bizim de koyduğumuz bitiş tarihleri o kadar ertelenir. Siz de zafere giden yolda sağlam adımlar atmış olursunuz. Unutmayın, sizin bağlanma hobiniz varsa biz erkeklerin de bağlanma fobisi var. Bunu yenmenin öncelikli yolu ilişkiyi sakin ve gizli ajandasız yaşadığınızı hissettirmek. Şayet bir erkek sizin de gelecek planları yapmadan, rahat bir halde, eğlenerek birliktelik yaşadığınızı hissederse, o zincirlere bağlanma korkusunu düşünmez ve akışına bırakır. Bu akış da ilişkinizin perçinlenmesine, güçlenmesine yol açar. Adamı korkutmayın, bırakın sizin de onunla aynı havada olduğunuzu sansın. Zaman geçtikçe farkına bile varmadan bağlanacaktır size.

Erkeğin ilişkiye ciddi bakması, bağlanması ciddi bir süreç. Bu noktada en başarılı kadınlar bizi şaşırtan, hiç beklemediğimiz anlarda beklemediğimiz hareketler yapanlar. Bizden ayrı kendine ait bir hayatı ve dünyası olduğunu gördüğümüz kadınlar. Burası çok önemli, karşınızdaki erkeği hayatınızın odak noktası haline getirmeyin, eğer bu elinizde değilse bunu ona o kadar hissettirmeyin. Sizin kendi dünyanız olduğunu görsün. Siz dünya olun o da ay. Bırakın o sizin etrafınızda dönsün, gelgitler yaşasın, meddücezri olun o adamın. Sizden tam olarak emin olamasın hiçbir zaman. Bizim en sevdiğimiz kadın tipi tam olarak elimize aldığımızı hissedemediğimiz kadınlardır. İlişki içindeyken sağının solunun belli olmadığı kadınlar ilgimizi çeker. Tabii ki adamı sevdiğinizi dibine kadar hissettirin ama her an uçabileceğinizi de bilsin. Aynı bir kuşu tutar gibi ne çok sıkın ne de gevşek bırakın duygularınızı.

Biz erkeklerde gereksiz bir sahip olma egosu vardır.

Hemen sahibiniz yapmayın, bırakın kıçını yırtsın uğraşsın adamcağız. Çevrenizi, ailenizi, iş hayatınızı, arkadaşlarınızı bir sevgilim var artık havalarına girip ikinci plana atmayın. Tüm bunlarla birlikte harmanlayın sevgilinizi ve özel hayatınızı. Özel olan sizsiniz ve sizin hayatınız, bunu asla unutmayın. El adamı bu, gelir geçer ama siz ve özeliniz, çevreniz, aileniz, arkadaşlarınız hep sizinle birlikte kalıcı. Bunu onun da bilmesini sağlayın. Sevgilinizi ve özelinizi tahterevalliye oturttuğunuzu düşünün. Özeliniz biraz ağır bassın, adam hafif yukarıda kalsın.

Sabır, Sabır, Ya Sabır

İlişkilerde sabırlı olmak çok önemli. Biliyorum sabırlı olmak sizin için çok zor bir iş ama yapacak bir şey yok. O yüzük parmağınıza takılsın istiyorsanız kesinlikle sabırlı olmayı öğrenmelisiniz. Erkeğin daha ilişkinin başında koyduğu ayrılma tarihini yenmenin en iyi yöntemlerinden biridir bu. İlişkiyi bitirmeye çalışan erkeği sabrıyla döven kadınlar tanıdım ve inanın genellikle istediklerini elde etmeyi başardılar.

Bunu oldukça iyi yapan hatta abartan kadınlara bir örnek vereyim. Samimi arkadaşlarımdan biri kız arkadaşından ayrılmaya oldukça kararlı ama bir türlü başaramamış. Bir gün sohbet arasında bana yakındı:

– Abi, kız arkadaşımdan aylardır ayrılmaya çalışıyorum ama bir türü beceremiyorum. Nasıl oluyor bilmiyorum ama konuyu ne zaman ayrılığa getirsem kız başka konuya giriyor. Ne yapacağım nasıl ayrılacağım ben? Bir akıl versene.

— Oğlum bunun nesi bu kadar zor? Karşına çek konuyu dolandırmadan direkt aç ve senden ayrılmak istiyorum de.

Arkadaşım "Tamam abi, bu sefer kesin başaracağım" diyerek doğruca kız arkadaşının yanına gitti. Aradan birkaç saat bile geçmeden beni aradı.

— Ne yaptın? Bu sefer becerebildin mi?

— Yok be abi, yine olmadı.

— Yuh artık, ne beceriksiz adamsın sen ya!

— Abi senin dediklerinin hepsini aynen yaptım. Karşıma aldım, konuyu falan değiştirmesine fırsat bile vermeden senden ayrılmak istiyorum dedim.

— O ne cevap verdi? Üzüldü mü kızcağız?

— Yok be abi, ne üzülmesi? Beni kale bile almadı. "Sen şimdi boş ver bu gereksiz konuları" diyerek yavaşça soyunmaya başladı. Sonra "Zaten tüm gün ayrıydık seni çok özledim" dedi ve sevişmeye başladı benimle.

İşte böyle sabırlı ve akıllı kızların alınlarından öpüyorum. Kız boyut atlamış, sevgilisini sabrıyla dövmemiş, sabrıyla sevişmiş. İlişkide bir tarafın devamlı sabır göstermesi çok zor biliyorum. Bu çok yorucu ve yıpratıcı bir durum ama işe yarıyor. Az önce bahsettiğim arkadaşım ve sevgilisine ne mi oldu? Geçen sene evlendiler ve çok mutlular...

Benim başımdan da buna benzer bir olay geçti yıllar önce. Bir kız arkadaşım var ve ayrılmak için kendime son kullanma tarihleri koyuyorum. Bir hafta sonra, bir ay sonra ayrılırım diyerek zaman geçiyor ama kız ilişkimize tırnaklarını o kadar sıkı geçirmiş ki bir türlü ayrılamıyoruz. En sonunda artık "Bu akşam başaracağım" diyerek kızla bir restoranda buluştum. Kalabalık içinde ayrılmak daha kolay olur diye düşündüm, en azından toplum içinde bağırıp çağırmaz veya hüngür hüngür ağlamaz. Neyse masamıza oturduk, kız eline mönüyü aldı ve sabırsızlıkla beklediğim ayrılık konuşmama başladım:

– Canım sana daha önce de defalarca belli ettiğimi, hissettirdiğimi düşünüyorum. Bendeki değişimi mutlaka fark etmişsindir. Artık bu ilişkiyi devam ettirmek istemiyorum.

Bir yandan konuşurken bir yandan da kızın mimiklerini seyrediyorum. Rezalet filan çıkarmasından, bağırmasından, ağlamasından çekiniyorum. Fakat kızın suratında en ufak bir değişiklik yok, sakin sakin mönüyü inceliyor. Daha fazla dayanamadım:

– Anlamadın galiba... Senden ayrılmak istiyorum.

Bir an için mönüye bakmayı kesip bana döndü:

– Hayatım anladım ben, sen burnun sürtülsün istiyorsun.

– Burnum mu sürtülsün istiyorum?

– Evet hayatım. Aynen öyle istiyorsun.

Kafam karıştı ve ona doğru eğildim:

– İyi misin sen? Neden bahsediyorsun?

– Bak hayatım, şayet ayrılırsak –ki ayrılmayacağız– ama diyelim ki ayrıldık –ki yok öyle bir şey– sonrasında başımıza gelecekleri sana bir bir anlatayım istersen.

Sanki bir çocuğa nasihat verir gibi tane tane konuşmaya devam etti. İşin komik tarafı ben de bir çocuk gibi uslu uslu dinledim onu.

– Anlat bakalım, ben de merak ettim...

– Şimdi diyelim ki senin dediğin gibi ayrıldık. Sonra ne olacak?

– Ayrı olacağız, ayrılmış olacağız.

– Aferin, bak nasıl da anlıyorsun beni.

Gülerek devam etti:

– Ayrılınca ben üzüleceğim, salya sümük ağlayacağım, sonra sana kızacağım, sonra yine ağlayacağım vesaire... Sen de bu süreçte gezip tozup eğleneceksin, bakınacaksın, önüne gelen sürtükle takılacaksın ve sonunda yorulacaksın. Beni özleyeceksin. Bu arada ben hâlâ seni bekliyor olacağım ama gururumdan seni aramayacağım. Birkaç şıllıkla sürttükten sonra benim değerimi daha çok anlayacaksın. Ama beni aramaya çekineceksin. Sonunda bir gece sarhoş olup, daha fazla dayanamayıp, cesaretini toplayıp arayacaksın beni.

Lafını kesip, "Biz erkekler sarhoş olunca yeni sevgilimizi uyandırmaya kıyamadığımız için eski sevgilimizi ararız" demek geçti içimden fakat konuyu daha fazla sulandırmamak için lafımı yuttum ve onu dinlemeye devam ettim.

– Pişman olduğunu, beni özlediğini, yerimi kimsenin dolduramadığını söyleyeceksin. Ben biraz nazlanacağım ama çok da uzatmadan kabul edeceğim seni. Tüm bunlardan sonra ne mi olacak? Senin burnun sürtülecek ve değerimi anlayacaksın.

Şaşırmış bir şekilde ağzım açık dinliyorum kızı. Cevap bile vermeme fırsat bırakmadan tekrar mönüyü eline aldı ve konuşmaya devam etti:

– Tüm bunları yaşamaya değer mi? Sen boş ver ayrılığı mayrılığı da ayrılmamamız şerefine mönüden bir şarap seç. Bu arada buranın suşileri çok güzelmiş diye duydum. Ortaya da suşi mi söylesek?

İşte böyle özgüvenli kızlar bizi çıktığımız ayrılık yollarından çeviriyor, hatta daha ciddi ilişki otobanlarına sürüklüyor.

Sabırlı olmak sadece ilişkinin sonlanmasını engellemek için değil tüm ilişki süreci için de geçerli. Biz erkeklerin ne kadar öküz, ne kadar zor ve geçimsiz olduğunu hepiniz gayet iyi biliyorsunuzdur. Adamın dengesizliklerine, gereksiz kıskançlıklarına, saçma sapan bahanelerle yok olmalarına, korkup kaçmalarına, arada bir sevecenliğini kaybetmesine de ne yazık ki tahammül edebilmelisiniz.

Koca mı Arıyorum, Çocuk mu Büyütüyorum?

Biz erkekler büyüyememiş ve hiçbir zaman tam olarak olgunlaşamayacak küçük çocuklarız aslında. Bunun farkında olan kadınlar, erkeğine belli etmeden çocuk muamelesi yapar ve ilişkilerinde oldukça başarılı olurlar.

Biliyorum bir erkek çocuğuyla değil gerçek bir erkekle birlikte olmak istiyorsunuz. Ama en olgun sandığınız erkek bile özellikle ona en çok ihtiyacınız olduğu zamanlarda hâlâ küçük bir çocuk gibi davranır. Ona doğal gelen çocuksuluğu, kimi zaman sorumsuzluğu veya sorunlardan kaçışı, her konuşmak isteyişinizde konuyu kapatması, yapması gereken şeyleri hep yarına atması sizi yorar, kızdırır veya utandırır. Eğer rahatsız olduğunuz bu konuları açarsanız, doğrudan yüzüne söylerseniz veya kavga çıkartırsanız davranışlarını düzeltmek yerine daha da hırçınlaşır, kendini tamamen haklı hisseder ve sizi onun hayatına karışmakla, özgürlüğünü kısıtlamakla suçlar.

Erkeğin içindeki çocuğu yok etmeye çalışmayın. O giderse adamın ışığı da söner, tüm hayat enerjisi çekilir. Çevrenize bakın, bunu becerip adamların hayatını karartmış bir sürü kadın vardır tanıdığınız. Özellikle uzun süredir evli olan çoğu kadın yapar bunu. Başta o beğendiği, evlenmek için kıçını yırttığı adamı beğenmeyip değiştirmeye çalışır. Bunu öncelikle adamın içindeki çocuğu öldürerek yapar. Üzerinde baskı kurar, azarlar, kızar, agresif davranır. Evlenmeden önce beğendiği adamın tüm özellikleri ilerleyen yıllarda batmaya başlar ve adamı değişimin içine zorla iter. Zaten kadın evleneceği adamın değişeceğini, erkek de evlendikten sonra kadının değişmeyeceğini ummaz mı? Ne yazık ki ikisi de umduğunu değil bulduğunu yer.

En büyük yanlışlarınızdan bir tanesi de erkekleri kendiniz gibi, yani bir kadın olarak görmeniz ve bu bakış açınızla biz erkekleri anlamaya çalışmanız. İşte bu yüzden bizleri çok iyi algılayamıyor, hatta hiç anlayamıyorsunuz. Bakış açınızı değiştirin. Bizler, siz kadınlar gibi komplike varlıklar değiliz. İnanın çok daha saf, hatta olgunlaşmamış bir çocuk gibiyiz. Çok düzüz, labirentlerimiz, dolambaçlarımız yok sizler gibi. Bizi anlamak için çaba sarf etmeniz bile gereksiz aslında, söylediklerimizin alt manaları, metinleri yok çünkü. Boş yere onları bulmaya, okumaya çalışmayın.

Çoğu zaman biz erkekleri anlayamadığınızı düşünüyorsunuz ve bunda da oldukça haklısınız. Fakat bunun sebebi bizlerin karmaşık ve değişken olmamız değil, sizlere karşı dürüst davranmamamız aslında. Biraz önce ifade ettiğim gibi aslında bizler kadınlara göre daha arızalı yaratıklarız. Bu karmaşık görüntümüzün sebebi tamamen sizlere, erkek arkadaşlarımıza hatta kendimize bile dürüst olmayı beceremeyişimizden kaynaklanıyor.

Ailemiz ve toplum biz daha küçükken "Erkek adam ağlamaz. Erkek adam duygularını belli etmez ve göstermez" gibi klişe laflarla üzerimizde öyle güçlü bir baskı oluşturmuş ki hislerimizi, duygularımızı açıkça ifade edemiyoruz. Hep bir yerlerde tıkanıyor ve sırf bu yüzden genellikle ilişkilerimizi hatta hayatımızı bile yarım yaşıyoruz. Bunun dışına çıkabilmemiz, hissettiklerimizi sizin kadar rahat ifade edip dışarı vurabilmemiz inanın kolay değil. Bunu anlayın ve acıyın bize...

Sizlere kendimizi ve hissettiklerimizi ya hiç anlatamıyor ya da doğru düzgün ifade etmeyi beceremiyoruz. İlişkilerimiz, beklentilerimiz hakkında dürüst ve açık olamıyoruz çoğu zaman. Siz zavallımlar da durmaksızın bizleri kendiniz gibi sanma yanılgısına düşüyor, ağzımızdan zar zor çıkan laflar ve davranışlarımızdaki parçaları birleştirerek "olmayan" bulmacayı çözmeye çalışıyorsunuz. Sizlerin gözünde hep kapalı bir kutu gibi kalmamızın en büyük sebebi de bu. Yoksa anlaşılamayacak kadar karmaşık değiliz. Hepimiz özümüzde, yaşından oldukça büyük gösteren çocuklarız.

Bizi küçük ruhlu, sanki bir çocuk gibi görebilmeyi başarırsanız işte o zaman erkekleri anlamaya ve hükmetmeye başladınız. Sabırlı, anlayışlı olun, sıkıldığımızda, ilgimiz dağıldığında oyuncağımızı elimize verin, özgürlük çığlıkları duyduğumuzda zincirimizin boyunu biraz daha uzatın yeter.

Siz kadınların anlamadığı önemli bir nokta da, "erkeklerin asla değişmeyeceği". Siz değiştireceğinizi veya değiştirdiğinizi düşünüyorsanız çok yanılıyorsunuz. Tek yaptığınız, değiştirebileceğinizi sanıp dırdırınızla adamın içindeki çocuğu yok etmek. Sonra da ortaya çıkardığınız eserinizi beğenmiyorsunuz. Biraz önce çevrenizde böyle yorulmuş çiftler vardır demiştim ya, şimdi bir daha düşünün bu çiftleri, gözünüzün önüne getirmeye çalışın. Kadınlar mutsuz ve hep şikâyet halinde, erkekler ise göbeklenmiş, saçları dökülmeye başlamış, bakımsız, kendini bırakmış ve tembelleşmiş değiller mi? Sevgilisi veya karısı da bu durumdan oldukça şikâyetçidir mutlaka. "Ne hımbıl bir adam, miskinin teki!" diye muhtemelen dert yanıyordur sesli veya sessiz. Artık adamı beğenmiyor daha da üstüne gidiyordur zavallının. İşte zaten en çok bu tarz kadınlar aldatır kocalarını veya sevgililerini. Kızım sen soktun bu adamı bu hale, sonra da yarattığını beğenmiyorsun. Erkeğin içindeki çocuğun ve hayatının içine sen ettin. Hem suçlusun hem güçlü...

Canınızı sıkan o çocuksuluğunda yapmanız gerekenler aslında çok basit. Öncelikle o çocuğu sevin. O adam gerçekten çocuktu bir zamanlar ve ona hayatı öğreten bir kadın yani annesi vardı. Sabırlı, şefkatli ve sorgusuz seven. Yeri geldiğinde onu uyarıp cezalar da veriyordu ama bunu sevgiyle ve sabırla yapıyordu. Şimdiki yol göstericisi de sizsiniz yani annesisiniz ne yazık ki. Hayalini kurduğunuz çocuğunuzu doğurmadan önce o adamı büyütmelisiniz.

Bir erkeği asla değiştiremezsiniz demiştim, bu çok doğru. Bir erkeğin karakterini kesinlikle değiştiremezsiniz ama davranışlarını, sorumluluk duygusunu, ilgisini, hal ve tavırlarını terbiye edebilirsiniz. Bu zor gibi görünse de adamın içindeki çocuğu görerek ve severek yapabileceğiniz bir şey. Zaten birlikte olduğunuz adamın çocuksuluğunu görüp sevmiyorsanız o adamı da yeterince sevmiyorsunuz demektir. Uzak durun o zaman o adamdan, bırakın bunu gören, seven bir kadın onun yeni sevgilisi (pardon annesi) olsun.

İçindeki çocuğu sevin derken durumu abartmayın, o duyguyu çok pohpohladığınızda adam aynı bir küçük oğlan çocuğu gibi şımarır, nazlılaşır. Hem sizi daha da yorar hem de zamanla sizden uzaklaşır. Onu terbiye ettiğinizi sadece siz bilin, asla ona belli etmeyin, hissettirmeyin. Çok abartırsanız adam sizi annesi gibi görmeye başlar ve yeni bir sevgili arayışına girer.

Her erkeğin içinde bir çocuk var diyorum ama bazı erkekler de fazla çocuk kalmış olabilir. O adamlar her ne kadar iş hayatında kariyer sahibi ve başarılı, dışarıda olgun gibi görünse de, evinde, evliliğinde, ilişkilerinde hâlâ çocuktur. Karısına maddi manevi bağımlı yaşamaya mahkûmdur. Ana kuzusu kalmaya devam eder hayatı boyunca. Fazla nazlı, hastalık hastası, evhamlı olur aile hayatında. Hiç çekilmez bu adamlar ve yaşlandıkça daha beter bir duruma düşerler. Aman bu tarz adamlardan uzak durun. İçinde olgun olan çocuk adamla, içinde çocuk olan adamı karıştırmayın.

Erkeğinizin beğenmediğiniz ve tasvip etmediğiniz davranışlarını, eksik sorumluluk duygusunu değiştirmek istiyorsanız, onu azarlayarak, kötü yönlerini yüzüne vurarak, aşağılayarak, küçümseyerek değil tam tersine iyi yönlerini öne çıkararak, ödüllendirerek ve sevgiyle yoğurarak yapın. İyi noktalarını sanki bir kahramanmış gibi seviyeli bir şekilde övüp yapmasını istediğiniz şeyleri de aynı şekilde muhteşem yapabileceğini anlatın ona. Eleştirinizin dozunu abartmadan, onu beceriksiz ve aptal konumuna düşürmeden konuşun onunla.

Erkeğinizi kararlar almasına teşvik edin. Ne yapacağınızı, nereye gideceğinizi, nereye gitmek istediğinizi size danışan, soran adamları sevmediğinizi hatta çok itici bulduğunuzu biliyorum. Eğer karar alma becerisi düşük bir adamlaysanız, onun karar almasını ve aldığı kararı uygulamasını sağlayın. Size "Ne yapalım bugün?" veya "Bu akşam yemeğe nereye gidelim?" diye basit bir soru bile sorsa, ona en tatlı halinizle "Tamamen sana bırakıyorum, seçtiğin her şey beni mutlu eder" veya yaramaz bir gülümsemeyle "Hadi şaşırt beni bu akşam" diyerek onun karar vermesi, sorumluluk alması gerektiğini hissettirin. Bu arada saçma sapan bir yere götürse bile dırdır etmeyin, söylenmeyin, sonuçta "Sen bilirsin hayatım" diyen sizsiniz.

Birlikte olduğunuz erkeğin sakın arkasından konuşmayın, onu başkasına şikâyet etmeyin. Hele o yanınızdayken asla ama asla başkasına onu şikâyet edip çekiştirmeyin. Bir erkeğin en nefret ettiği şeylerden biridir bu. Her erkek sevgilisinin gözünde çok özel olduğunu hissetmek ve bundan emin olmak ister. Unutmayın muhtemelen ailesi onu yıllarca şımartmış, her ne kadar odun olursa olsun kendini bir bok sanıyor adam. Sonrasında da eski kız arkadaşları "Sen bir tanesin, senden daha özelini tanımadım..." gibi laflarla pohpohlamaya devam etmiş. Adamın egosu tavan yapmış, nasıl oraya çıktığını bilmediği için de inemiyor zavallı. Aynı bir kedinin ağacın tepesinde kalması gibi. Ancak bir itfaiyeci indirebilir onu oradan. Ama siz sakın o itfaiyeci olmayın. Erkeğin egosunu direkt zedelemeyin. Bazı egolar takdir değil, tamir istiyor. Sizin gözünüzde özel olduğunu hissetmezse, onu gerekli gereksiz öven kız arkadaşlarına gider aklı.

"Beni en iyi o anlamıştı, bana tapıyordu" diye düşünmeye başlar ve bir anda o eski kız arkadaşını özler. Bu kitabı hâlâ okuduğunuza göre böyle bir amacınızın olmadığını düşünüyorum.

O yanınızdayken onu başkalarına eleştirmek, hele şikâyet etmek onu sizden koparır, uzaklaştırır. Bir erkek sevdiği kadının yanında her şeyi ile kabullenilmiş, her noktasıyla sevilmiş, o kadının en özeli, en doğrusu olduğunu bilmek ister. Bunun tersini sizden, hele başkalarına söylediğinizi duyarsa size karşı olan tüm motivasyonu kaybolur. "Nasıl olsa benim böyle olduğumu düşünüyor. Artık beni hiç beğenmiyor. Bir de üstüne üstlük artık başkaları da tüm bunları gördü" diye düşünerek sorun ne ise onu çözmek yerine tamamen o sorunu hiçe sayar ve sorundan hatta sizden koşarak uzaklaşır, arkasına bile bakmadan kaçar.

Bir erkeğe bir şey yaptırmak veya davranışlarını değiştirmek istiyorsanız, cezalandırma yönteminden de uzak durun. Tam tersi ödüllendirme yolunu seçin. Aynı çocuk ve köpek eğitiminde olduğu gibi yani.

Geçenlerde adını hatırlayamadığım bir filmde bunu çok güzel anlatan bir sahne seyrettim. Kızla erkek evlenmeye karar veriyorlar ve tarih çok yaklaşmasına rağmen bir türlü düğün yeri, dans müziği, balayı konularında net kararlar alamıyorlar. Doğal olarak bunun tek suçlusu da müstakbel damat. Bu detaylarla ilgili karar vermekten hatta konuşmaktan bile kaçıyor beyimiz. Kızın normalde tartışma çıkarması hatta "Bu düğün iptal, evlenmeyeceğim seninle" diyerek onu tehdit etmesi veya olay çıkartarak onu cezalandırması gerekir diye düşünürken canım kız tam tersini yapıyor. Adamı karşısına alıyor, güzel bir müzik açıp tüm seksiliği ile yavaşça dans etmeye başlıyor. Sonra kısık ve son derece seksi ses tonuyla, "Düğünümüzle ilgili aldığımız her kararda üzerimdeki kıyafetlerden bir tanesini çıkaracağım ve her uzlaşamadığımız konuda da tekrar giyeceğim..." diyor.

Haftalardır karar veremedikleri her detayı çok kısa sürede ve cilveleşerek çözüyor muhteşem kız. Öpüyorum onu buradan...

Susarak Kazandığın Değeri Boş Konuşarak Harcama

Her erkeğin dert yandığı durumlardan biri de sevgilisinin veya eşinin dırdırlanmasıdır. İnanın çok çekilmez bir durum bu. Adama yaptırmak istediğiniz şeyleri dırdırlanarak başaracağınızı düşünüyorsunuz. Tamam bazen size "Peki canım, tamam aşkım, söz, yapacağım" gibi laflarla onay veriyor olabilir ama bunu sadece dırdırı bastırıp, sizi o an için susturmak amacıyla yapıyordur. Hiçbir erkek devamlı söylenen, aynı lafı sürekli tekrarlayan kadının söylediklerini bırakın yapmayı, dinlemez bile. Yapsa bile bir işe yaramaz zaten. Tüm derdi sizi susturup geçiştirmek ve baş ağrısından kurtulmak zavallımın. O, "Peki canım söz, yapacağım" lafları aynen söylediği gibi lafta kalır.

Profesyonel dırdırcı kadınların sözde başarısı sadece ne söylediklerinden çok hangi cırtlak ses tonuyla söylediklerinden ve dırdırlarının süresinin uzunluğundan ölçülür. Dırdır süresi arttıkça –bunun saatler sürenini yaşayan erkekler tanıdım– erkeğin ömrünün azaldığını hatta kansere yol açtığını İsviçreli bilimadamları yaptıkları araştırmalarla kanıtlamışlardır (tamamen benim uydurmam).

Bana sorarsanız Türkiye'deki kahvehane kültürünün altında tamamen evdeki kadın dırdırı yatıyordur. Adamlar karılarının bitmeyen, tükenmeyen çenesinden kaçmak için çareyi sigara dumanında boğulan kahvelerde arıyorlar. Evde maruz kaldıkları radyoaktif dırdır ve kahvehanelerdeki sigara dumanı kanseri tetikliyor. Çok bilimsel bir yaklaşım yaptığım için şu an kendimle gurur duyuyorum.

Kadın dırdırı erkeğe bir şeyler yaptırmaktan çok o dırdıra sebep olan olaydan kaçmasına neden olur. Adamı vurdumduymaz, dağınık ve dikkatsiz bir ruh haline sokar, yani adamı ruh gibi yapmak dışında hiçbir etkisi olmaz.

Bir de lafı çok uzatan kadınlar var. Nasıl yapabiliyorsunuz bunu bilmiyorum ama çok iyi beceriyorsunuz. Geçenlerde bir kız arkadaşım (yanlış anlaşılmasın, sadece arkadaşım) "Sana kısa bir şey danışabilir miyim?" diyerek konuya girdi. Ben de tüm anlayışımla (pardon, salaklığımla) "Tabii ki..." deme gafletinde bulundum. Bulunmaz olaydım. Başladı o kısa danışma olayını anlatmaya. Sorunu doğal olarak erkek arkadaşıyla ilgili. Aralarında yaşanan bir tartışmayı anlatıp, ne yapması gerektiği konusunda fikir alacak sanıyordum. Ama esas kısma girene kadar bana adamla bir yıl önce ne zaman, nerede ve nasıl tanıştıklarından başlayarak tüm detaylarıyla anlatmaya başladı. İlk gün ne giydiğini, ne yediklerini, ne içtiklerini, sonra ne yaptıklarını, adamın neler anlattığını, hava durumunu, tüm yaşadıklarını bir bir anlattı. Bu kadar gereksiz detay yetmezmiş gibi onun ve erkek arkadaşının daha önceki ilişkilerini de duymak zorunda kaldım. Gerçi duyduğum pek söylenemez çünkü belli bir süre sonra kendi huzurlu dünyama çekildim. O ağzından neredeyse tükürükler saçarak heyecanla tüm ilişki sürecini anlatırken ben bir yandan o hafta yapmam gereken işleri düşünüyorum, arada durakladığında mimiklerine bakarak ya "Hadi canım, gerçekten mi?" ya da "Eee sonra?" diyerek dinlediğimi düşünmesini sağlıyorum. Aradan bir saat geçmişti ki sonunda ana konuya yani niye kavga ettikleri konusuna girmeyi başardı. Ben de bir cevap vermek zorundayım ya, tekrar tek kulağımın yüzde onuyla dinlemeye başladım. Baktım konuyu yeniden dağıtıyor artık daha fazla dayanamadım:

– Yeter artık, daha fazla detaya girme. Sen bana tam olarak niye tartıştığınızı söyler misin lütfen? Ama iyi düşün ne söyleyeceğini, bir cümleyi geçmesin. Yordun kızım beni ya.

Kızcağız bir an için sustu, galiba biraz bozuldu ama ne yapayım, çatladım artık. Söylesem mi söylemesem mi gibi baktı bana ve tekrar konuşmaya başladı:

– Aslında çok konuştuğumu ve dırdır yaptığımı söyledi. Artık dayanamıyorum diyerek ayrıldı benden.

O bunları tüm hüznüyle söylerken ben tutmaya çalıştığım kahkahamı becerebildiğim kadar saklayarak, "Allah Allah, gerçekten mi? Ama canım sen öyle bir kız değilsin ki. Adam ya seni doğru dürüst tanımamış ya da senden ayrılmak için bahane arıyor demek ki. Ne alakası var? Bence sen hemen ara onu ve uzun uzun, çok konuşan bir kadın olmadığını anlat, inandır dırdırcı olmadığına" dedim.

Ne yapayım hak etti bunu kız. Ben niye onun dırdırını çekeyim, sevgilisi dururken? Benim ne suçum var?

Erkeğin Ne Dediğine Değil Ne Söylediğine Bak

- Sen daha iyilerine layıksın.

✓ Bu ilişkiden sıkıldım ve artık seni sevmiyorum. Aslında ilişki milişki isteğim falan da kalmadı artık. Öylece takılıp gecelik ilişkiler peşindeyim. Hayatımı yaşamak istiyorum. Sen çok iyi birisin ve ne seni üzmek ne de zamanını çalmak istiyorum. Ayrıca sen hayatımdayken yemek istediğim bu haltları senin korkundan yapamıyorum. Ben daha fazla kadına layığım. Pardon sen daha iyilerine layıksın olacaktı.

- Yanımda olsaydın keşke, öylece sarılıp yatsaydık.

✓ Şu an çok azdım. Canım seninle sevişmek istiyor. Öncesinde ve sonrasında birkaç dakika sarılacağım sana, söz.

- Ayrılmak istiyorsan bu kararına saygı duyarım.

✓ Ben çoktan ayrılma kararını aldım, top bende. Ama sen ayrılalım dersen içimi rahatlatacaksın. Suçlu ben olmayacağım ve eğer bir gün seninle tekrar birleşmek istersem ve barışırsak "Ayrılık kararını sen aldın, tüm suçlu sendin" diyerek senin yüzüne yüzüne vuracağım.

- Bu ilişkiye biraz ara verelim.

✓ Ben senden bir süreliğine ayrılayım ama sen ayrılma. Bir köşede uslu uslu dur ve beni bekle. Başka adamlara bakmadan öylece benim dönüşümü bekle. Bu arada ben gezip tozayım. Başka kızlara şöyle bir bakıp şansımı deneyeyim, gönül eğlendireyim. Eğer daha iyisini bulamazsam veya bulduklarımdan sıkılırsam söz sana geri döneceğim.

Ama sen otur oturduğun yerde, gezme tozma ve sabırla beni bekle olur mu? Bak vallahi döneceğim sana, senden daha iyi bir kız bulamazsam şayet.

- Seni çok seviyorum.
  ✓ Bu güçlü cümlenin ilişkiye göre değişen birkaç anlamı olabilir:

- Gerçekten seni çok seviyorum.
  ✓ Şimdi sen bana "Seni seviyorum" dedin ve gözlerini dikmiş bana bakıyorsun. Kaçacak, saklanacak yerim de yok. Mesaj atsaydın daha kolaydı, bir tane yüzü kızarmış emoji veya kalp öpücüklü smiley yollayıp durumu geçiştirebilirdim ama sen yanımdasın. Köşeye sıkıştım. Eee yapacak bir şey yok, "Ben de seni seviyorum" desem mi? Mutlu da olur kızcağız. Dur bir dakika, madem söylemek zorunda kaldım bari tam olsun, hem de üste çıkarım. "Seni çok seviyorum. Ölüyorum ulan sana."
  Abi kızın vücudu, fiziği yıkılıyor. Dayanamıyorum artık, sevişmemiz lazım bir an önce. Ancak kimyasını seversem fizik dersine kabul edecek galiba beni. "Seni çok seviyorum" oldu mu? Artık beden eğitimi dersine başlayabilir miyiz?

- Çok gitmek istiyorsan git.
  ✓ Lütfen, ne olursun gitme, ayrılma benden. Senden ayrılmak istemiyorum, seviyormuşum demek ki ben seni. Gururumdan seni durduracak laflar söyleyip yalvaramıyorum sana. Gözümdeki yaşları bile zor tutuyorum.

Git, git, gitme dur ne olursun
Gitme kal yalan söyledim
Doğru değil ayrılığa
Daha hiç hazır değilim...

(Minik Serçe'ye saygılar...)

- Kafam çok karışık bu aralar. Senden biraz zaman istiyorum.
- ✓ Evet, gerçekten kafam çok karışık bu aralar ve bu çok yorucu. Seninle diğer kız arasında çok kararsız kaldım. Hanginizi seçeceğime bir türlü karar veremiyorum. En iyisi biraz da onunla zaman geçireyim. Sonrasına bakarız. Ama sen beni bekle olur mu? Ben kararımı alana kadar uslu uslu bir köşede dur.

- Seni çok özledim.
- ✓ Hadi bana gel de sevişelim. Seni çok istiyorum...

- Bana gelsene bu akşam, pizza söyleyip romantik bir film seyrederiz.
- ✓ Bana gelsene bu akşam, pizza söyleyip erotik bir film çeviririz. Sevişme sonrası sen saçımla oynarken de film seyrederiz.

- Ne alakası var?
- ✓ Evet, yine bir bok yedim ve yine yakalandım. Verecek cevabım da yok. Durumu kurtarmam lazım ama

aklıma her zaman olduğu gibi hiçbir şey gelmiyor. Biraz zaman kazanayım bari. Ya ne alakası var hayatım? Kim? Beni mi? Nerede? Kim görmüş beni? Beni mi görmüş? Hangi sarışın? Niye görmüş? Ne alakası var?

- Bence bu elbise sana hiç yakışmamış aşkım.
- ✓ Ulan her yerin görünüyor. Götün başın açık. Tişört mü giydin yoksa elbise mi anlayamadım. Geceliğin bile bundan daha kapalı.

- Şaka yaptım canım ya.
- ✓ Ne şakası, gayet ciddiydim de sen niye bu kadar bozuldun ki şimdi? Durumu kurtaramazsam sevişmezsin de şimdi sen bu akşam. Hemen kıvırmam lazım. Vallahi şaka yaptım.

- İnan düşündüğün gibi değil sevgilim.
- ✓ Aynen düşündüğün gibi. Ama sen yine de öyle düşünme. Söylediğimin içindeki iyiyi bulmaya çalış. Pollyanna ol biraz.

- Yok be güzelim, o kız sadece arkadaşım.
- ✓ Tamam, kızla birkaç kez birlikte olduk veya olma ihtimalimiz var. Ama sen öyle düşünme. Ayrıca merak etme, duygu falan yok sadece seks var. Kafanı takmanı gerektirecek bir durum yok yani. Sen rahat ol ve beni sevgili arkadaşımla yalnız bırak.

- Öyle demek istemedim.
✓ Tamamen öyle demek istedim de olmadı galiba. Sen yine de demediğimi farz et ya da öyle davran. Bozulma hemen, sevişiyoruz değil mi biraz sonra?

- Bakarız...
✓ Hayır, kesinlikle olmaz. O istediğin şeyle işim olmaz. Ama senin ısrarını ve dırdırını çekmemek için ayrıca gecenin devamı hatırına ortaya bir laf söyleyip durumu geçiştiriyorum. Bakarız canım bakarız...

- Tamam canım...
✓ Lütfen bir sus artık!

- Peki hayatım...
✓ Bir sus artık ya!

- Haklısın aşkım.
✓ Yalvarırım artık sus, dayanamıyorum. Kendimi keseceğim şimdi!

- Şarjım bitmek üzere aşkım, yüzde birde ve her an kapanabilir telefonum. (Bunu diyen adamdan acele ekran görüntüsü yollamasını isteyin.)
✓ Birazdan yıkılan bir kızla buluşacağım, lütfen zırt pırt arayıp rahatsız etme beni. Sonrasında, eve dönünce ararım seni. Dönersem tabii...

- Artık ciddi bir ilişki istiyorum.

✓ Seni yatağa atmak için kıçımı yırttım, tüm numaralarımı sergiledim ama nafile. Geriye tek bir kozum kaldı o da âşık erkeği oynamak. Artık yıkılan bir sevişme bekliyorum senden.

- Sana bir içki söyleyeyim.

✓ Biraz çakırkeyif olursan hedefime daha rahat ve hızlı ilerleyebilirim. "Barmen, votkasını fazla koy, cimrilik yapma..."

- Ne içersin?

✓ Sakın çay kahve deme bana... Votka, şarap, cin, viski? Bira bile olur.

Bakınız: Sana bir içki söyleyeyim.

- Ama sen hiç içmiyorsun. Hadi şerefe...

✓ Hadi artık iç. İçkinle oynamayı kes artık ve iç. Hâlâ sarhoş olmadın, tam aksine beni sarhoş ettin.

Bakınız: Sana bir içki söyleyeyim.

- Aaa tamamen unutmuşum canım ya, yarın çok erkenden bir toplantım varmış.

✓ Hadi evine artık. Seviştik ve işim bitti seninle.

- Annem/kardeşim/arkadaşım/dayım aradı, acil bir durum varmış. Acele çıkmam lazım.
✓ Sen hâlâ burada mısın?
Bakınız: Yarın toplantım varmış.

- Ya canım tamamen unutmuşum, kahvaltıya annemlere gidecektim. Tüm aile toplanacak.
✓ Tamam gece çok iyiydi, birlikte bile uyuduk daha ne istiyorsun? Ama artık git evine.

Hormonsuz İlişkiler

Günümüz ilişkileri eski zamanlara göre oldukça farklı bir hal aldı. Kadınlar daha maskülen, erkekler daha feminen rollerin içerisine girdiler. Kadınların nazlı olması gerekirken son dönemlerde erkekler daha nazlı olmaya başladılar. Erkeğin adamlığı, kadının da dişiliği unuttuğu bir dönemde yaşıyoruz. Aslında hem biz erkeklerin hem de siz kadınların silkelenmesi gerekli. Biz erkekler kendi başımıza silkelenmeyi düşünemeyeceğimize ve düşünsek bile beceremeyeceğimize göre sizlerin bizleri silkelemesi ve kendimize, aslımıza geri getirmesi lazım. Ancak bu sayede ilişkiler yine eskisi gibi yani olması gerektiği biçimde olmaya başlayabilir. Tüm olayın başı da, sonu da sizlersiniz. Sizler karşınızdaki erkeği tekrar sevecen, duygulu, anlayışlı, sorumluluk sahibi yani olması gerektiği gibi bir adam haline sokabilirsiniz. Tüm olay sizde bitiyor. Bunu sağlarken kullanacağınız stratejileri ve ufak oyunları sahtekârlık olarak görmeyin. Bunlar aslında ilişkilerin saf ve öz haline girebilmesi için yapılan doğal hareketler.

Unutmayın ilişkiler de aynı yaşayan canlı organizmalar gibi. Her canlı gibi onlar da besleniyor ve büyüyorlar. İlişkinizi sevgi, saygı, paylaşım, anı ve aşk ile beslerseniz sağlıklı bir yapıya dönüşür. Ama sahte kişiliklere bürünüp onu yalanlarla doyurursanız inanın bu durum bozuk yemekler gibi ilişkinin midesini bozar ve eninde sonunda kusar. İlişkinizi nasıl beslediğiniz, onun sağlığı ve uzun ömürlü olması için çok önemli. Onu katkı maddeli duygularla değil katkısız, hormonsuz, doğal ve organik hislerle besleyin. İşte ancak o zaman doyurucu birlikteliklerinizi olur, fast food ilişkiler yaşamazsınız.

İlişkilerin de bir yaşam döngüsü, ömrü var. Doğum sancısıyla başlar ilişkiler yani ilk tanışmanızla. Eğer bir şans vermeye karar verirseniz sonrasında onu tanımaya, kendinizi tanıtmaya başlarsınız. Bu ilişkinin çocukluk dönemidir. Hep söylediğim gibi ilişkiler aynı çocukların gelişimi gibi ilk zamanlarında nasıl eğitilirse tüm yaşamı boyunca öyle ilerler. Bu ilk aylarda davranışlarınıza, hareketlerinize çok dikkat etmelisiniz. İlişkinin gelişimi öncelikle kadınlar olarak sizlerin elinde. Bu ilk dönemleri mümkün olduğunca keyif alarak ve uzatarak sindire sindire yaşamalısınız. Emin olmadan ve gereksiz telaşlarla ileri boyuta taşımadan düzgün ve sağlam temeller üzerine kurmalısınız. Gerçi sizde nerede o sabır? Hemen ilişkinizde boyut atlama peşindesiniz. Biraz sakin olun.

Sakin ve bilinçli bir ruh hali içerisinde olursanız, sabrınız ve sevecenliğinizle yoğurursunuz ilişkinizi. İşte o zaman, o sağlam temelli birlikteliğiniz küçük bir sarsıntıyla üzerinize çökmez. Bu yüzden özellikle ilişkinizin ilk zamanlarında ve tabii ki tüm ilişkiniz boyunca kadınlığınızın üstüne oturmuş maskelerinizden kurtulun, içinizdeki dişiyi dışarı çıkartın. İşte o zaman özel hayatınızda çok daha başarılı olduğunuzu göreceksiniz. Ve işte o zaman ilişkilerinizde mutlu ve istediğiniz noktada olabileceksiniz. Bu masum stratejiler ve pembe oyunlar sizin hak ettiğiniz hayata ve huzura kavuşmanıza inanın rehber olacaktır.

Bu arada ilişki oyunlarını biz erkekler de oldukça sık yapıyoruz ama çoğu zaman bunun farkında bile değiliz. Yani mızıkçılığı sadece sizler yapmıyorsunuz, rahat olun, "Sen güçlü kadınsın" diye diye erkeğe çevirdiler sizleri. Sonra da bu halinizden hoşlanmadılar. İçinize saklanmış o dişiyi çıkartın tüm o güçlülüğünüzle.

Kestik Hanımlar, Olmadı Bu Sahne...

Düzgün bir ilişkiyi yaşayabilmek, gerçek sevgiyi tadabilmek için sizlerin öncelikle kendinizi tanımanız ve sevmeniz şart. Birçoğumuz kendimizi tanıdığımızı düşünüyoruz ama kaçımız gerçekten özümüzü tanıyoruz? Toplumun, ailemizin, çevremizin, kültürün baskısıyla her birimiz olduğumuz, olmak istediğimiz gibi değil, olmamızı istedikleri bir karakterin içine bürünüyoruz ne yazık ki. Toplum baskısı ve dayatması daha küçük yaşlarda sinsice yakamıza yapışıyor ve rahat bırakmıyor bizi. Bu durum zamanla öyle bir hal alıyor ki, kendimizi ne kadar tanıdığımızı sansak da, aslında bize dayatılanın biz olduğunu düşünmeye başlıyoruz. Kendini gerçekten tanımayan birinin seçimlerinde, ilişkilerinde, kararlarında başarılı olması da neredeyse imkânsızdır.

Hayat beklentilerimizin neler olduğunu, başkalarını değil sadece sizi nelerin mutlu ettiğini, ileride kendinizi nerede görmek istediğinizi ayaklarınız yere basarak düşünün. Yüksek sesle sorun hatta kendinize "Ben gerçekten ne istiyorum?" diye. Kendinizi nasıl gördüğünüzü düşünün. Mutlu musunuz? Kendinizle barışık mısınız? Samimi misiniz? Şefkatli misiniz? Dürüst müsünüz? Kararlı mısınız? Sinirli misiniz? Huzurlu musunuz?

Yaşayacağınız hayatın odak noktası sizsiniz. Hayat denen sinemanın başrolünde siz varsınız ve bu film tek bir seferde çekilecek. "Kestik, bir kez daha çekiyoruz..." diye bir seçeneğiniz yok. Film setiniz, yaşadığınız her yer, figüranlarınız, aileniz ve çevreniz. Bunları hayat zaten yerleştirmiş filminize. Siz hem başroldesiniz hem de yönetmen koltuğunda oturuyorsunuz. Hayat filminizin güzel ve başarılı olabilmesi için rolünüzü, karakterinizi tam anlamıyla bilmeniz gerekmez mi?

Beklentilerinizden emin olduktan sonra yardımcı oyuncuyu seçmelisiniz. İşte o yardımcı oyuncu sizin hayatınızda olmasını istediğiniz kişi olmalı. Beklentilerinizle doğru orantıda ama aynı zamanda sizinle aynı film içinde olmak isteyen biri yani. Başrolde oynadığın, yönettiğin filmi gerçekten biliyorsan yardımcı oyuncuyu da doğru seçersin ve o filmin sonu gelsin istemezsin. İçerisinde ara ara dramlar barındıran, mutlu sonla biten romantik komediler çekmeniz tamamen sizin elinizde.

Bu film, kendinizi, kapasitenizi, mutluluğunuzu, limitlerinizi çözmenizle ilgili. Unutmayın başrolde siz varsınız. Yardımcı oyuncuyu seçerken oynamasını istediğiniz rolün üstesinden gelebilecek mi diye de bir düşünün.

Her oyuncu her role uygun olamayabilir. İstediğiniz, hedeflediğiniz size uygun konuyu sahneleyip, bunu yaşayabilecek ve yaşatabilecek adamları seçin. Moloz bir adamdan romantik komedide başrol oynamasını bekleyemezsiniz veya çok duygusal bir adamı (kaldıysa) maço bir rol içine sokamazsınız.

Adamın çevirdiği daha önceki filmlere de bir bakın, başarılı olmuş mu? Sizden önceki ilişkilerinde nasılmış? Bağlanma fobisi var mı? İlişkilerinin ne kadar sürdüğü bunun cevaplarından biridir, neden ilişkisinin bittiği de diğer bir cevabıdır bu sorunun. Sevgili adayınız veya sevgilinizin geçmişini iyice anlamaya çalışın. Birinin geleceğini istiyorsan, geçmişini de seveceksin. Eskiden beceremediği rolleri sizinle başarabileceğinizden emin misiniz? Evet, erkekler biraz eğitilebilir demiştim ama o kadar da değil.

Size ait bu filminizde oynayacak yardımcı oyuncunun size ve hayat filminize her anlamda ve her alanda yakışıp yakışmadığından, uygun olup olmadığından emin olun. Bu filmin sizin filminiz olduğunu ve yardımcı oyuncuyu sizin seçtiğinizi asla ama asla unutmayın.

Doğru seçim yapıp yapamadığınızdan emin olamadığınızda veya kararsız kaldığınızda kendi kendinize şu soruları sorun:

- Canlandırmasını istediğiniz karaktere uygun mu?
- Hayatınızı geçirmek istediğiniz, hedeflediğiniz erkeğin özelliklerini, huy ve davranışlarını taşıyor mu? Karakteri size uygun mu?
- Başrol oyuncusu ile yardımcı oyuncu yakışıyorlar mı?
- Siz ve sizi birlikteyken görenler ne kadar yakışan bir çift olduğunuzu gerçekten hissederek söylüyor mu?
- Oynatmak istediğiniz rolde uyumlu olabilecek misiniz?
- Aranızda gerçek bir uyum var mı? Ve bu uyum hep sürecek mi?
- Filmi yarıda bırakıp başka bir film çevirme ihtimali var mı?
- Adam güvenilir mi? Yoksa sizi yarı yolda bırakıp başka kızlara, ilişkilere yönlenmeye müsait bir karakteri mi var?
- Sete hep zamanında gelecek mi?
- İlişkinize ve size karşı sorumluluklarını biliyor mu? İlişkiyi yürütecek motivasyon ve disiplin içerisinde mi?
- Tüm film ekibiyle uyum içerisinde çalışabilecek mi?
- Aileniz, çevreniz ve arkadaşlarınızla ilişkileri nasıl? Onlarla uyum içerisinde ve iyi anlaşabiliyor mu?
- Filminizin bütçesine uygun mu?
- Maddi açıdan beklentilerinizi karşılayabilecek mi? Ayakları para konusunda yere basıyor mu? Çalışkan biri mi?
- Başka oyuncularla çalışmayı düşündünüz mü?
- Tüm seçeneklerinizi gördünüz ve en son bu adamı mı seçtiniz? Bu kararınızdan emin misiniz? Hayatınızı geçirmek istediğiniz kişinin o olduğunu tüm aklınız ve ruhu-

nuz birlikte onaylıyor mu? Kalbiniz ve beyniniz aynı şeyi söylüyor mu?

- Her rolü birlikte oynayabilir misiniz?
- Karşılıklı olarak ve birlikte tüm hayatınızı sıkılmadan, pişman olmadan geçirebileceğinize inanıyor musunuz?
- Oynayacağı filme ve filmin başarılı olacağına yardımcı oyuncu da sizin kadar inanıyor mu?
- O da sizinle aynı şeyleri hissediyor ve sizin onun için en uygun kişi olduğunuza tüm ruhu ve beyniyle inanıyor mu?

Tüm bu soruların cevaplarını gerçekten inanarak ve içten cevaplayın. Hile yapmayın, yakalarsam sınıfta bırakırım ona göre!

Kendinizi kandırmadan, dürüstçe cevapladığınız bu soruların cevabı size doğru seçim yaptığınızı söylüyorsa, o yardımcı oyuncuyu kesinlikle kaçırmayın. Doğru adamı bulup seçmişsiniz, filminizde oynama hakkını kazanmış. Sırada nikâh defterini, pardon film kontratını imzalatmak var.

Eğer sorularınızın cevapları pek iç açıcı değilse, yol yakınken başka oyunculara bakınmaya başlayın. İnanın bu role uygun birileri mutlaka vardır. Filminizi tekrar tekrar çekemezsiniz. Doğru kişiyi bulana kadar film yardımcı oyuncusuz, sadece başrol oyuncusuyla yani sizinle devam etsin. Kesinlikle daha keyifli ve sorunsuz bir film olacaktır. Gereksiz oyuncuları filminize sokup ruh daraltıcı dram, gerilim veya daha da beteri korku filmleri çekmeyin. Unutmayın, sizin istediğiniz film mutlu sonlu bir romantik komedi.

Yanlış oyuncularla ve ekiple çekeceğiniz filmler gişe yapmaz hatta vizyona bile girmez. Tüm emeğiniz ve zamanınız boşa gider.

Bu seçimi yaparken ne istediğinizden emin olduğunuz kadar neyi ne kadar hak ettiğinizi de bilin. Ayaklarınız yere bassın. Hak ettiğinizden, olduğunuzdan, yaşamınızdan, kişiliğinizden, statünüzden çok farklı bir sevgili, eş ve ilişki hedeflerseniz bunun gerçekleşmesi düşündüğünüzden oldukça zor, hatta imkânsız olur. Size kendinizi tanıyın diye boş yere söylemedim. Oturup da Prens Harry ile evlenme hayalleri kurup George Clooney'nin karısını boşayıp size koşacağını düşünmeyin.

Kendini Bil Kendini, Yoksa Öcüler Yer Seni

Kendisinin ne olduğuna hiç bakmadan yaşantısından, eğitiminden, görüntüsünden, statüsünden ve çevresinden oldukça farklı erkekleri hedefine koyan, evlenme hayalleri kuran düşündüğünüzden çok fazla kadın var. Hayal kur, hedef koy, bunlara hiç itirazım yok. Evet, ne de olsa peri masallarıyla büyütülmüşüz, imkânsız aşkların imkânlı olduğu romantik filmleri seyretmişiz. Ama hayal kurmanın dışına çıkıp, bunu kendine dönüp bakmadan hak olarak gören kadınlar da var.

"Yok kardeşim ben prensleri hak ediyorum, kimi gözüm kestirirse benimdir" diyorsanız ve bir de üstüne "Neden olmasın? Onların birlikte olduğu kadınlardan benim neyim eksik? Hatta fazlam bile var" diye devam ediyorsanız, belki de haklı olabilirsiniz, siz en iyisi bir tartılın. Onlardan fazlanız olduğundan emin olun.

Sevgilinizin nasıl biri olmasını istiyorsanız, onu nasıl görmek istiyorsanız sizin de öyle olup olmadığınızı bir düşünün. Sahip olmadığınız huyları, alışkanlıkları, tavırları sadece karşınızdakinden istemek, ondan bunları beklemek çok anlamsız değil mi?

Karşınızdaki erkeğin size sihirli değneği ile dokunarak hayatınızı değiştireceğini bekliyorsanız inanın çok ama çok yanılıyorsunuz. Sizin kendi içinizde tamamlanıp, sizi aşağı çekmeyecek ilişkilerin peşinde olmanız gerek. Aslında bunu yapacak güç, bir kadın olarak tamamen sizin elinizde. Yaşam denen arabanın içerisinde yol alan siz, direksiyonu ve vitesi tutan da sizsiniz. Gaza basmak da fren yapmak da sadece sizin kontrolünüzde.

Aklınız fikriniz parmağınıza takılacak yüzükte. Yüzüğü düşününce Gollum'a dönüşüp, "We wants it, we needs it. Must have the precious" triplerine girmeyin artık. Yüzüklerin değil, kendinizin efendisi olun. Önceliğin sensin, el adamı olan o. Gelir geçer. Bugün var, yarın yok.

Hayatımızı özgür ve güzel yapan güç aslında hepimizin içinde. Derinine inmelisin, en derinine ve seni neyin mutlu ettiğini kendin bulmalısın. "Kim ve ne olmak istiyorum? Nasıl daha mutlu olabilirim? Beklentilerim ve hedeflerim neler? Bunlara nasıl ulaşabilirim?" diye kendine sor. Nereye gideceğini bilmiyorsan, hangi yoldan gittiğinin ne önemi var? Kendini hep kurcala, anla, düşün, karar ver ve uygula. Hiçbir şey için geç kalmadın. Unutma, her gün yeni bir gün ve her an yeni bir an.

Kıyakçılığın Sonu Ayakçılık

Şayet sevecen, dürüst, sadık, ilgili, doğal, şefkatli, samimi, sizi kavrayan birini istiyorsanız ki bunları isteyin, sizin de böyle huylara ve duygulara sahip olup olmadığınızdan emin olun. Özellikle ona karşı böyle hissedip, bu özelliklerinizi ona hissettirebiliyor musunuz? O sizin yaptığınız fedakârlıkları sizden istedi mi? Ya da böyle bir beklenti içinde mi? Yoksa siz tüm bunları içinizden geldiği için mi yapıyorsunuz?

Sadece karşınızdan bir şey beklemek, almadan vermek bir yere kadar sürer ve sonrasında ilişkinin sizi yorduğunu fark edersiniz. "Hep ben emek veriyorum, hep ben ilgileniyorum. Ondan yeterince karşılık görmüyorum" gibi bitmeyen haklı söylenmeleriniz başlar. İlişki emekçileri derneğini kurup derneğin başkanı olma gibi bir niyetiniz yoksa bu davranışlarınızdan uzak durmaya çalışın.

Sevgilinize kendiliğinizden fazla verip sonra da ona kızmaya başlar, tek taraflı verdiğinizi, hiç almadığınızı düşünüp adama sinirlenirsiniz. Kızmadan önce bir düşünün bakalım tüm bu böbürlene böbürlene yaptıklarınızı zavallım sizden istemiş mi? Yoksa, hissederek, canınız istediği için, onu mutlu etmek için, ilişkinin sağlığı için ve tüm bunları sadece sen istediğin için mi yapmışsın? Bu durumda sevgilinin ne suçu var? İlişkiyi daha iyi bir yere getirmek, güçlenmesini sağlamak için yaptığınız bu tek taraflı fedakârlıklar veya kendinden vermeler tam tersine ilişkinizi daha kötü bir boyuta çeker. Senin kendi başına yaptıkların, özverilerin beklenti içine sokar seni. Beklentin karşılanmayınca da sinirlenirsin, kızarsın zavallı adama. Adam mı söylemiş bunları yap diye?

Ondan çok senin ihtiyacın olan bir şeyi ona vermişsen bu hediyedir. Senden çok onun ihtiyacı olan bir şeyi vermişsen işte bu sevgidir.

Zaten siz neden sevgilinizden daha çok veriyorsunuz ki? Ayrıca bu ilişkiyi pekiştirmeniz için çok önemli. Her erkek sevgilisinin hayatında önemli bir rol oynamak ister. Bunu anlamasının en iyi yollarından biri de ona karşı sorumluluk içinde olmasıdır. Onun da size vermesi hatta en az sizin kadar vermesi gerekir. Sizin bu abartılı fedakârlıklarınız adamı şımartmanın dışında hiçbir işe yaramaz. Zaten şımarmaya müsait olan biz erkekler yaptıklarınızın üstüne basarak iyice şımarırız. Sizden hep beklenti içinde oluruz. Egomuzu gereksiz yere şişirmeyin sonra indiremezsiniz.

Sizin ilişki içinde tek taraflı verici olmanız inanın onun gözünde sizi değiştirir ve değersizleştirir. Kıyakçılığın sonu ayakçılıktır. Belli bir süre sonra adamda alışkanlık yapar ve sizin hep verici olmanız ona çok doğal ve sıradanmış hissi verir. Fedakârlığı, almadan vermeyi kestiğiniz anda da suçlu ve egoist damgası yersiniz. Ondan istemeyi öğrenin, adamın sizin için ve ilişkiniz için bir şeyler yapması gerektiğini ona belli etmeden, ürkütmeden öğretin.

Ağlamayan Bebeğe Emzik Yok

Siz kadınlardan çok sık duyduğum bir laf var. Hani hep dersiniz ya, "Sevgilisinden, kocasından durmadan bir şey isteyen, tırnağı kırılsa onu arayan, hiçbir şeyi onsuz yapamayan, beceremeyen, hep ondan yardım isteyen, muhtaç gibi davranan kızların her istediğini sevgilileri, kocaları anında yapıyor. Fakat ben her işimi kendi başıma yapmama rağmen, sevgilimden kırk yılda bir bir şey istesem de onu bile yapmıyor. Beni yalnız bırakıyor" diye. İşte bu kızlar kadar abartmayın ama siz de arada bir değil, daha sık ondan bir şey yapmasını isteyin. Erkek gibi güçlü olmak, her işin üstesinden tek başınıza gelmek zorunda değilsiniz. Zaten sen güçlüsün, sen yaparsın diye diye sizi erkeğe dönüştürmediler mi? Biraz silkelenin artık, kadınlığınızın farkına varın.

Biz, bize az da olsa muhtaç olan ya da muhtaçmış gibi hissettiren kızları severiz. Kadın gibi kadınlar bizi çeker. Erkek gibi her işin üstesinden gelen, elimizden çekici alıp tablo asan erkek Fatma kızları değil. Aynı sizler gibi, ayrı ayrı göz, yüz, el, ayak kremleri olan ve devamlı aynaya bakan bir erkek nasıl hoşunuza gitmezse bizim de her işi kendi başına yapan kadın hoşumuza gitmez. Sizin yapamayacağınızı, beceremeyeceğinizi sandığımız ıvır zıvırları bizim üzerimize yıkın. Bırakın adam sizi ona muhtaç sansın. Biliyorum, belki de o tabloyu duvara siz daha iyi asacaksınız, en azından eğri durmayacak ama bırakın o öyle sansın.

Sevgilinizden bir şey isteyeceğiniz veya yaptıracağınız zaman aynı o sözde muhtaç kızlar gibi bir ifadeyle veya küçük bir kız çocuğu edasıyla isteyin. Bu genelde hepimiz üzerinde işe yarar.

– Aşkım, ben bunu yapamıyorum yardım eder misin? Sen bu işlerde çok daha beceriklisin.

– Arabamı servise götürmem gerekiyor ama sen arabalardan daha iyi anlıyorsun. Ne yapsam? Sana bir danışayım dedim.

– Tüm poşetleri sen taşır mısın? Süpermenim benim.
– Canım, ampul yanmış, değiştirebilir misin? Ben çok korkarım elektrikten.
– Aşkım, şişeyi açamıyorum ben.

Unutmayın onun ne kadar güçlü ve becerikli olduğunu ona söyleyip hissettirebilirseniz o kadar sizin üzerinize düşer. Bırakın sizin bazı konularda zayıf olduğunuzu düşünsün, bırakın ona muhtaç olduğunuzu sansın, bırakın kendini bazı konularda üstün görsün, hatta bırakın kendini Kadir İnanır sansın. Onun bu haline kim inanır ki zaten? Tabii ki de Kadir İnanır. Çok kötü espri oldu değil mi? Adamı size daha çok bağlamanız dışında işlerinizi, angaryalarınızı üstüne yıkmış olursunuz sözde süpermeninizin. Bir taşla iki kuş... Daha ne istiyorsunuz?

Yatak Odasında Yemek Yiyin, Mutfakta Sevişin, Salonda...

İlişkiniz içerisinde sakın rehavete kapılmayın ve her zaman yenilemeye çalışın birlikteliğinizi. İlişkinin en büyük düşmanı monotonluktur, bunu asla unutmayın. Kendini ve sevgilini bu monotonluğun içine sürüklememek için elinden geleni yapmaya çalışmalısın. Bu işi bir erkeğin yapması neredeyse imkânsız olduğu için bu görev her zaman olduğu gibi yine size düşüyor. "Her şeyi de ben mi yapacağım?" diye söylenmeyin bana, atalarımız boşuna "Yuvayı dişi kuş yapar" dememiş. Yani tüm bunlar hep o atalarımızın suçu.

İlişkilerin bir ömrü vardır demiştim, bu ömrü uzatmak,

ömür boyu yapmak öncelikle sizin elinizde. Önce kendinizi tanıyın, ne istediğinizi bilip ona göre hayatınıza girecek adamı bulup, onunla birlikte mutlu bir hayat yaşamak için ilişkinize sahip çıkacaksınız. Seni daha mutlu kılan, hayattan daha fazla zevk almanı sağlayan güzel giden ilişkindir. Bu sadece başarılı bir ilişki için değil başarılı bir hayat için de gerekli. Tüm bunları aslında sevgilinizi elinizde tutmak için değil kendinizi mutlu etmek için yaptığınızı unutmayın.

İlişkinin düşmanı monotonluktur demiştim. Bununla savaşmak aslında düşündüğünüzden çok daha kolay. En basiti rutin olarak yaptığınız şeyleri arada bir yapmamak. Birliktelik içerisindeyken farkında olmadan hep aynı şeyleri yapmaya başlarız. Aynı yerlerde takılıp, aynı restoranlarda yemek yiyip, aynı pozisyonlarda sevişir ve aynı davranışları sergileriz. Tüm bunları sıradanlık içerisinde yaptığımızın farkında bile olmayız. İlişkinin ilk başlarındaki, çocukluk dönemlerindeki heyecan işte bu yüzden kaybolmaya başlar.

İlişkinin rüzgârına kapılıp savrulmayın, siz rüzgâr olun ilişkiniz savrulsun. Siz yönetin birlikteliğinizi, onun sizi yönetmesine izin vermeyin. Sıradanlığa karşı savaşın. Mutfakta sevişin, yatak odasında kahvaltı edin arada sırada. Yalnız bunu yapacağım derken abartmayın, yanlışlıkla salona falan sıçmayın...

Belli bir süre sonra çiftler hele bir de ilişki monotonlaşmaya başlamışsa kendilerini bırakmaya başlarlar. Bu durum ilişkinin keyfinin kaçtığının ve sonunun yaklaştığının belirtisidir. Biz erkekler, ilişkinize verdiğiniz değer kadar kendinize de değer vermenizi bekliyoruz. Bakımsız kadınlar bize her zaman itici gelir. Bunun için her zaman bakımlı ve kendinize güvenli olmalısınız. Aynı şekilde karşınızdaki adamın da kendine bakması gerektiğini ona belli etmelisiniz. Sevgiliniz kendini bırakmaya başlarsa onu tatlı bir şekilde mutlaka uyarmalısınız.

Görsellik için hep söylenen bir yalan var "Benim için güzellik ikinci planda" diye. "Birinci planda ne var?" diye sorsan "İç güzellik" cevabını alırsın. Kastettiği iç güzellik iç çamaşırlarınız, çıplaklığınız olabilir. Benden uyarması...

Dış görüntü herkes için önemlidir. Tabii ki her insan güzellik kraliçesi olmak zorunda değil ama bakımlı ve temiz olmak zorunda. Tutku bir ilişki için oldukça önemlidir, bu tutkuyu ilişkinin her evresinde korumanız şart. Bunun için de bakımlı olmak gerekli. İlişkide monotonluktan kurtulmak için onu baştan çıkararak tutku ateşini hep korumalısınız. İlişkinizi canlı tutabilmek için küçük oyunlar ve ilk zamanlardaki gibi flörtleşmelere tüm ilişkiniz boyunca devam etmeyi başarırsanız çok daha canlı bir çift olabilirsiniz.

Bazı arkadaşlarımdan duyuyorum, "Kadın banyoda yüzünü yıkarken, makyaj yaparken erkek tuvalette işiyor" veya "Adam tıraş olurken kadın da aynı tuvalette işini görüyor" gibi. Yuh diyorum böyle çiftlere ve ilişkilere. Laçkalığın daniskası böyle hareketler. İlişkinin, özelinizin, büyünüzün kaçtığı gereksiz, rahatsız edici durumlar. Yanında çekinmeden osurmaya başladığınızda bilin ki o çıkan şey aşkınızın son nefesi. Çiftlerin büyüsünü bozmaması lazım, sizi sanki tuvalete gitmeyen, gaz çıkarmayan, geğirmeyen, adet görmeyen kutsal bir kadın olarak görsün.

Halamdan yıllar önce duyduğum bir öğüdü hiç unutamam, kuzenim aşk acısı çekip de hüngür hüngür ağlarken, yanımıza halam geldi, derdini sordu. "Ayrıldık ama çok âşığım. Onu çok özlüyorum" cevabını alınca halam gayet sakin bir ses tonuyla konuşmaya başladı:
– Of kızım tüm derdin bu mu? Kolayı var.
Biz heyecanla ne diyecek, nasıl bir çözüm bulacak diye beklerken, o sakinliğini bozmadan anlatmaya devam etti.
– Adamı gözünde çok büyütmüşsün. Onu tuvalette sıçarken düşün, bu anını gözünün önüne getir. Bak bakalım o kadar gözünde büyütülecek bir adam mıymış?
Vallahi kuzenimi bilemem ama ben anında soğurdum...
Özel haliniz sizinle kalsın, mesela biz erkekler sizin regl dönemleriniz hakkında bilgi sahibi olmak istemeyiz. Hastayım deyin yeter. Bize kanamam var, regl oldum gibi detayları anlatmayın. Kullandığınız pedleri de görmeyeceğimiz şekilde yok edin. Zaten merak etmeyin, sizin asabiyetinizden, geçimsizliğinizden, kafamıza kafamıza attığınız taşlardan, ilgi arsızlığınızdan, çikolata tüketişinizden anlıyoruz ne halde olduğunuzu...
Biz erkekler birlikte olduğumuz kadının zamanla bakımsızlaştığını görünce, ilgimizi başka kadınlara yönelteroruz. Onun için kişisel bakımınıza ve temizliğinize mutlaka özen gösterin ve bunları biz yanınızda değilken ve çok belli etmeden yapmaya çalışın. Bizler başka bir dünyada yaşıyoruz bazen. Sizin o saatlerce yaptırdığınız, eziyet ve masraf ettiğiniz tüm bakım ve güzelleşme çabalarınızın farkına varmıyoruz. Çok çaba sarf etmeden, doğal olarak bakımlı ve güzel olduğunuzu sanıyoruz. Manikür, pedikür, ağda, kaş aldırma, epilasyon, saç boyatma, kaş

ektirme ve benzeri şeyleri yaptırdığınızı biliyoruz tabii o kadar da salak değiliz ama bunu düşünmeden sadece biliyoruz. Aklımıza bile gelmiyor bu kadar uğraştığınız. Bırakın öyle de kalsın. Kişisel bakımınız, güzellik sırlarınız sizde gizli kalsın. Bunu biz erkeklerin çok fazla bilmesine gerek yok. Bir zahmet, yüzünüzde salatalıklarla veya o zombi gibi sürdüğünüz adını bilmediğim garip maskelerle aniden karşımıza çıkmayın. Sanki doğuştan bakımlı ve güzel olarak bilsin adam sizi. Uyandırmayın, büyünüzü bozmayın. Sizin doğal haliniz zaten yıkılıyor sansın adam. Tüm bu güzelleşme çabalarınızdan detaylı bahsetmek ilişkiniz için kesinlikle gereksiz bir ayrıntı olacaktır. Zaten yapıyorsunuzdur ama ilişkinin her evresinde, tıpkı ilk zamanlardaki gibi özenli ve dikkatli olmaya devam edin. Adamın da öyle olmasını sağlayın.

Arada bir de olsa her zamanki siz olmayın, değişik tavırlar sergileyin. Sevgilinize normalde davrandığınızdan çok daha farklı davranın, onu gerçekten şaşırtın. Sizin hep aynı kadın olduğunuzu düşünmesin. Özünüz aynı kalsın ama farklı kadınlar olun bazen. Monoton, ezbere bildiği birine asla dönüşmeyin.

Kendini Kristof Kolomb Sanan Adam

Biz erkeklerin içinde uslanmaz bir kâşif vardır. Yeni şeyler keşfetmeye bayılırız. Tam olarak keşfettiğimizi düşününce sıkılır, "Artık buralar benim, başka yerlere de bir bakayım" moduna geçeriz. O baştaki aşırı kâşif merakımız bizi o kadını tanımaya, anlamaya iter. Tanıdıkça, anladıkça da beğenmeye başlarız. Tam burada artık tutku bizi ele geçirir. Tutkunun önüne bir erkeğin geçmesi imkânsızdır. Onun doğrultusunda hareket etmeye başlarız, tutku beynimizin yönetimini eline geçirmiştir artık.

Bu güçlü tutkuyu, duyguyu bize veren kadına dokunmak, öpmek, sevişmek isteriz. Çekim güçlüyse ve devam ediyorsa ilişki içine girer bağlanırız. İçgüdüsel bir şekilde farkında bile olmadan sevgilimizi çözüp onu tam anlamıyla keşfetmeye çalışırız. Aslında bu tamamen ele geçirme, egemenlik kurma isteğidir ama tüm bunları ne yaptığımızı bilmeden yaparız.

Sevgilimizi sahiplenme ile sahip olmayı karıştırırız. Sahiplenme ve sahip olma arasında, aynı bu benzer kelimelerin içindeki anlam değiştiren harfler kadar ince bir çizgi var. Ve ne yazık ki bizler bunu kaçırırız. Sahip olmanın üzerine oynarız. Siz de bu yaptığımız büyük hatayı sahiplenilme olarak görürsünüz veya öyle olduğuna kendinizi inandırırsınız.

Biz erkekler, sevgililerimizi kendi kurallarımıza göre yaşamaya zorlar, istediğimiz yöne çekmeye çalışırız. Sizler de sevginiz, aşkınız, ilgi ve değer gördüğünüz için bunu çoğu zaman keyifle kabul edersiniz. Adama bırakırsınız kendinizi, hatta o çok değer verdiğiniz ilişkiyi biz beceriksiz heriflerin ellerine teslim edersiniz. İşte ilişkilerde yapılan en büyük hata da bu değil mi zaten?

Her şeyini çözdüğümüz, aynı davranan, hareketlerini, tepkilerini ezbere bildiğimiz, aynı yerde, aynı pozisyonda seviştiğimiz, aynı şeylere kızan, aynı şeylerden zevk alan, aynı konuları konuşan, bizi hiç şaşırtmayan sevgilimizden soğumaya başlarız. Keşfetmişiz ve görülecek yeni bir şey kalmamış diye düşünürüz. İşte tam buralarda gözümüz başka kadınlara kaymaya başlar ve sizden uzaklaşırız. Ne de olsa o kadınlar daha keşfedilmemiş ve gizem dolu. Kendinizi adama teslim etmeyin, asla tekdüze olmayın ki keşfetmesin, keşfedemesin sizi adam. Farklı davranmaya çalışın, sürprizler yapın, hareketlerinizle şaşırtın. Tutarsız olun demiyorum ama çok da tutarlı, tekdüze olmayın. Çok kızdığınız bir şeye kızmayın arada, ya da hiç kızmadığınıza bozulun hafifçe. Farklı yönlerinizi sırasını karıştırarak gösterin yavaş yavaş. Adam sizi tam olarak çözemesin, gerçekten şaşırsın. Hangi insan okuduğu kitabı bir daha bir daha okumak ister ki? Bu kitap hariç tabii ki. O kitaba bayılsanız, hayatınızın kitabı olsa bile tekrar okumadan önce araya başka kitaplar koyarsınız. Siz okunmuş, bitmiş, sindirilmiş bir kitap olmayın. Her bölümde ayrı macerası olan, sürükleyici, sonu yazılmamış bir roman olun. Zaten her kadının kalbi basılmamış bir roman değil mi?

Gizem Sadece Bir Kadın Adı Değil

Sakın sıradan ve monoton bir kadın olmayın. Gizemli olun ve gizemli bir hava yaratın. Bunu inanın çok rahat becerebilirsiniz, her birinizin içinde tükenmeyen bir hazine, doyumsuz bir merak ve değişime hazır bir istek zaten var. Tek yapmanız gereken o içinizdeki gizemli, büyülü, yaramaz prensesi dışarı çıkartmak. Biliyorum bazı öküz adamlar yüzünden, hayal kırıklıklarınızdan, bastırılmışlığınızdan tüm bunları ta içinize gömdünüz. Hadi tekrar inanıp, çıkartın dışarı...

Unutmayın, ilişkide gizemli tarafı oynamak her zaman kazandırır. Merak edilen ve dikkat çeken bir kadından hiçbir erkek gözlerini alamaz ve ondan kesinlikle sıkılmaz. Her kâşif, gizemli diyarları keşfetme hayalini kurar. Onlara yanaşır ve oralara yerleşir. Yaşadığı o büyülü diyarda gizem sürdüğü sürece kolay kolay sıkılmaz, doyumsuzca orayı yeniden keşfetmeye devam eder.

Gizemli bir kadın, keşfedilmemiş gizli bir hazine gibidir ve heyecan verir. Biz erkekler gizemli kadınları işte bu yüzden her zaman çekici buluruz. Aslında her kadın biraz çaba sarf ederse gizemli olabilir. Nasıl çok açık giyinip, fazla kıçını başını açan bir kadın değil de, hoş ve seksi dekolte giyen bir kadın daha cazip gelirse, kendini hemen ortaya döken kadınlar değil gizemli kadınlar daha çok ilgimizi çekerler.

İlk tanışmadan başlayarak, ilk buluşmada ve birlikteliğinizin devamında sakın ama sakın kendinizi sürekli anlatma hatasına düşmeyin. Onunla her şeyi paylaşırsanız özel hiçbir şeyiniz kalmaz. Bu durum onun sizin hakkınızda hiçbir şey merak etmemesini sağlar ve ilişkinizi de rutin bir hale getirir. Durumu tam tersine çevirin ve kendi özelinizi koruyun.

Kişisel konulara ilk zamanlarda mümkün olduğunca girmeyin, onun sormasını bekleyin ve size sorular sorduğunda sadece üstünkörü, çok detayınıza, özelinize girmeden kısa cevaplar verin. Belli başlı özelliklerinizi ya da olmazsa olmazlarınızı anlatın. Bunun dışındaki özelliklerinizi de bırakın sevdiğiniz adam zaman içinde kendisi keşfetsin. Her gün yeni ve farklı bir özelliğinizi fark etmek inanın onun çok daha fazla hoşuna gidecektir. Özellikle ilk buluşmalarınızda buna çok dikkat edin. Erkeğin merakını, ilgisini çekmek için bu gerçekten çok önemli. Bu sayede gizemli, merak edilen ve ilgi çeken bir kadın olacaksınız.

Bu arada, gizemli kadın olmak erkekten sır saklamak veya yalan söylemek değil, biraz eksik ve az detaylı anlatmaktır. Sadece kendi özelliklerinizin bir kısmını onun keşfetmesine izin vermektir.

Yaratacağınız gizeminizi sadece ilişkinin ilk anlarına değil tüm sürecine yayabilmeniz gerekli. Bunu beceren kızlar adamı inanın parmağında oynatır. Devamlı anlamaya, çözmeye çalışsın adam sizi ve bunu asla başaramasın. Sizinle ilgili hep yeni bir şeyler görsün, öğrensin ama hiçbir zaman tam olarak sizi okuduğunu düşünmesin. Puzzle gibi olun, hep bir parça ekleyin üstüne ama asla bitmesin o parçalar.

Hani bazı filmler vardır ya daha başından filmin nasıl gideceğini, nasıl gelişeceğini ve sonunun nasıl biteceğini hemen anlarsınız. Hatta böyle filmlerden sıkılıp, sinemadan çıktığınız bile olmuştur muhtemelen. Bir de öyle filmler vardır ki, sonraki sahne hep şaşırtır, hiçbir zaman neyin ne zaman ve nasıl olacağını tahmin edemezsiniz. Her sahnesi şaşırtır sizi ve gözlerinizi perdeden ayırmadan heyecan ve merakla izlersiniz. Siz, işte böyle gizemli filmler gibi olun. Gözünü, gönlünü ayıramasın sizden. Hep taze ve ilginç kalın. Hep yeni huylarınızı, farklı anılarınızı, ilginç yönlerinizi zamana yayarak gösterin ona. Başı, ortası, sonu belli olan Yeşilçam filmleri gibi değil, Tarantino filmleri gibi olun, şaşırtın adamı.

Sürekli aynı davranmayın, renk katın hayatınıza, ilişkinize. Unutmayın çözülmüş bir kadın asla tutku ve şehvet duygusu yaratmaz. Hep peşinde koşulan, anlaşılamayan, çözülemeyen kadın çekici ve seksi gelir. Sevgilinizden tamamen ayrı sadece kendinize ait bir dünyanızın olması gerektiğini sakın unutmayın. Arada sırada bu sadece size ait dünyanın içine çekilip, kendinizle zaman geçirmeyi alışkanlık haline getirmelisiniz. Bu normal ve sıradan bir rutininiz olmalı. Kendinize ait özelinizle, sadece size ait dünyanızla barışık ve mutlu yaşamalısınız. Unutmayın sevgiliniz veya hatta kocanız bile gelip geçici olabilir. Belki bir gün o sizi veya siz onu hayatınızda istemeyeceksiniz ve ayrılacaksınız. Bu ihtimal en mutlu ve uyumlu giden ilişkilerde bile var, hem de oldukça yüksek. Ondan sonraki hayatınız onsuz ama yine sizinle devam edecek. Sevgilinizi, ilişkinizi hayatınızın odak noktası, merkezi haline getirmeyin. Bu durum en çok sizi, sevgilinizi ve ilişkinizi yorar. Kendi dünyanız hep kalsın, hatta güçlenerek büyüsün. Kabuğunuza çekilin arada, kendinizle kalın, dinlenin, içsesinizi dinlemeye çalışın ve tazelenin.

Sahip olduğunuz değerinizi göstererek fakat yüksekte görünmeden kendinizi ağırdan satmasını da bilin. Kendinize ait o dünyayı hayatınıza giren erkek yüzünden unutmak ve hatta yok etmek ilişkinizde yapacağınız en büyük hatadır.

Arkadaşlarınızla, ailenizle, iş çevrenizle bağlarınızı hep sağlam tutun. Birçok kadının yaptığı bir diğer büyük yanlış da, ilişkiye girdiği zaman çevresini, ailesini, iş hayatını, arkadaşlarını ikinci plana atmasıdır. Bunu yapan o kadar çok sevgilim ve kız arkadaşım oldu ki, hatta bu hataya düşmeyen çok az tanıdığım kız var diyebilirim. Hayatınıza biri girince siz kadınlara bir şey oluyor. Geçici körlük mü desem, hafıza kaybı mı? Yoksa duygu felci mi? Sebebi ne olursa olsun bir anda değişiyorsunuz. Hele bir de adamdan çok etkilendiyseniz, âşıksanız, hayatınızın odak noktası, dünyası yapıp Ay gibi etrafında dönmeye başlıyorsunuz. Tüm arkadaşlarınızı, yakın dostlarınızı bir tarafa itip, onlarla çok daha az zaman geçirip, çoğu zaman unutuyorsunuz onları. Şunu kafanıza kazıyın, o adam hayatınızdan şayet bir gün çekip giderse o sattığın dostların orada seni bekliyor olacak. Onlara sarılıp, onların omuzlarında ağlayacaksın. Onlar elinden tutup seni tekrar ayağa kaldıracak.

Önceliğinizi sevgiliniz yapıyorsunuz ve bu durum adamı da şımartıyor, egosunu şişirip olmadığı bir yere sokuyor. Sevgiliniz sizin için özel biri, tabii ki ilginizi, sevginizi doya doya yaşayın, belli edin, hissedin ve hissettirin ama adamın uydusu olmayın. Siz dünya olun o da sizin ayınız olsun. Ayı derken illa uydu olanı kastetmiyorum.

Özelinizi hep koruyun, çevreniz ve dostlarınız ikinci planda değil, sevgilinizle aynı kulvarda kalsın. Onlarla da düzenli zaman geçirin. Adam sizi her istediğinde, her aradığında, her canı çektiğinde veya her zaman müsait göremesin. Haftanın 7 günü 24 saat açık benzinciler gibi olmayın. Arada dükkânınızı kapatın. Kendi hayatınızın içine dönün, kendinizle ve çevrenizle zaman geçirin. Bırakın özlesin sizi. Ne siz onu, ne de o sizi yorsun. Özlem kavuşacağını bilince çok güzel ve tutkulu bir duygudur.

Tüketici bir devirde yaşayan tüketici toplumuz, istediğimiz her şeye çabucak ulaşıp çok çabuk tüketiyoruz. Sonrasında da hemen sıkılıyoruz. Yeni tüketimlere doyumsuzca ilerliyoruz. Tüketmeyin, tükettirmeyin ilişkilerinizi.

Çekilin arada kabuğunuza, çekirdek ailenize, gerçek dostlarınıza. Özleyin, özletin...

Her aradığında, her mesaj atışında elinizde telefonla sanki onu bekliyormuşsunuz izlenimi vermeyin adama. Gerçekten elinizde telefon ondan bir haber bekliyorsanız bile belli etmeyin bunu. Geride kalın biraz. Hep müsait olmayın. Bu arada gizem yapacağım diye abartıp, telefonlarını çok açmamazlık etmeyin, gerçekten Gizem adında bir kız bulup koynuna alır sonra adam. Benden uyarması, demedi demeyin...

Sizi hazır olda, onu sabırsızlıkla her daim bekleyen bir kadın olarak görmesin. Bu tavrınızı engelleyebilmeniz oldukça zor biliyorum. Bana ilişkileriyle ilgili akıl soran tüm kız arkadaşlarıma "Yapma, etme, adam her istediğinde buluşma, her aradığında telefonu açma, her dakika müsait olma, bırak adam seni merak etsin, üstüne düşsün" desem de genelde aldığım cevap hep aynı: "Ama dayanamıyorum, onunla hep birlikte zaman geçirmek, olmuyorsa telefonda konuşmak istiyorum." Zayıf noktanız oluyor sevgiliniz ve hemen çözülüyorsunuz, lütfen ilişkinin hatırına biraz sabırlı olmayı öğrenin. Bunu becerin ki adam size olan ilgisini hep canlı tutsun. Siz "siz" olun, o da "o", işte ancak o zaman "biz" olursunuz.

Sadede Gel

Bir de her yaptığınızı, gününüzün nasıl geçtiğini, ne yediğinizi, kimi görüp kiminle ne konuştuğunuzu her detayıyla canlı yayın yapar gibi ballandıra ballandıra, uzatarak anlatmayın sevgilinize. Biliyorum her anınızı, her yaşadığınızı ona anlatmak, onunla paylaşmak istiyorsunuz. Hatta anlatmazsanız yarım kalmış gibi hissediyorsunuz ama yine de çok abartmayın. Yanımıza aldığımız prezervatifin yanına bir de aspirin koydurtmayın.

Geçen yıllarda birlikte olduğum, bu anlatma durumunu çok abartan bir kız arkadaşımla sıradan bir günümüzün nasıl geçtiğini anlatayım size. Siz de neler çektiğimi anlamaya çalışın. Şayet günü birlikte geçirmiyorsak tüm bu anlatacağım telefon trafiği aynı çekilmez İstanbul trafiği gibi böyle sürüp giderdi.

Kız arkadaşımın sabah uyanır uyanmaz ilk işi beni arayarak "Günaydın sevgilim" demek olurdu. Buna hiçbir itirazım yok hatta çok hoş, bence her seven çift ne olursa olsun güne birbirlerinin günaydınlarıyla başlamalı ve iyi gecelerleriyle günü bitirmeli. Gece gördüğü rüyayı da araya sıkıştırdıktan sonra telefonu kapatır ve on dakika sonra işe giderken "Yoldayım hayatım" demek için yoldan arar. Yol, trafik ve hava durumunu canlı yayın olarak anlatır. İşe gidince "Geldim aşkım" diye devam eder. Öğle yemeğinde "Yemek yiyorum canım" diyerek ne yediğini söyler ve şayet bir bahane bulup telefonu kapatamazsam yemeğin tarifine girer, arkasından benim ne yiyeceğimi sorar. "Aman aşkım fast food falan yeme, çok sağlıksız" gibi laflarla ne yiyeceğime müdahale eder. İşgünü boyunca başından geçen her detay için en az dört beş defa daha arayarak tüm iş dedikodularını, işinin ıvır zıvır detaylarını anlatır. İşten çıkarken "Çıkıyorum ben hayatım" der ve "Yoldayım" aramasına kadar 5 dakikalık bir sessizlik çöker. "Evdeyim" faslı başlar "Akşam yemeği" dönemeci girer. "Özledim seni" araması yapılır. "Ne yapıyorsun?" yoklaması ve en sonunda "İyi geceler sevgilim" ile final yapılır. Bu anlattığım sıradan bir gün, şayet ekstra olaylar ve gündem dolu bir günse bu konuşma bilançosuna beş altı tane daha ekleyin.

Bu kızla çıktığım süre boyunca maruz kaldığım radyasyonu tahmin bile edemezsiniz. Bir gün artık sabrım taştı ve bunu yüzüne vurmak için onu ben aradım:

– Hayatım, sen artık beni sevmiyorsun...

Kız, hiç beklemediği bu laf karşısında afalladı:

– Nasıl yani hayatım? Nereden çıkardın bunu?

– Çünkü hayatım sen bana gün boyunca yaptıklarını tüm detaylarıyla anlatmıyorsun. İnan bu durum beni çok rahatsız ediyor. Her şeyimizi paylaşmıyor muyuz diye endişelenmeye bile başladım. Hani bizim gizli saklımız yoktu? Ne oldu bize? İlişkimiz nereye gidiyor?

Çok şaşırdı, bir an için duraksadı.

– Ama aşkım ben her şeyimi anlatıyorum sana.

– Her şeyini mi? Emin misin?

– Evet her şeyimi anlatıyorum.

– Peki ben neden senin günde kaç defa işeyip sıçtığını ve daha da önemlisi kakanın rengini bilmiyorum?

Eee ne yapayım kız hak etmişti bunu...

Hayatınızla, gününüzün nasıl geçtiği ile ilgili bu kadar detaylı telefon konuşmaları yaparsanız, birlikteyken anlatacak özel konunuz da kalmaz.

Kişisel Gelişimden Geçemedik Ama Sınıfı Geçtik

Birlikteyken pek konuşmayan, konuşamayan o kadar çok çift görüyorum ki etrafımda. Eminim sizin de çevrenizde birbirinin yanında suspus duran sevgililer vardır. Bunun sebeplerinden biri her şeylerini, tüm özellerini ve yaşadıklarını sabırsızca anlatıp tüketmeleri olduğu kadar, kendilerini geliştirip, yeniliklere açık olmamaları da var. Şayet kitap okumazsan, film seyretmezsen, kendine ait bir uğraşın, hobin olmazsa, yeni çevrelere girmezsen, yeterince seyahat etmezsen anlatacak yeni bir hikâyen, konun da olmaz doğal olarak.

Bir arkadaşım her sevgilisiyle buluşmasında tüm arkadaşlarını arayarak "Akşam yemeğe çıkıyoruz, hadi siz de katılın bize" diye bizleri de ısrarla çağırırdı. Akşamı kız arkadaşı ile evde geçirecekse de aynısını yapar, hepimizi teker teker arayıp "Hadi akşam bizim evde toplanıyoruz, hepinizi bekliyorum ona göre" diyerek ısrar ederdi. Önceleri bu durumu anlayamadım. Ne de olsa sevgilim olduğu zamanlar başkalarıyla bir arada olmaktansa onunla yalnız zaman geçirmeyi, sohbet etmeyi, onu tanımayı tercih ederim ve onunla yalnız kalmak daha çok hoşuma gider. Arada grup halinde gezmek tozmak da zevkli gelir tabii ama sevdiğim kadınla yalnızlık gerçekten muhteşem. Paylaşacak, konuşacak, sevişecek o kadar çok konu ve pozisyon var ki. Neyse arkadaşımın bu başına milleti toplaması garibime gitti ve bir akşam konuyu açtım:

— Oğlum sen niye sevgilinle buluşacağın zaman milleti başına topluyorsun? Salak mısın sen?

— Abi aslında ben de seninle bu konuyu konuşmak

istiyordum, iyi ki açtın. Sevgilimle buluşunca her şey çok güzel. Evet, çok keyif alıyorum falan filan ama sonra acayip sıkılıyorum.

– Ne demek sıkılıyorum?

– Sıkılıyorum işte abi. Kızı da sıkıyorum. Öylece oturuyoruz, mal gibi oturuyoruz, konuşacak bir konu bulamıyorum. Kızcağız konular açmaya çalışıyor ama hep bir yerde tıkanıyorum ve konunun içine giremiyorum. Bu yüzden hep yanımızda birileri olsun istiyorum, ne ben sıkılayım ne de kız. Sizin veya başka arkadaşlarımın keyifle, uzun uzun sevgililerinizle muhabbetlerinizi görüp şaşırıyorum. Ne konuşuyorsunuz, nereden buluyorsunuz bu kadar konuyu?

İşte o zaman anlamıştım neden yalnız kalmak istemediğini, neden bizleri ısrarla yanında istediğini. Konuşacak konularını tüketmiş ve yenilerini bulacak bir kaynakları, gelişimleri yoktu. Bu arkadaşımın son on yılda tek okuduğu kitabın (o da benim ısrarımla) *İstanbul Erkeği* olduğunu, pek sinemaya gitmediğini, hobilerinin ve aktivitelerinin sadece alışverişe ve gym'e gitmekten ibaret olduğunu söylersem ne demek istediğimi daha iyi anlarsınız.

Kendini geliştirmek konusunda siz kadınlar biz erkeklere göre çok daha başarılısınız. Kitap okuyorsunuz, hayatın içinde duruyorsunuz, kişisel gelişime inanıp, bu tarz aktivitelere katılıyorsunuz, daha çok müzik dinliyorsunuz, sinemaya gidiyor, tiyatroyu takip ediyorsunuz. Kendinizi hep geliştirmeye, daha ileri götürmeye çalışıyorsunuz ve bunu yaparken eğitiminizin, iş hayatınızın önemini biliyor, kariyer planlarınızı yapıyorsunuz. Aşk dolu bir sevgili, sadık ve sevecen bir eş, şefkatli bir anne olmayı da tüm bu yoğunluğunuza rağmen becerebiliyorsunuz. İşin garip yani tüm bunları zorlanmadan aşkla ve doğal bir durummuş gibi rahatça yapıyorsunuz.

Oysa biz erkekler işimiz gücümüz dışında hayatın diğer birçok noktasında sizden çok daha geride kalıyoruz. Kendimizi geliştirmeyi bilmiyor, umursamıyoruz. Çoğumuza kişisel gelişim, yüksek sesle söylemesek de para tuzağı ve saçmalık olarak geliyor. Gym'e gidip, ara sıra halı saha maçı yapmak dışında hobilerimiz de yok. Futbol ve tuttuğumuz takım bizi sosyalleştiren, içimizdeki aidiyet duygusunu besleyip, deşarj eden tek aktivitemiz. Siz kadınlar kadar kitap okumuyor, tiyatro, konser sevmiyoruz. Aşk dolu bir sevgili, sadık bir eş, iyi bir baba olmayı da çoğu zaman beceremiyor, elimize yüzümüze bulaştırıyoruz.

Tabii ki istisna erkekler var ama inanın genelimiz böyle. Siz kadınlar kendinizi geliştirmeye devam ederken biz erkekler yerimizde saymaya devam ediyoruz. Bu duruma düşmemizin, kendimizi geliştirmeyişimizin altında birçok sebep yatıyor.

En başından başlarsak, biz erkekler büyütülürken kız çocuklarına nazaran çok daha fazla pohpohlanıyor, şımartılıyoruz. Erkek çocuk ne yazık ki özellikle bizim toplumumuzda çok daha değerli. Daha küçük yaşlarda kız çocuklarına baskı ufaktan başlarken, erkek çocuklar dünyanın en muhteşem, akıllı, becerikli varlıklarıymış gibi muamele görüyor. Kız çocuğuna "Oturuşuna dikkat et, bacaklarını öyle ayırma" diyerek hayatı kısıtlanırken, erkek çocuğuna "Hadi amcalarına pipini göster" diyerek sanki pipisinin olması çok önemli bir şeymiş ve ona yetermiş gibi bir duygu veriliyor.

Buna benzer bir durumu ben de yaşamışım, geçenlerde

ablam böyle bir hikâyeyi kahkahalar atarak, benimle dalga geçerek anlattı. Ailenin, hatta sülalenin yegâne erkek çocuğu olarak bendeniz doğunca tüm aile ve akrabalarımız acayip mutlu olmuş ve neredeyse evde bir bayram havası oluşmuş. Annem erkek çocuk doğurduğu için mağrur bir kraliçe havasında babam ise çok gururlu.

Benden yaşça büyük olan ablam duruma bir anlam verememiş ve bir erkek çocuk doğdu diye neden bu kadar heyecan ve şölen yaşandığını anlamaya çalışmış. "Tüm ailenin tantana yaptığı çocuğa bakıyorum, benden hiçbir farkı yok, zar zor yürüyor hatta altına kaçırmasın diye bez bile bağlanıyor. Bunun nesi benden üstün?" diye kendi kendine düşünüyormuş. Bir gün beni çıplak görmüş ve pipimi fark etmiş. İşte o zaman tek farkımızın o olduğunu keşfetmiş. "Tek farkının o ufak uzantı olduğunu fark edince şaşırdım. Buymuş demek ki bu çocuğu değerli kılan şey diye düşündüm." Gülerek anlatmaya devam etti ablam: "Sonraki günlerde sen ortalarda çıplak dolaşırken devamlı peşinde dolanmaya başladım." Şaşırıp "Niye?" diye sorduğumda, "Çok korkuyordum, ya pipin bir yere takılıp koparsa diye" karşılık verdi. Zavallım o kadar değerli görülen şeyin kopmasından, değerini kaybetmesinden korkmuş.

Büyütülürken yaşadığımız "Sen en iyisin, en akıllısın, aferin benim oğluma, sen bir tanesin" abartmalarına büyüdükten sonra da kız arkadaşlarımız, sevgililerimiz ekleniyor. Bu sefer onlardan hak etmediğimiz veya abartılı iltifatları almaya başlıyoruz. Becerikli olduğumuz konu neyse sadece onu beslemeye devam ediyoruz. Çünkü o noktamız egomuzu şişirmeye yetiyor. Hayatın diğer noktalarında zayıf kaldığımızı, onları da geliştirmek zorunda olduğumuzu düşünmüyor hatta bilmiyoruz bile. Sizler gibi kendimizi geliştirmemiz gerektiğinin farkında bile değiliz. Para kazanmamız ve kariyer yapmamız yine büyütülürken kafamıza kafamıza vurularak dikte edilmiş. Biz de öncelikle, otomatiğe bağlamış bir şekilde maddiyatın üzerine gidiyoruz. Para kazanmanın, zengin olmanın, kariyer yapmanın yeterli olacağına inanıyoruz. Hayatın içinde olması gereken tüm diğer önemli manevi gelişimleri gereksiz teferruatlar olarak görüyor, küçümsüyor ve has secretsın gitsin diyoruz.

"Hayatın için ne yaptın?" sorusu gelse inanın birçok erkeğin kafasındaki cevap "Daha ne yapayım? Para kazandım..." olacaktır. Maddiyatın, kariyerin, yakışıklılığın, aile titrimizin veya üstün olduğunu düşündüğümüz neyimiz varsa onun üstüne yatıp yeni bir şey yapmıyor, kendimizi daha da doldurmaya çalışmıyoruz. Ne kadar boş, öküz bir adam olursak olalım, yine de tüm bunlara aldırmadan üstümüze atlayan çok kadın oluyor. Rekabet içinde olmayınca ürünü geliştirmenin ne gereği olur ki? Mal çürük de olsa, paketin içi boş da olsa "Bayıldım" diyerek almaya can atan müşteri çok. Her pipisi olan erkek olur evet ama her pipisi olan adam olmuyor.

Ne yazık ki kadının işi son yıllarda değişen piyasa şartlarından dolayı çok daha zor. Kadınlar tam tersi, birbiriyle rekabet içerisinde ve ürününü geliştirmek için çok daha fazla çaba sarf ediyor. Ne de olsa her çeşit ve iyi kalitede ürün piyasaya çok fazla sürülmüş durumda ve arz talep dengesi bozulmuş bir halde. Bu çetin piyasa koşullarında kadınlar ürünlerini en iyi şekle sokmak zorunda.

Ürün geliştirme, pazarlama, reklam ve halkla ilişkiler konusunda uzman olmuş durumdalar. Ayrıca kendine bakarak, süslenerek, spor, diyet, kişisel bakım yaparak ürünün paketlenmesi noktasında da çok başarılılar. Ne de olsa ürün ne kadar iyi olursa olsun, albenisi, paketi önemli. Ürünün piyasa koşullarına uygun olması, hedef gruba hitap etmesi gerektiğini çok daha iyi bilen sizler, o yönde gelişime ara vermeden devam ediyorsunuz ve kendinizi durmaksızın geliştiriyorsunuz. Hepinizi tebrik ediyorum ve ayakta alkışlıyorum.

Oysa biz şanslı erkekler, çok emek harcamadan ürünümüzü doğru dürüst geliştirmeden hatta neredeyse hiç pazarlamaya gerek duymadan satabiliyoruz. Yalapşap paketlediğimiz ürünler kapış kapış satıyor hatta kapanın elinde kalıyor. Defolu malların bile alıcısı var son yıllarda. Ucuzluğa girmiş bir mağazadan birbirini ezerek uyduruk malları kapmaya çalışan bir kadın güruhu var. Bu sebepten dolayı bırakın defolu, ucuz mal olduğumuzu bilmeyi, kendimizi bulunmaz Hint kumaşı sanıp, en pahalı marka havasında dolanıyoruz.

Kadının Hası = Erkek Kafası

Hak etmediğimiz kadar çok ve gereksiz talep alabiliyoruz ki, çoğu zaman başımız dönüyor, kafamız karışıyor. Karşımızdaki kızları aynı kefenin içine koyuyor, ona düz bakmaya başlıyoruz. Genelde biz erkeklerin ciddi ilişkilere girmekte yavaş davranmamızın altında biraz da bu yatar.

Eğer biraz zeki bir erkeksek üstümüze atlayan kadının altyazısını okuyabiliyoruz ya da okuduğumuzu sanıyoruz. Kızın düşüncesinin bunlardan biri olduğundan emin olduğumuzu düşünüp anında savunmaya geçiyoruz:

- Ciddi bir ilişki peşinde.
- Ciddi bir ilişki peşinde ve evlenmek istiyor.
- Ciddi bir ilişki peşinde, evlenip bir an önce çocuk doğurmak istiyor.

İşte bu altyazıları okuduğumuzu düşünüp, ürküyoruz ilişkiden. Daha dakika bir gol bir yaşamak istemiyoruz. Bize karşı altyazılı, gizli ajandalı yaklaştığınızı düşünüyoruz. "Bizi gerçekten mi seviyorsunuz? Yoksa tek derdiniz evlilik ve çocuk mu?" soruları kafamızda yankılanıyor. Başımızı bağlamanızdan, kelepçe takmanızdan korkup kaçıyoruz. Belki bazılarınız bu düşüncelerle girmiyor, başlamıyor ilişkiye ama birçoğunuz ya baştan böyle ya da sonrasında bu kafaya giriyor. Artık hangi kadının, hangi niyetle, hangi duyguyla bize yaklaştığını anlayamaz hale geldik.

Biz erkekler ilişkilere sizler gibi gelecek planları yapmadan başlarız. Önceliğimiz hep bahsettiğim gibi eğlence, keşfetme ve cinselliktir. Böyle bir altyazı gördüğümüzde savunmaya geçip daha ilişkinin başında bizler de altyazılarla cevaplar veririz sizlere. İlk günlerimizde veya ilerleyen zamanlarda, sizlerin içten içe kızdığınız cümleler kurarız. Bunlar bizim aslında ciddi bir ilişki niyetinde olmadığımızı çaktırmadan size anlatmak ve sizi hazırlamak için kurduğumuz cümlelerdir. Bu şekilde hem sizi hazırlamış hem de içimizi rahatlatmış oluruz. Ayrıca beklentisiz bir ilişkinin içinde olduğumuzu bilmenin ilişkimizi daha keyifli bir hale getireceğine inanırız. En önemlisi daha başından ayrılığa hazırlarız sizleri.

Buna benzer uyduruk bahane ve cümlelerle sizin altyazılarınıza cevaplar veririz:

- Kafam bu aralar çok karışık.
- Ciddi bir ilişkiye girmek için daha çok erken.
- Kötü bir ilişkiden yeni çıktım. Biraz zamana, kafamı dinlemeye ihtiyacım var.
- Çevremde hiç mutlu bir evlilik görmüyorum.
- Evlilik kurumuna inanmıyorum.
- İş hayatım ciddi bir ilişkiye girecek kadar düzgün değil. Tüm enerjimi, önceliğimi işime verdim.
- Çok çabuk sıkılıyorum.
- Hazır değilim.
- Ölümlü dünya, günümü gün edip, düşünmeden yaşamak istiyorum.
- Sorumluluk almayı sevmiyorum.
- Aradığımı bir türlü bulamadım.

Tüm bu cümlelerin hepsinin hemen hemen anlamı aynıdır. "Ben ciddi bir ilişki düşünmüyorum" lafını hafifçe veya güçlü bir şekilde söylemeye çalışmaktır. İşin en sinsi yanı da, sizin ona ileride kızmanızı engellemeye çalışmasıdır. Bir gün şayet siz "Bu ilişki nereye gidiyor?" sorusunu sorarsanız cevabı dünden hazır: "Ama güzelim, neden kızıyorsun bana? Ben sana daha ilk günlerde tüm bunları söylemiştim."

Birçoğunuzun mutlaka başından bu tarz bir ilişki geçmiştir ya da geçecektir ne yazık ki. Bu, günümüzde hep yaşanan, artık sıradan gibi görünen ilişki süreci. Ben buna kapkaç ilişki diyorum. Size uygun olduğuna inandığınız düzgün bir erkekle tanışıp onunla ciddi bir ilişki yaşayabileceğinizi düşünüyorsunuz. Bir süre her şey çok güzel ve yolunda gidiyor. Geziyor, tozuyor, eğleniyor, yemeklere çıkıyorsunuz. Erkek sizinle çok ilgili ve güzel iltifatlar ediyor, size kendinizi özel hissettiriyor. Her şey yolunda gibi gözükürken aniden sevgilinizin tavrı değişiyor. Aramaları azalıyor, mesajlarınıza cevap vermiyor ve sonrasında uyduruk bahanelerle sizinle görüşmemeye başlıyor. En sonunda da tamamen ortadan kayboluyor. Adam size göre tam bir kapkaççı, sizin kalbinizi aniden çalıp birdenbire kaçıyor. Siz tüm bunlara bir anlam veremeyip, salya sümük arkadaşlarınızla acil durum toplantıları düzenliyor, adamın niye kaçtığını, nerede hata yaptığınızı anlamaya çalışıyorsunuz. Önceleri sorunu kendinizde ararken sonraları tamamen adamı suçluyorsunuz. Ama hiçbir zaman sorunun temeline inemiyor ve gerçek sebebi anlayamıyorsunuz.

Belirsizlik ve sebebini anlayamamak sizi en az ayrılık kadar üzüyor ve yoruyor. Aslında en çok erkeğin neden kaybolduğunu anlamak istiyorsunuz, nerede hata yaptığınızı bilmek ve bir daha aynı hatalara düşmemek derdindesiniz.

Size çok karmaşık gibi görünen bu süreç ve sonuç aslında oldukça basit. Toplum baskısı ve biyolojik saat siz kadınlar üzerinde inatla baskı kuruyor ve sırf birisiyle evlenmek için zamanla standartlarınızı düşürüyorsunuz.

Hızlı ve sabırsız davranmaya başlıyorsunuz. İlişkiye girdiğiniz her erkeğe çocuğunuzun babası gözüyle bakıyorsunuz. Panikle yanlış seçimler yapıp, hatalı ve aceleci davranıyorsunuz.

Oysa biz erkeklerin böyle bir derdi yok. Kendimizi evlenmek ve çocuk sahibi olmak zorunda hissetmiyoruz. Evet elbet bir gün isteriz diye düşünüyor ama o günün yarın olduğunu veya o kadının siz olduğunu düşünmüyoruz. Aile kurmak uzun hayat listemizin en alt sıralarında. Sizinle sadece siz olduğunuz için ve birlikte olmak istediğimiz için oluyoruz. Gelecek, yarın, evlilik, çocuk planları aklımızdan bile geçmiyor. Evlilik ve baba olma fikrine girebilmemiz için sağlam ve oturaklı bir ilişki süreci geçirmemiz gerekiyor. Size bağlanmamız, alışkanlık haline getirmemiz, emin olmamız, sizsiz bir yaşam düşünemez bir hale gelmemiz şart. Bu da uzun bir süreç. Fakat ne yazık ki sizin böyle bir sabrınız yok. Üzerinizdeki bu yoğun baskıyı bizim de üzerimizde kurduğunuzu hissediyor veya her an kuracağınızdan emin oluyoruz.

Sizler bir yarış arabası gibi son sürat ilişki içine atlarken bizler kamyon gibi yavaşız. Sizin ciddileşme ivmeniz son hız artarken bizimki daha beter düşüyor. Altyazılarınızın olduğunu, bizleri damızlık gibi gördüğünüzü bile düşünebiliyoruz.

Bizim tek derdimiz sizken (tamam cinsellik de var) sizin gizli ajandalarınız var. Şimdi söyleyin bana kim sahtekârlık yapıyor? Gizli ajandası olan, ilişkiyi bir tarafa çekmek için çabalayan sizler mi, yoksa ilişkinin keyfini çıkaran, sonunu düşünmeden günü ve anı yaşayan biz erkekler mi?

İşte tüm bunlar birleşince, ilişki bizim gözümüzde o ilk heyecanını, tutkusunu kaybediyor. Dışarıda, çevremizde sizinle ilk günlerde yaşadığımız o muhteşem heyecanı yaşatacak kızlar da oldukça fazla. Zaten onlar da boş durmuyor, kafamızı arada bir kurcalayıp, kuyruk sallayarak, cilveleşerek aklımızı çeliyorlar.

Böyle bir durum içerisinde sizin olduğunuzu düşünün. Bir an için erkek olduğunuzu hayal edin ve elinizi vicdanınıza koyup bana doğruyu söyleyin, şayet siz erkek olsaydınız ne yapardınız? Hayat size güzelken, hak etmeseniz bile üzerinize devamlı gelen, cilveleşen her yaşta ve güzellikte karşı cins bolluğu varken ve hepsi sizi özel hissettirirken, heyecanı kaybolmuş, sadece sizinle evlenmeyi, çocuk yapmayı aklına koyduğu için baskı yapan biriyle mi olurdunuz? Yoksa toplumsal ve biyolojik baskı yaşamayan sizler sonsuz özgürlük içerisinde ve bol seçenekler arasında gününüzü gün mü ederdiniz? Heyecanın ve tutkunun mu peşinde koşardınız? Yoksa monotonluğun, baskının mı içinde kalırdınız? Dürüst olun kendinize. Empati yapın biraz ve biz erkekleri anlayın. Anlayın ki aynı hataları yapmayın ve bu durumdan kendinize avantaj çıkarın.

Şunu da iyice bir anlayın, biz erkekler her cilveleştiğimizle çıkmak, her çıktığımızla ciddi bir ilişki yaşamak, her ciddi ilişki yaşadığımızla evlenmek zorunda değiliz. Yoksa 500 defa evlenmiş 499 defada boşanmış olurduk. Bu hesaba göre ortalama 300 tane de çocuğumuz olurdu. Kâbus gibi değil mi?

Şayet erkeklerin neden ürktüğünü, niye kaçtığını gerçekten anladıysanız size ne yapmanız gerektiğini anlatabilirim. Yok hâlâ anlamadım diyorsanız başa dönüp bir daha okuyun. İnanın erkeğin ne hissettiğini, neden kaçtığını, neden ürktüğünü anlamanız ilişkilerinizi sağlıklı bir hale getirebilmeniz için hayati bir önem taşıyor.

"Erkeğin ilişki içerisindeki ruh halini iyi anlayın, kendinizi onun yerine koymaya çalışın" diye kafanıza kafanıza vuruyorum çünkü işte o zaman ilişkiyi siz yönetmeye başlarsınız. Adamı işte ancak o zaman peşinizden koşturursunuz.

Bir erkek kafası gibi davranmaya çalışın ilişkinizde. Paniklemeyin, acele etmeyin. Rahat olun, o ana, o güne, hayatınıza odaklanın ve geleceğe kafayı takmak yerine günün getirdiklerini olduğu gibi kabul edin ve mutlu olun.

Unutmayın, ilişkiniz konusunda ne kadar rahat ve doğal olursanız, karşınızdaki erkeği kendinize o kadar bağlarsınız. Aynı bir erkek nasıl hissediyorsa öyle hissetmeye çalışın. Keyif alın sevgilinizden, yaşadığınız süreçten, ilişkinizden, sevişmelerinizden, o yaşadığınız her andan. Siz keyif alın ki keyif verin. O keyif alsın ki size keyif verebilsin.

Kaybetme korkusunu, evlenme fikrini, çocuklarınızın cinsiyetini, koyacağınız isimleri bir tarafa bırakın, yaşadıklarınızla, sahip olduklarınızla mutlu olun.

Şükredin... Şükretmek hayata teşekkür etmektir, asla azla yetinmek demek değildir. Sahip olduklarının için, hayatın için şükredersen, sevginin değerini bilirsen sevgi çoğalır. Sakın unutma şayet sevgin koşulluysa bunun adı aşk değil, alışveriş olur. Koşulsuz, hedefsiz seversen, sevdiğin senin olur. İşte bunu başarırsanız o zaman doğal süreç işler ve tüm bunlara sahip olabilirsiniz, hem de sevgilinizin arzusu ve ısrarıyla.

Tavşan Kaç, Tazı Tut!

Hep duyduğumuz hatta ezberlediğimiz bir teori var: "Kaçan kovalanır."

Evet oldukça doğru bir teori ama şayet usta ellerde ve doğru bir kıvamda kullanılırsa işe yarar. Aslında kapkaç ilişki yaşayan erkek bu "Tavşan kaç, tazı tut!" oyununu çok iyi oynar. Tek farkı oyun oynadığının farkında bile olmadan, biraz önce bahsettiğim ruh halinden, sizin onun üstüne gelmenizden dolayı yapar. Oyun oynadığının farkında bile olmadan doğallığıyla, içgüdüsüyle hareket eder. Bunun sebebi tamamen siz kadınlarsınız. Sizi çok suçladığımı falan düşünmeyin, ne yapayım hak ediyorsunuz. Uyduruk heriflerin üzerine giderek şımartıyor, kıçlarını kaldırıyorsunuz. Gelecek baskınızla ürkütüp, kaçırıyorsunuz.

Adamları kovalayıp, kaçmasına sebep oluyor, sonra da daha bir hırsla kovalıyorsunuz. Kovalamaktan yorulmadınız mı hâlâ? Yeter artık, siz kaçın, biraz da o kovalasın. Siz tavşan olun o da tazı. Kovalayanın her zaman kaybettiğini aklınızdan çıkarmayın.

Bu "kaçan kovalanır" oyununu ilişkinizin ilk günlerinde veya ilerleyen süreç içerisinde bile yapabilirsiniz. Öncelikle erkek gibi düşünüp hareket edeceğinizi unutmayın. Kendinize "Ben ilişkisiz ve yalnız da mutluyum. O olmazsa olmazım değil" duygusunu vermeye çalışın. Gerçekten böyle hissetmeseniz bile kendinizi inandırmaya uğraşın. Erkekler işte bu duyguyu kendilerine dikte etmeden içlerinde yaşıyorlar ve bu yüzden umursamaz ve her an kaçabilecekmiş gibi duruyorlar. Bu umursamazlıkları sevgilisi ve ilişkisi olmazsa olmaz hale gelene kadar devam ediyor. Sizin yapmanız gereken de "Olmazsa olmam" dedirtebilmek değil mi zaten o adama?

Mutlaka ondan kaçabileceğinizi, uzaklaşabileceğinizi hissettirin sevgilinize. Sizi hazır lokma olarak görmesin, kaybetmekten korksun. Bunu anlaması için bazen sizi gerçekten kaybetmesi lazım. Bu duyguyu tatması şart.

Bunu yapabileceğiniz yollardan biri (bunu size söylediğime inanamıyorum) küçük bir münakaşa çıkarmaktır. Haklı olduğunuz veya haklı çıkacağınız akıllı bir tartışma çıkarıp, uzaklaşın biraz ondan. Fakat kaçtığınız sevgiliniz sizi kaçıranın yalnız ve yalnız kendisi olduğunu bilsin, tek suçlunun kendisi olduğundan emin olsun. Burası çok önemli, eğer kendini haklı bulup sizi suçlarsa adamı kaybetme ve kendi oyununuzda mat olma ihtimaliniz var. Aman dikkat...

Bu tartışmayı her şey yolunda giderken, hiç beklemediği bir anda yapın. Size bağlılığının güçlü olduğu en doğru zamanı seçin. Tutarsızlık bazen ilişkilerde yapıcı rol üstlenebilir. Yüz yüze yaparsanız etkisini çok daha fazla gösterir. Telefonda konuşarak, hele mesajla sakın bu işe girişmeyin. En güzel ve seksi kıyafetleriniz üzerinizdeyken, hatta adam biraz sonra sevişeceğinizi düşünürken bu konuşmayı yaparsanız etkiyi katbekat fazlalaştırmış olursunuz.

Ona niye kızdığınızı, niye bozulduğunuzu kısa ama bir çocuğa açıklar gibi doğru ve özenli kelimelerle anlatın. Net olun, lafı asla ve asla uzatmayın. "Sen öyle düşünüyor olabilirsin ama ben böyle düşünmüyorum. Bu tarz bir ilişki yaşamak istemiyorum. Sen beni ve benim sevgimi gerçekten anlayamamışsın" gibi kısa bir cümleyle konuyu kesip, arkanıza bakmadan çekip gidin. Kibar ve asil olun.

Sinirli, kırılmış ve üzgün olabilirsiniz ama sakın çirkeflik yapıp geri dönülmez, büyük laflar etmeyin. Ona değer verdiğinizi, onu sevmekten vazgeçmediğinizi ama bu duruma daha fazla katlanmak istemediğinizi belli edin yeter. Tam bir film sahnesi gibi, mağrur, gururlu bir şekilde söyleyeceklerinizi söyleyip uzatmadan ayrılın onun yanından. Hele bir de gözünüzde biriken yaşları saklamaya çalışır gibi yaparsanız ve hırsla çantanıza uzanıp ondan uzaklaşırsanız "Tavşan" Oscar'ını kesin kazanırsınız. Bunu yemeyecek erkek yoktur.

Adam, neyi kaçırdığını, neyi öyle düşünmediğinizi, nasıl bir ilişki kastettiğinizi merak edip dursun. "Yoksa hayatında başkası mı var?" diye biraz kudursun. Kıskansın sizi, kaybetmekten korksun.

"Başkası var. Başka erkekler de benimle ilgileniyor. Elimi sallasam ellisi" gibi lafları bırakın söylemeyi, imasını bile yapmayın. Ters teper. Ama bunun olabileceğini hissettirin çok ucundan. Başkaları tarafından beğenildiğinizi, özel olduğunuzu içinden bilmesini sağlayın yeter. Aşırı kıskançlık erkekte çok ters etkiler yapabilir. Erkeğin egosunu yerle bir ettiği için çok riskli ve son noktaya gelene kadar asla kullanılmaması gereken bir silahtır. Bariz ve açıkça kıskandırmak elinizde patlayabilir. Bu silahı çok gerekmedikçe kılıfında tutun.

Benim başımdan tam da anlattığım gibi bir olay geçti yıllar önce. Daha ilişkimizin başlarındayken o zamanki kız arkadaşım sözleştiğimiz gibi bana geldi. Normalde birkaç duble bir şeyler içip dışarı çıkacağız. Kapıyı açtığımda kızın seksiliğinden gözlerim kamaştı. Vücuduna çok güzel oturan seksi ama asil bir elbise, "Yoksa jartiyer mi giymiş?"

diye merak ettiren uzun bacaklarını daha da uzun ve güzel gösteren topuklu ayakkabılarıyla içeri girdi. Bakın yıllar geçmiş ama hâlâ unutamamışım. Şimdi size bunları anlatırken tekrar depreştim, ne yapsam, arasam mı kızı acaba?

Neyse, içeri girdi ve kendinden emin bir şekilde bacak bacak üstüne attı. İçkisini getirdim, bir yudum aldı ve konuşmaya başladı:

– Canım seninle kaç gündür yüz yüze konuşmak istiyordum. Aslında lafı da çok uzatacak değilim. Senden ne kadar hoşlandığımı, ne kadar sevdiğimi biliyorsun. Benim için çok ama çok özelsin sen. Hep öyle kalmanı istiyorum. Ama seninle aynı yerde olduğumuzu düşünmüyorum ve bu durum beni çok rahatsız ediyor. Biliyorsun ben öyle bir kadın değilim ve hiçbir zaman da olmayacağım. Sen böyle bir ilişki isteyebilirsin ama inan ben bunu istemiyorum. Birbirimizi yormadan, üzmeden gidiyorum. Kendine iyi bak.

Bunları anlatırken inanın neden bahsettiği hakkında hiçbir fikrim yoktu. Kafamda deli sorular belirdi. "Yine ne yaptım? Nerede hata yaptım? Ters bir şey mi söyledim? Doğum gününü falan mı unuttum?" diye düşünüyorum. Yok bulamıyorum. "Cilveleştiğim kızları mı fark etti acaba?" diyorum ama nereden bilecek ki diye kendimi rahatlatıyorum. Telefonumu kurcalamış da olamaz, her hafta düzenli şifre değiştirmeyi ihmal etmiyorum ki. (Parmak izi kilidi yoktu o zamanlar ne yazık ki.) "Yoksa kurcaladı mı?" Kafamda çözemediğim sorular ve ağzımdan çıkan tek cevap:

– Ne oldu canım? Yine ne yaptım?

O anda gözlerinde biriken yaşları fark ettim, saklamaya çalışarak çantasını aldı ve ayağa kalktı. O anda ne yapacağımı, nasıl davranacağımı bilemedim. Sevişeceğiz diye düşünürken kız beni terk ediyor. Şaka gibi... Gözlerini benden kaçırarak kısık bir ses tonuyla "İyi akşamlar" dedi ve arkasını dönüp gitti. Öylece kalakaldım...

O gittikten sonra ne oldu diye düşünmeye başladım. Nerede hata yaptığımdan çok söyledikleri aklıma takıldı. Kendi kendime uçsuz bucaksız sorular sormaya başladım:

- Biz niye sevişmedik?
- Ayrılmayı göze alacak kadar kötü ne yapmış olabilirim?
- Nasıl aynı yerde değiliz?
- O bahsettiği yer neresi?
- Hangi durum onu rahatsız ediyor?
- O böyle bir kadın değilse, nasıl bir kadın?
- O nasıl bir ilişki istiyor?
- Ben nasıl bir ilişki istiyorum?
- Biri mi var hayatında?
- Jartiyer mi giymişti?
- Ya biz niye sevişmedik?

Kafamda deli sorular, abuk sabuk cevaplar...

Bu arada ilk ve son soruyu ben değil hayatımın her noktasına karışıp, her şeyi daha karmaşık hale sokan o yaramaz şeyim sordu. Benim hiçbir suçum yok...

Aslında benim en çok merakımı çeken soru "Ben nasıl bir ilişki istiyorum?" oldu. O ana kadar bunu ilişkimiz boyunca hiç düşünmemiştim. Rüzgâr nasıl savurursa öyle ilerliyordum. Ciddi bir ilişkiden her erkek gibi kaçtığım kesindi ama ben gerçekten ne istiyordum? İçkimi yudumlarken düşünmeye başladım.

Onunla çok uyuşuyor, eğleniyor ve keyifli bir birliktelik yaşıyordum. Ondan oldukça hoşlanıyor, hatta seviyordum. Tamam âşık falan değildim belki ama oralara yakın bir yerlerdeydim. Birlikteyken hiç susmadan konuşuyor, tavşanlar gibi tutkulu sevişiyor, gezip tozuyor ve çok eğleniyorduk. Şefkatli ve güvenilir, iş hayatında, kariyerinde iyi bir noktada, esprili, zeki ve çok güzel bir kızdı. Beni, onu benim sevdiğimden daha çok sevdiğinden de emindim. Bunu çok güzel belli ediyordu. Fazlasıyla anlayışlıydı, sabırlıydı, en azından o güne kadar. Peki, benim derdim neydi? Niye olduğum durumdan, güzel giden ilişkimden, mükemmele yakın kız arkadaşımdan kaçıyordum? Gerçi o gün o kaçtı.

Tüm bunlardan, onun gidişinden kendimi sorumlu tuttum. Aslında geride kalmamın, duygularımı tam olarak ona göstermeyişimin, kaçak ilişki yaşamamın onunla hiçbir ilgisi yoktu. Bu tamamen benim korkularımla ilgiliydi. Ayrıca, itiraf etmem gerekirse, dışarıda o kadar tanıyacak kız varken, bir tanesine kendimi kaptırmak çok salakça geliyordu. Sanki bir bok varmış gibi anlamsızca diğer kızları da tanımak, etkilemek, cilveleşmek, sevişmek istiyordum. Sanki programlanmış gibi bunu farkında olmadan içgüdüsel yapıyordum. Beynimin, kalbimin kontrolünü şeyim eline geçirmişti. Aslında yalnız değildim bu konuda, sadece benim değil tüm erkeklerin pilot koltuğunda oturuyordu o uslanmaz güdülerimiz, o çokbilmiş meraklı şeyimiz.

Tam bunları düşünürken aklıma oldukça çapkın bir arkadaşımın lafı geldi. Ona "Oğlum, sıkılmadın mı bu halinden? Neden bu kadar çok kızla berabersin? Niye hâlâ çapkınlık peşinde koşuyorsun?" diye sorduğumda bana gülerek cevap vermişti:

– Çünkü yapabiliyorum. Bunu çok iyi beceriyorum.

Aslında sorumun cevabını çok iyi biliyordum ama onun da aynı şekilde hissedip hissetmediğini öğrenmek istemiştim.

Sormaya devam ettim:

– Peki niye her erkek çapkınlık peşinde koşmuyor ve birine bağlanıp kalabiliyor? Düzgün ilişkiler yaşamayı nasıl becerebiliyorlar?

– Çok basit, onlar çapkınlığı beceremiyor. Becerebilseler tek bir kadınla olmazlardı. Hangi erkek uzun ilişkisinde, evliliğinde mutlu ki? Mecburiyetten, çaresizlikten giriyorlar bu işe. Veya kadınlar kandırıp içine atıyor ilişkilerin, evliliklerin. Oğlum biz erkekler poligamik (çokeşli) varlıklarız. Monogami (tekeşlilik) bize göre değil. Bünyeyi bozuyor. Öksürük yapıyor. Bize ters abi.

– Nasıl yani? Beceremedikleri için kısmını anlıyorum, ayrıca poligami ve kadın iteklemesine, kandırmasına da katılıyorum. Tüm bunlarda hemfikiriz tamam ama âşık olup tek bir kıza bağlanamaz mı bir erkek? Ne yani, sen âşık olamaz mısın? Ciddi bir ilişkiye girip, evlenemez misin?

Sırıtarak cevap verdi:

– Âşık olabiliriz, dibine kadar oluruz hatta. Diğer seçeneksiz erkeklere göre çok daha tutkulu ve bilinçli oluruz. Hatta mükemmel âşık olabiliriz. Ne de olsa çok kadın tanımışız ve tüm tanıdığımız kadınların içinden o bir tanesini seçmişiz. Seçeneği olmayan, sıradan erkek önüne gelene, rasgele bağlanır. Adamın başka çaresi yok. Seçmez, çaresizce seçilir. Ama bizler seçeriz. Onlar kadını tanımaz, anlamaz ama bizler ruhunu biliriz. Biliyorum biraz ukalaca oldu ama ne yapayım gerçek bu. Ama ne yazık ki, mantık ilişkisi yaşayamayacak kadar tutkulu, âşık olamayacak kadar da akıllı bir adamım. Yani işim çok zor...

Aslında biz seçenekli erkeklerin yaşadığı dilemma tamamen bu. Tutkuluyuz ama ilişkiden kaçmayı marifet sayıyoruz. Âşık olmak istiyoruz, sevgi doluyuz ama korkuyoruz. Kadınların bizi ilişkilerin, evliliğin içine sürüklediğini ve onların bu kurumun içine girmemiz için baskı yaptığını düşünüyor ve biz de en iyi yaptığımız şeyi yapıyor, kaçıyoruz.

İşte sevgilimin beni çat diye bırakması, ayrılması tüm bunları düşündürttü, gerçekten âşık olabileceğimi, bağlanabileceğimi hatırlattı, gösterdi bana. Neler kaçırdığımın, yarım yaşadığımın farkına vardım.

Tüm suçun bende olduğunu iyice kavradım. Onu aramak geçti içimden. "Hatamın farkına vardım. Hadi gel bana artık çok farklı bir adam olacağım söz. Her şey çok farklı olacak" demek istedim. Ama aramadım, en azından o gün...

Tüm bunları bir erkek için fazlasıyla uzun uzun tarttım. Sonra saate baktım, kız gideli beş dakika olmuş. "Yuh zaman ne kadar çabuk geçmiş!" diye şaşırdım. Sonra "Birkaç güne ararım onu..." diye düşündüm ve ayrılığın tadını çıkarmak üzere kendimi sokağa attım...

Şaka şaka... Yoksa gerçek mi?

Kız benden gerçekten mi ayrılmıştı? Yoksa bana ders

vermek için oyun mu oynuyordu? Bunların cevabını hiçbir zaman öğrenemedim ama tek bildiğim her ne yaptı ise işe yaradığı.

Birkaç gün sonra onu daha çok istedim ve özledim. Yarım kalmış, hata yapmışım diye hissettim ve arayıp barışmaya çalıştım. Sonuçta "kaçan kovalanır" hikâyesi işe yarıyor. Bunu ben bile yedim. Hep kaçan ben, onun kaçmasından rahatsız oldum, merak ettim ve kaçanı kovaladım. Bizzat test ettim ve onayladım.

Bu "kaçan kovalanır" durumunu uygularsanız dikkat etmeniz gereken bir diğer ve hayati nokta da kesinlikle sabır. Sabırlı olmalısınız, asla ama asla o arayana kadar aramamalısınız. Yaptınız bir şey, arkasında durmayı da bilin. İstikrarlı olun...

İlle de hemen aramasını beklemeyin. Biliyorum her geçen dakika, saat size daha zor gelecek ve hatta elinizde telefon "Niye hâlâ aramadı? Neden hâlâ mesaj atmadı?" diye bana küfrederek bekleyeceksiniz. Kaybetme korkunuz tavan yapacak, "Ben ne yaptım?" soruları başlayacak. Biraz gururlu ve sabırlı olun. Eninde sonunda arayacaktır. Yani umarım...

Bir erkek seviyorsa veya size değer veriyorsa en fazla bir hafta içinde arar. Bu bekleme süresi en fazla yedi gün yani. İlk zamanlarda sizin arayacağınızı düşünüp içini rahatlatır. Sizden bir haber yoksa "Oh peşime düşmedi, özgürüm..." diye hafifler. Sonraki günlerde "Nasıl olur? Neden hâlâ beni aramadı?" diyerek paniklemeye başlar. Egosu zedelenir. Kendine olan güvenini kaybeder. Hayatına biri girmişse bile sadece sizi düşünmeye başlar. Sonunda kesinlikle dayanamayıp sizi arar.

Aramazsa da bana kızmayın lütfen. Benim size yeni bir erkek arkadaş bulmamı falan da beklemeyin. Ben mi dedim size oyun oynayın diye? Pardon ya, yukarıyı okudum şimdi, gerçekten demişim...

Eğer bir hafta içinde aramazsa demek ki sizden o kadar etkilenmemiş, sevmemiş. Boş iş yani. Böyle bir adamla ne işiniz var zaten? Hiç üzülmeyin, değmezmiş. Siz daha iyilerine layıksınız. Unutmayın seven erkek gelir, gelmezse zaten hiç senin olmamıştır, yol verin gitsin. Bakın, sayemde kurtuldunuz o öküzden.

Şayet bir hafta geçtikten sonraki günlerde ararsa şundan emin olun, adam gezmiş tozmuş, seçeneklerine bakmış, kız ayarlamaya çalışmış ve sonunda ya becerememiş ya da becerdiğini beğenmemiş. Kuyruğunu kıstırmış, kös kös dönüyor yani. Bunun bilincinde olup ona göre davranın.

Size yeterince değer vermeyen adamı hâlâ istiyorsanız veya bir şans daha vereyim diyorsanız, seçim sizin. Fakat bir hafta geçmiş ve aramamış adamlara asla hemen peki demeyin, sakın kaldığınız yerden hiçbir şey yokmuş gibi devam etmeyin. Hemen barışmayın, hatta ilk gelişinde, arayışında "Bitti her şey, böyle çok mutluyum. Hayat bana güzel" edalarında davranın. İçiniz ne kadar farklı olursa olsun, mutsuz, pişman bile olsanız ona bunu sakın çaktırmayın. Biraz daha, hatta bolca koşturun peşinizden.

Uzun süre sesi soluğu çıkmayan adamı hemen kabul ederseniz, çok geçmiş olsun. Tüm yaptıklarınızı boşu boşuna yapmış olduğunuz gibi durumu tam tersine çevirip ipi onun ellerine tamamen bırakmış olursunuz. Adam zaten suçlu ve öyle de kalsın. Hem suçlu hem güçlü yapmayın. Reddedilen erkek daha beter pişman olur, sakın bunu unutmayın.

Ayrıca, şayet dip boyanız gelmiş ve o hâlâ gelmemiş ise, adamı hemen atın ve acil olarak saçınızı boyatın.

Ben benden ayrılan sevgilimi kaç gün sonra mı aradım? Aradığımı kim söyledi?

Tamam, bağırmayın. Evet, aradığımı söylemiştim. Dikkatli bir okuyucu musunuz diye test ettim sadece.

Çok da Fifi...

Sevgilinize değerli olduğunu hissettirin ama diğer yandan "Çok da umurumda değilsin" duygusunu da verin. Ona hayran olduğunuzu, sevdiğinizi, takdir ettiğinizi gösterin. Buna sizin kadar onun da ihtiyacı var hatta erkekler daha çocuksu olduğu için bunları sizden duymaya ve görmeye daha aç olurlar. Fakat aynı zamanda sizi avuçlarının içine almasına sakın izin vermeyin. Her an gidebileceğinizi, ona mahkûm olmadığınızı bilmesini sağlayın. Ondan önce de vardınız, sonra da var olacaksınız. "Senin için ölürüm, sensiz yaşayamam" zırvalıklarını bir tarafa bırakın. Ben ne kızlar tanıdım "Sensiz yaşayamam, ölürüm" deyip ve ayrıldıktan sonra gerçekten ölen. Ölen dediysem zevkten, keyiften, gezmekten, tozmaktan, mutluluktan ölen. İlişkileri sürerken böyle büyük laflar söyleyip, sonrasında çok daha mutlu yaşayan çok kadın var. Zaten her gidiş aslında bir başlangıç değil mi?

Sanki bir kuş gibi her an uçabileceğinizi belli edin. Her zaman tetikte beklesin, sizi kaybedebileceği korkusunu yaşasın. Kaybetme korkusu güçlü bir motivasyondur. Siz de durmaksızın motive edin adamı... Sizi bir kafese kapattığını veya sizin ona kelepçe taktığınızı düşünmesin.

Sevgilinize dibine kadar bağlandığınızı göstermeyin. Adamın egosu sizin ona bağlanmanızı isteyecektir doyumsuzca. Bunu tam olarak başaramadığını gördükçe daha çok çabalayacak ve hep bir üst seviyeye çıkacaktır. Sizin üstünüze daha çok gelecek, aklı fikri sizi etkilemekte olacaktır. Bırakın dört dönsün etrafınızda, hep bir üst ilişki seviyesine çıkmaya çalışsın.

Geri çekin kendinizi biraz. Sizin yay, ilişkinizin ok olduğunu düşünün, hedefiniz de sevgiliniz. Ok sadece geriye doğru çekilirse fırlar ve hedefine ulaşır. Yayı geri çekmezseniz, ok ilerlemez ve olduğu yere düşer.

Bizler de sizler kadar aşkı seviyoruz, âşık olmak istiyoruz ama tek bir farkla, sonunu düşünmüyoruz. Ayrıca bağlılığın düşüncesi bile bizi dehşete düşürüyor. Biz erkeklerin en büyük fobisinin bağlanma korkusu olduğunu bilmeyeniniz yoktur. Bu durumumuzun sizi ne kadar yorduğunu çok iyi biliyorum ama inanın elimizde değil. İlişkimiz ciddi bir yere gittiğinde bizi uyaran bir alarm sistemimiz var ve bu alarm hep kurulu vaziyette. Alarmın kapatma düğmesini biz bulamıyoruz ne yazık ki. İşte bu yüzden bu alarmı susturmak sadece sizin elinizde. "Her şeyi de ben mi yapacağım?" diye sızlanmayın bana. İlişkiye meraklı, hevesli olan sizsiniz sonuçta...

Bağlanma Hobisi Out - Bağlanma Fobisi In

Biz erkeklerin bağlanma korkusu olduğunu, bundan nasıl arkamıza bile bakmadan kaçtığımızı bilmeyeniniz yoktur. Fakat tam olarak bilmediğiniz bir şey var. Asında siz kadınların da içinde var bu korku. Her insanın içinde var ama evrim, toplum ve şartlar her iki cinse de farklı davranmış. Doğa dişiye daha kaliteli yavrular çıkarabilsin diye dişinin seçeneklerini fazlalaştırmış ve erkeğin daha çok dişiyle olabilme ihtimalini sağlamış. Dişi de bağlanmadan kaliteli, sağlıklı yavru hatırına, erkeğin en sağlıklısını, güçlüsünü seçmeye çalışmış. Her yavrulama döneminde bu döngü farklı eşlerle devam etmiş. Dişi bunu hep kaliteli ve sağlıklı yavru için, neslinin devamı için yapmış. Hayvanlar âlemin yüzde 98'inin çokeşli olduğunu düşünürsek bu çok normal.

Biz insanlarda bu durum, toplum ve düzeni korumak için kendi kendimize belirlediğimiz ahlaki ve dini değerlerle farklı bir noktaya gitmiş. Gitmesine hiçbir itirazım yok, yanlış anlamayın. Fakat insanlık oldum olası erkek egemen bir topluluk olduğundan dolayı, hep kadınların tekeşli ve erkeklerin daha seçenekli olmasına göz yummuş hatta bununla ilgili eşit olmayan yaptırımlar bile uygulamışız.

Söylemek istediğim aslında siz kadınların da içinde, ta gerilere atılmış, gizlenmiş bir bağlanma korkusu var. Birçoğunuz bunun farkında bile değilsiniz. Aslında aynı erkekler gibi sizler de körü körüne bağlanmak istemiyorsunuz. İşte bu duygunuzun farkına varın. Varın ki her tanıştığınız adama bodoslama bağlanmayın.

Sizin de bağlanma korkunuz olduğunu hissedip sevgilinize hissettirin. Hissettirin ki o da sizi kazanmaya daha çok çalışsın. Yol arkadaşını iyi seçemezsen yol yorgunu olarak kalırsın. Yeni ilişkilere yürüyecek ne gücün ne de enerjin kalır. Aşka, ilişkilere olan inancını geçici de olsa kaybedersin. İçindeki kapalı kalmış bağlanma korkusunu kabul edip, onu sev ve sevgiline göster. Sizi bağlamak için daha çok çaba sarf etsin. Aynı kaçan kovalanırda olduğu gibi bağlanma korkusu olanın da her zaman arkasından koşulur.

Her insan özgürlüğünü sever. Her ruh özgürdür. Özgürlüğün cinsiyeti yoktur. Neden sadece biz erkekler özgürlük diye bağırıyoruz ki? Sizden ne farkımız var? Sizin bizden ne farkınız var? Bir eksiğiniz olmadığı gibi inanın fazlanız var ve artık bunu anlayın. Özgürlük çığlıkları atın arada sizler de.

Bağlanmaktan korktuğunuzu belli ettikçe, sevgilinizin sizi nasıl bağlamaya çalışacağını şaşırarak göreceksiniz. Çünkü, inanın bu tarz kadınlara çok az rastlıyoruz veya rastladıklarımızın birçoğu da bunu niye yaptıklarının farkında bile değiller.

Gerçekten oldukça çapkın ve bağlanma problemi yaşayan bir arkadaşım geçen sene bir kızla benim yanımda tanıştı. Kız normal diyebileceğimiz bir görüntüde ve karakterde. Ne güzel, ne de çirkin. Bu arkadaşımın hayatından geçen kızlara bakarsak gerçekten sıradan bile diyebileceğiniz, çok özelliği olmayan bir kız. Tüm bunları sadece ben değil arkadaşım da söylüyor bu arada. Adamı o kadar iyi tanıdığım için en fazla bir hafta içinde kızdan ayrılacağından adım gibi eminim.

Aradan birkaç ay geçti ve arkadaşıma rastladım, sohbet etmeye başladık. Konu havadan sudan bir dakika sürdükten sonra iki dakikada futbola döndü ve saatlerce süren karı kız meselesine dayandı. Onun yeni çapkınlık ve kız maceralarını merakla sırf sizin için sordum. Kendim için değil, kitabımda size anlatabilmek için yani... Kendim için bir şey yapıyorsam namerdim... Yerseniz...

– Eee abi boş ver şimdi Fenerbahçe'yi. Cumartesi zaten maça gideceğiz, onu o zaman konuşuruz. Sen anlat bakalım nasıl gidiyor hayatın? Hangi kızlarla takılıyorsun bu ara?

Ben, onun bana üç beş kız sayacağını, onları nasıl idare ettiğini veya nasıl patladığını, yakalandığını anlatmasını beklerken, verdiği cevaba oldukça şaşırdım.

– Yok oğlum hayatım hiç renkli değil bu aralar. Bir aydan daha fazladır sadece bir kız var hayatımda...

Duyduklarıma inanamadım.

– Kim oğlum bu kız? Hayrola, Victoria's Secret modeli falan mı buldun?

– Öyle bir model ayarlasam senin yanında ne işim olur oğlum benim? Şu an kızla hâlâ yatakta olurdum muhtemelen.

– Kimi buldun o zaman? Merak ettim şimdi kızı. Yoksa kızın üç memesi falan mı var?

– Yok o üç memeli kızı hâlâ arıyorum. Umutlarım tükenmeye başladı gerçi...

Güldü ve konuşmaya devam etti:

– Senin yanında tanıştığım kız var ya hâlâ onunlayım..
Arkadaşım o kıza konmuş, ben şok...

– Nasıl yani?

– Vallahi ben de anlamadım abi... Kızla tanıştığımdan

beri peşindeyim. Ne olduğunu inan ben de anlamadım. Kızı bir türlü çözemiyorum. Bir bakıyorum çok iyi, benim üstüme düşer gibi, sonra bir bakıyorum kız yok olmuş. Hayatımda yaşamadım böyle bir şey. Kızı bir türlü elime alamadım. Parmağında oynatıyor beni. Bazen çok seviyor gibi bazen de bağlanmaktan korkar gibi bir hali var.

Gülmeye başladım:

– Vay, helal olsun kıza! Bizim kadın halimiz gibi yani.

– Aynen abi, kendimi kız gibi hissetmeye başladım zaten. Her aradığında buluşmak için ölüyorum. Hatta görüşelim diye bahaneler üretiyorum. Attığı mesajların altında bir şey var mı diye inceliyorum abi... Durumumun ne kadar ciddi olduğunu anla artık. Mesajlarını inceliyorum diyorum, daha ne diyeyim abi?

Kahkahalar atmaya başladım.

– Kız donunda oynatıyor seni resmen...

Arkadaşımın hayatına girmiş kızlara göre oldukça sıradan ve renksiz bu kız, böyle bir adamı bu kadar etkilemeyi başarmıştı. Arkadaşımın söylediklerinden çıkardığım sonuç, tamamen sizlere anlattıklarımı kızın başarıyla uygulamasıydı aslında. Bunu bilinçli mi yoksa bilinçsiz mi yaptı bilmiyorum. Oyun mu oynadı, taktik mi yaptı, yoksa kızın doğası mı öyle anlamadım. Tek bildiğim ne yapıyorsa, gayet işe yaradığıydı...

Seneler önce başka bir arkadaşım âşık olduğu kızı sonunda benimle tanıştırdı. Haftalar boyu kıza nasıl âşık olduğunu, aklını nasıl başından aldığını anlatıp durmuş, ruhumu daraltmıştı. Bu kadar övgüyle, hayranlıkla anlattığı kızı daha tanımadan ben de merak etmiş hatta gözümde büyütmüştüm.

Kızı gözlemlemeye başladım, daha çok onu konuşturmaya çalıştım. Tanıştığımız gün ve sonrasındaki birkaç gün kızı tanıyacak kadar zaman geçirdim. Kızda bariz dikkat eksikliği ve konsantrasyon bozukluğu vardı. Tamam bir psikolog olmayabilirim ama hayatıma bu tarz çok kız girdi. Doğal olarak çok tanıdım, ne de olsa bu tarz kızlar erkeğin ilgisini anında çekiyorlar. Çektikleri ilgiyi de uzun süre bırakmıyorlar, ta ki oldukça yorulup, kadının bir rahatsızlığı olduğunu anlayana kadar.

İlgisini bir konuya uzun süre yöneltemeyen, odaklanamayan, dikkati hemen dağılan bu tarz rahatsızlığı olan kadınlar erkeklerin ilgisini bu doğal halleriyle çekebiliyor. Çünkü kadın farkında bile olmadan ilgisiz, kaçak, umursamaz ama eğlenceli ve enerjik bir karakter içerisinde. Bu da adamı şaşırtıyor, kadını çözemiyor ve peşinde koşturuyor.

Bu arkadaşıma ne oldu diye sorarsanız, elimden geldiğince düzgün bir şekilde kızın modunu, ruh halini anlatmaya, bu işin yürümeyeceğini söylemeye çalıştım. Fakat her âşık olan insan gibi dediklerimi kabul etmedi. "Saçmalıyorsun, o öyle biri değil" diyerek kıza toz kondurmadı ve susturdu beni. Konuşmamdan rahatsız oldu ve hep konuyu kapattı.

Üç aydan kısa bir süre içinde evlendiler. Düğünde ortak arkadaşlarıma "Üç beş ay içerisinde bu evlilik patlar ama bu yaptıkları abartılı düğün töreninin hatırına dayanıp bir sene içinde boşanırlar" deyip iddiaya girdim ve ne yazık ki kazandım...

Psikiyatr bir arkadaşımdan duyduğum ve kesinlikle aynı fikirde olduğum bir laf var, şayet girdiği ortamda tüm erkekleri cezp eden, kafalarını çevirten, peşinden koşturan bir kadın varsa bilin ki çok normal değil hatta dengesizdir. Tutarsızlık, alışılagelmemişlik, farklılık, ilgisizlik, dikkat eksikliği, umursamazlık, kaçmak, bağlanma korkusu hatta konsantrasyon bozukluğu bile ilgi çeker. Garip ama gerçek...

Önce Kalbimi Okşa Sonra Göğsüme Dokun

İstanbul Erkeği kitabımda seks konusunu farklı işlemiştim. O kitabımda hayatı nasıl yaşamak istiyorsanız, sonuçları ne olursa olsun doğal yaşayın ve bunu pişmanlık duymadan yapın demiştim. Taktiklerden, oyunlardan elimden geldiğince bahsetmemeye çalışmıştım. Bu konudaki fikrim hâlâ aynı. İlk kitabımda okunuzu nasıl atarsanız atın, yeter ki atın derken bu kitapta size okunuzun hedefi on ikiden vurmasını gösteriyorum. Farklı kitaplar, farklı açılar ama aslında özü aynı, zaten hayatın da özü bir değil mi?

Hep söylediğim gibi erkeğin neresine hitap ederseniz orası size değer gösterir. Erkeğe ilk gece seks kartınızı gösterirseniz, oyunu kazanma şansınız pek kalmaz. Unutmayın, seks sizin en önemli, kritik ve kutsal kartınız. İlk gece veya ilk günlerdeyken sevişmek, erkeğinizin hakkınızdaki düşüncelerini değiştirebilir.

Birincisi, sizin kendinize yeterince değer vermediğinizi, zayıf olduğunuzu, çaresiz, fazla bekâr veya anlık yaşadığınızı düşünür.

İkincisi, yaşadığınız bu özel durumu her önünüze gelen

erkekle yaptığınızı sanabilir. Kendini layık gördüğünüzü düşünmek yerine olaya çok genel ve ucuz bakar.

Oysaki, sizin ona fazlasıyla güvenmiş, bu kararı ne kadar kısa bir süre içinde alsanız da aklınızdan ne kurgular, ne çatışmalar, ne kararsızlıklar ve ne sonuçlar geçtiğini bilmez. Yaşama ihtimaliniz yüksek olan aidiyet, pişmanlık, keşke ve acabalarınızın sesini nasıl bastırmaya çalıştığınızı, alışık olmadığınız o tene nasıl dokunup bir olabildiğinizi anlayamaz.

Erkek basit düşünür ve o az önce bahsettiğim birinci ve ikinci seçenek arasında kalır ve sonunda üçüncü seçeneği seçer, yani hepsi. Size olan saygısı daha başlamadan, duygusu ne yazık ki daha oluşmadan biter.

Seks sizin en iyi kartınız, en güzel eliniz, jokeriniz ve en güçlü silahınız. Bunu çok iyi ve doğru şekilde kullanmalısınız. Sevişme faslını ne kadar oyalayıp iteleyebilirseniz, adamın size olan saygısını ve isteğini o kadar artırırsınız.

İyice tanıyın adamı, o da sizi tanısın. Alışın ona, alışsın size. İçinizi görsün, içinizdeki güzeli, özeli sevsin, iç çamaşırınızı değil. Hayal gücünü kullansın, hayal etsin sizi. Tüm yemekleri aynı anda sofrasına koymayın, teker teker sunun, yavaş yavaş ve tatlıyı sona saklayın. Tüm yemeklerinizi gerçekten sevmişse ve siz de ona yemek yapmayı sevdiyseniz hak etsin tatlıyı. Tutkularını köreltmek yerine bileyin. Bırakın ha bugün ha yarın şeklinde arzu içinde koştursun peşinizde. Her buluşmada, her sizi gördüğünde "O gün bugün mü?" heyecanı içinde kalsın, umutlansın garibim.

Asla o beklentisinin kısa bir süre içinde olmayacağını belli etmeyin ve kesinlikle bu konuya girmeyin. Hele "Henüz hazır değilim" gibi klişelere sakın girmeyin. Tatlı bir şekilde uzatın, bu lafları söylemenize bile gerek kalmayacak yerlerde buluşun, evine falan gitmeyin. Ciğere bakan kedi moduna sokmayın zavallımı. "Bana gel, pizza yiyip film seyrederiz" numaralarına inanmayın, adamın yemek istediği sadece pizza değil. "Tamam canım, pizzayı pizzacıda, filmi de sinemada seyredelim" cevabını yapıştırın.

Cilveleşin, zaman geçirin, dişiliğinizin dibine vurun, adamın motivasyonunu iyice coşturun. Gösterin, duygularınıza elletin. Duygularınıza güzelce dokunduğundan emin olana ve saygısını, alışkanlığını kazandığınızı hissedene kadar devam edin. "Önce kalbimi okşa, sonra göğüslerime dokunursun, o da belki" modunda olun.

Adam, ilk günkü heyecanını ve motivasyonunu kaybetmesin, buna dikkat edin. Hep hazır olda sizin komutunuzu beklesin. İşte bu birlikte geçen süreç size bağlanmasını, sizi duymasını, sizi anlamaya çalışmasını sağlayacaktır. Niye mi? Çünkü ilk ve son defa hem beyni hem de şeyi birlikte çalışacaktır. O adamı bir daha hiçbir zaman o kadar size motive olmuş, romantik ve anlayışlı göremeyeceksiniz. Bunu iyice bilin ve durumun keyfini uzatarak çıkarın.

Size önemli bir detay vereyim, seks öncesi erkekler düzgün düşünemezken, kadınlar daha mantıklı ve iyi düşünür. Fakat seks sonrası durum tersine döner. Erkeğin kafası yeniden çalışmaya başlarken, kadının kafası gider, sistem hatası verir. Erkek elde edeceğini etmiş ve amacına ulaşmışken kadının görevi daha yeni başlar. Adam kaçmaya, kadın da kovalamaya koyulur. Unutmayın hiçbir erkek sevgiliniz veya kocanız olmak fikriyle ve amacıyla sevişmez. Sevişmek için sevişir NOKTA...

Ayna Ayna Söyle Bana?

Tüm bu bölüm boyunca bir erkek kafasının nasıl çalıştığını, bir erkeği nasıl etkileyebileceğinizi ve nasıl elinizde tutacağınızı anlatmaya çalıştım. Erkeğin kafasından geçenleri ve sizin buna karşılık neler yapabileceğinizi söyledim. Küçük veya büyük detayların ilişkileri nasıl değiştirebileceğinden bahsettim. Ama en önemli konuyu sona sakladım.

İlişkilerinizde başarılı olmanızın, erkeği gerçekten etkilemenizin önemli bir formülü var. Kitap boyunca tüm yazdıklarımdan çok daha önemli bir formül bu bahsettiğim.

Bir erkeğin sizi beğenmesi, sizden etkilenmesi ve bu etkinin devamlı olmasını istiyorsunuz biliyorum. İşte bunun sırrını anlatacağım size. Birlikte olduğunuz adamın sizi sevmesini, bağlanmasını ve hep yanınızda kalmasını arzuluyorsanız doğru konunun içerisindesiniz.

Mutlu olmak, mutlu etmek, huzurlu olup huzur vermek niyetindeyseniz bundan sonrasını dikkatlice okuyun lütfen.

Bahsedeceğim konu tüm mutlulukların, sevginin, huzurun, hayat enerjisinin sırrı. Bu yüzden az sonra okuyacaklarınızı sindirerek, hissederek okuyun. Kendinizi verin okurken, verin ki ilişkilerin o en önemli sırrının farkına varın.

Söyleyeceğim şeyleri içten ve hissederek yaparsanız inanın bu hayat size çok daha güzel görünecek. Hayat sizi içine alacak ve mutlu edecek.

Bu kadar önemli bir formülü okumadan önce lütfen bu kitabı manikürlü ellerinizle tuttuğunuzdan ve hafif de olsa makyaj yaptığınızdan emin olun. Öyle bakımsız bir halde böyle önemli bir sırrı sizinle paylaşacağımı düşünmüyorsunuzdur umarım...

Anlamaya ve sindirmeye hazır bir ruh hali içinde değilseniz, şimdilik bırakın kitabımı. Hazır olunca okumaya devam edersiniz. Eğer hazır hissediyorsanız, elinize sevdiğiniz bir içecek alın ve birkaç yudum için önce.

Bu anlatacağım sır aslında yaşadığınız tüm mutlulukların ve mutsuzlukların tek sebebi. İlişkilerin, başarının, aşkın, hüsranın, ayrılığın başladığı ve bittiği yer. Tüm yaşadıklarınızın ve yaşayacaklarınızın sorumlusu işte bu bahsedeceğim konunun içinde...

Şimdi altını çizmek için elinizde tuttuğunuz kalemi bırakın ve sakince ayağa kalkın. Gülümseyerek aynaya bakın. İşte tam orada sizin mutluluğunuzdan sorumlu kişiyi göreceksiniz.

Mutlu olmak için ihtiyacınız olan tek şey tam karşınızda. Evet, sizsiniz hayatınızdaki her şeyin sorumlusu, sebebi ve sonucu. Önce kendinizi tanıyın ve oradan başlayın sevmeye. En çok kendinizi, sonra kendinize en iyi geleni, sizi en güzel hissettireni sevin. Unutmayın "biz" olmak için önce "ben" olmayı öğrenmelisiniz.

Tüm kitap boyunca bahsettiğim taktikleri, oyunları bir tarafa bırakın. Zaten gerçekten âşıksanız tüm bu oyunları yapma şansınız da yok. Âşık insanın gözü körleşir, aklı uçar, beyni susar, kalbi konuşur. Bırakın oyunu, taktiği, nefes alışınız bile değişir, soluksuz kalırsınız, oynamayı istesiniz de beceremezsiniz. Yapabiliyorsanız eğer gerçekten âşık değilsiniz o adama. Doğru bir aşk testi yani... Bu arada şayet âşık olmadığınız birini bağlamak niyetindeyseniz, evet anlattıklarım yüzde yüz işe yarar. Garanti veriyorum...

Yunan mitolojisinde mutluluk ile ilgili çok sevdiğim bir hikâye var:

Tanrılar, insanlar mutluluğu arasın ve böylece kıymetli olsun diye saklamaya karar verirler.

Biri der ki, "Göklerin en uzağına saklayalım."

Diğeri, "Denizlerin en dibine..." der.

Öbürü de, "Ormanın en kuytusuna."

Sonunda bir diğeri der ki, "İçlerine saklayalım. Oraya bakmak hiç akıllarına gelmez..."

3. İlişki + İlgisizlik + Monotonluk - (Aldatan + Adrenalin + Öteki) = Aldatmak

Erkekler Aldatır, İhale Bana Kalır

Konuya hiç uzatmadan, doğrudan girip duymak ve inanmak istemediğiniz ama ne yazık ki doğru olan bir şeyi söylemek istiyorum:

Her erkek aldatır! Anlamadıysanız biraz daha büyük yazayım.

HER ERKEK ALDATIR!

Bu hayatın gerçeği. Sevgilinizden, kocanızdan, erkek arkadaşlarınızdan duyduğunuz tüm diğer boş lafları ve yalanları bir tarafa bırakın. Fırsatını bulan her erkek eninde sonunda aldatır.

Bu arada "Her erkek aldatır" demek ille de erkeğin hayatının her döneminde devamlı, seri bir şekilde aldatması anlamına gelmiyor. Aynı seri katiller gibi seri aldatanlar da var elbet. Fakat ben, erkeklerin, sevgilisini veya karısını en az bir defa aldatmasını kastediyorum. Yani her erkek hayatında en az bir kez aldatır.

Ayrıca aldatmak sadece fiziksel midir? Aldatmak öpüşünce, sevişince, birlikte olunca mı gerçekleşir, yoksa beyninizden geçirdiğiniz düşünceler de mi bir çeşit ihanet? Diyelim ki eşinizi, sevgilinizi hiç fiziksel olarak aldatmadınız, peki başka bir insanla birlikte olmayı hiç hayal etmediniz mi? Bu da bir çeşit ihanet sayılmaz mı?

Peki, sizi durduran ne? Yakalanma korkusu, kaybetme korkusu, toplum tarafından dışlanma korkusu mu? Yoksa eşinize, sevgilinize ve kendinize olan sevgi saygınız mı? Cevabınız "sevgi ve saygı" ise doğru yoldasınız. Şimdilik...

Yapılan bir ankete göre erkeklerin yüzde 74'ü, kadınların ise yüzde 68'i "Yakalanmayacağımızdan emin olsak aldatabilirdik" demiş. Bu oranların dürüst cevaplar verildiğinde çok daha yüksek olabileceğini tahmin ediyorsunuzdur herhalde.

İstanbul Erkeği adlı kitabımı yazdıktan sonra aldatmak konusunda sosyal medyadan çok mesaj, yorum ve e-mail aldım. Kitabımı yazarken özellikle bu konuda "Her erkek aldatır" lafım yüzünden çok eleştiri alacağımı sanıyordum. Ama inanın neredeyse hiç tepki almadım. Okuyuculardan gelen bir mail özellikle çok dikkatimi çekti. Kızın ne yazdığını sizinle paylaşmak istiyorum.

E-mailin konu kısmında "Özür dilemek istedim" yazıyordu. Herhalde tanıdık birinden gelmiş diyerek okumaya başladım. Konuya bodoslama girmiş kızcağız:

"Babam annemi aldattı, o da sizin gibiymiş veya sizler onun gibi, ne bileyim işte... Adam gibi adam yokmuş, daha doğrusu adam gibi adam ne demek, onu biz uydurmuşuz. İnandığım her şey yalanmış. Boş yere size haksızlık etmişim. Sadece belli bir yaşam stilindeki erkekler aldatır diye düşünüyordum ve genelleme yapmanıza kızmıştım. Sebep yaşam tarzı falan değilmiş, fırsatını bulan yapıyormuş yapacağını. Babam bile aldatmış zavallı annemi, şimdi öğrendim. En güvendiğim adam kocaman bir yalandan ibaretmiş. Kitabınızı okurken arkanızdan atıp tutmuştum. Özür dilerim, geri aldım tüm söylediklerimi. Ne kadar haklıymışsınız, erkekleri ne kadar iyi tanımışsınız."

Kızcağız kitabımı okurken "Her erkek aldatır" lafıma takılıp, aldatmayan biri olmalı diye düşünüp içini rahatlatmak istemiş muhtemelen ve aklına toz konduramadığı babası gelmiş. Sonra onun da aldattığını öğrenince de dünyası başına yıkılmış. Zaten aldatmanın en acı tarafı da bu değil mi? Adı üstünde karşındakini aldatıyorsun, birkaç dakikalık zevk için dünyasını, inançlarını yıkıyorsun. Haklı çıkmak istemediğim bir konu ama haklı çıkıyorum, ne yazık ki...

Her erkek "seri aldatan"dır demiyorum ama önüne fırsat çıkan her erkek şartlar da uygunsa kesinlikle aldatır. Bunun adamın yaşıyla, yaşam stiliyle, statüsüyle, maddi ve ekonomik durumuyla, yaşadığı yerle bir ilgisi yoktur.

Uluslararası ölçekte bir kadın araştırması yapan bir sosyolog, dünyanın çeşitli ülkelerinde kadınlara aynı soruyu sormuş:

– Kocanızı başka bir kadınla yakalarsanız ne yaparsınız?

Soruya ülkelere göre verilen yanıtlar ise şöyle olmuş:

İsveçli kadınlar: "Neyimi beğenmediğini sorarım."

Rus kadınlar: "Evi terk ederim."

Fransız kadınlar: "Sesimi çıkarmam, sevgilime gider beni teselli etmesini isterim."

İtalyan kadınlar: "Kadını vururum."

İspanyol kadınlar: "Kocamı vururum."

Yunanlı kadınlar: "Her ikisini de vururum."

Türk kadınlar: "Benim kocam yapmaz!"

Sizler kocanıza, babanıza, erkek arkadaşınıza, sevgilinize bu durumu yakıştırmıyorsunuz, ayrıca onlardan "Evet aldatan erkekler var ama ben asla aldatmam" laflarını duyup onlara inanmak istiyorsunuz biliyorum fakat ne yazık ki hayatın gerçeği bu. Zaten başımıza ne geliyorsa "O öyle biri değil, yapmaz o" dediklerimizden gelmiyor mu?

Bu lafı duymak bile hoşunuza gitmiyor ve kızıyorsunuz. "Niye?" diyerek sinirlenerek sorguluyorsunuz ve kabul etmek istemiyorsunuz. Ama bu hayatın kötü bir gerçeği. Kanser de kötü ama gerçek. Ona inanmak, duymak, konuşmak istemesek de ne yazık ki var.

Geçenlerde bir arkadaş grubumla yemekteyiz ve havadan sudan sohbet ediyoruz. Konu döndü dolaştı benim *İstanbul Erkeği* kitabıma, dolayısıyla da aldatma konusuna geldi. Masadaki kızlardan biri itiraz etti:

– Sen kitabında her erkek aldatır demişsin ama ben sana katılmıyorum. Aldatmayan erkek yok mu?

Artık bu soruya cevap vermekten sıkılmış olan biri olarak konuya girmek istemedim. "Kim yazmış? Ben mi? Ne zaman yazmışım? Ne yazmışım? Ben kimim? Burası neresi? İstanbul erkeği kim?" veya "Sen bir daha oku istersen ne yazdığımı, sırf bana sormayın diye yazılısını verdim" demek geçti içimden ama uzatmamak için konuyu elimden geldiğince değiştirmeye çalıştım:

– Aman boş ver şimdi kitabı, aldatmayı. Başka şeyler konuşalım.

– Hayır canım, konuyu falan değiştirmeye çalışma. Bu arada masada bir sürü erkek var, sana göre bu adamların hepsi aldattı yani öyle mi?

Helal olsun kıza, iyi yerden girdi olaya, köşeye sıkıştırdı beni ve masadaki tüm erkekleri.

Yanımdaki erkeklerin hepsinin aldattığına ya gözlerimle ya da onların anlattıklarıyla kulaklarımla şahit olmuştum ama bana destek çıkacaklarını hiç sanmıyordum çünkü hiçbir erkek bu durumu asla kızlara söylemez. Bırakın karısını, sevgilisini, arkadaşını, kardeşi dahi olsanız anlatmaz. Erkek erkeğe iken şakırlar ama, hatta yaptıklarını gururla abartarak, üstüne ekleyerek anlatırlar. Daha önce de söylediğim gibi erkeğin kadınlar tarafından istenildiğini, beğenildiğini diğer erkeklere ispat etme ihtiyacı vardır.

Doğal olarak masada şakıyan erkekler bir anda suspus oldu. Kimi başka yere bakıyor, kimi elinde tuttuğu kadehiyle oynuyor, kimi de gözünü bana dikmiş "Görürsün sen gününü!" bakışı atıyor. Sanırsın hepsi birer melek. Çocukları tanımasam, kendimden şüphe edeceğim.

Doğal olarak tek başıma kalınca ve gözler benim üzerime çevrilince köşeye sıkıştım. Arkadaşlarımı ispiyonlayacak halim de yok. Erkekler aldatır, ihale bana kalır. Takınabildiğim en ciddi surat ifadesini takınıp konuşmaya başladım.

– Ya kızım, ne alakası var? Ben bizim dışımızdaki doymamış adamlardan bahsediyorum.

Kuzu kuzu oturan arkadaşlarımı göstererek devam ettim:
– Zaten bu salak herifleri sizden başka kim ister? Bu molozlar aldatmaya kalksalar da beceremezler. Sizin gibi kızları bulmaları zaten büyük mucize.

Evet, yalan söyledim, çaresizce durumu geçiştirdim. Kızın yanında oturan sevgilisinin henüz birkaç hafta önce ne haltlar karıştırdığından bahsetmedim. Erkek dayanışmasının dibine vurdum. Ama ne yapsaydım? Adamları deşifre edip ilişkilerini mi bozsaydım? Kavga çıkartıp, ayrılmalarına sebep mi olsaydım? Siz olsanız ne yapardınız? @1istanbulerkegi

İspiyoncu damgası yiyip arkadaşlarımdan dayak yeme niyetinde değilim. Gerçi bu yazdıklarımı okuduklarında başıma gelecekler şimdiden belli. Görüyorsunuz değil mi? Sizin için nasıl fedakârlıklar yapıyorum. Değerimi bilin...

Henüz aldatmamış bir erkek kesinlikle bir aldatma adayıdır, bu durumda kusura bakmayın ama sizler de aldatılan adayı oluyorsunuz. Kafasında aldatmayı hep düşünüyordur ama ya beceriksizliğinden ya da yakalanma korkusundan bunu henüz yapamamıştır. Bu dürtüsünü, sevgilisine, kız arkadaşına, karısına olan sevgi ve saygısından değil onları kaybetme korkusu yüzünden erteliyordur. Hiç aldatmamış ve aldatmayı düşünmediğini söyleyen erkeklerin nedenleri ve altyazıları vardır:

Birincisi, büyük ihtimalle size ve kimi zaman kendilerine yalan söylüyorlardır.

İkincisi, kadınların kendisini çekici bulacağına inanmıyor ve yakalandığı zaman sevgilisinin, eşinin onu terk etmesinden fazlasıyla korkuyorlardır. Zaten zorbela bir kız bulmuş eş yapmış, onu da kaybetmek istemiyordur.

Üçüncüsü, kendine güveni yoktur, herhangi bir kızı ayarlayabileceğine ve bir şey yaşayabileceğine ihtimal dahi vermiyordur. Ama merak etmeyin, aklı hep orasındadır ve aldatmaya asla kapalı değildir.

İnanın en tehlikeli erkek tipi de budur. Onu durduran, eşine olan sevgisi ve saygısı değil, korkuları ve kendine güvensizliğidir. Eşini veya sevgilisini yakalanmayacağından emin olduğu anda, ilk üzerine gelecek, onunla cilveleşecek kadınla aldatır. İşin kötüsü bu tarz adamlar aldatmayı bir gecelik de yapamaz. Bu tip adamlar olayı sadece cinsellik olarak görmez, işin içine duygularını da sokarlar. Bastırılmış duygularını dışarı çıkartan, hâlâ beğenildiğini gösteren, egolarını şişiren o kadına kendini kaptırır, âşık olduğunu sanır. O kadından kolay kolay kopamaz. Dost hayatı yaşayan, ayrı ev açan veya karısından boşanıp o kadınla evlenmeyi düşünen erkekler işte böyle tiplerdir.

Yasak elma hep çekici gelir ve ısırılmak ister. Gizli bir ilişki yaşamanın verdiği cazibe ve adrenalin heyecan verir. Sevgilisinin veya eşinin arkasından çevirdiği dolaplar ve yakalanma korkusu, kimi zaman da pişmanlık kaçamak ilişkisini daha çok düşünmesine sebep olur. Gizli ilişki yaşadığı kadını tanıyacak kadar zaman da geçirememiştir. Onu tam tanıyamamış ve keşfedememiştir. Bu durum o kadını daha çok merak etmesine, istemesine neden olur. Bekâr bir adam olsa belki de yüzüne bile bakmayacağı o kadına doyamaz. Hep bir kaçamak durumu ve yarım kalmışlık onu öteki kadına daha bağımlı hale getirir.

Bir taraftan eşini, çocuklarının annesini kutsal görüp diğer yandan onun evli oluşunu bile kabullenmiş, egosunu besleyen sevgilisini vazgeçilmez sanır. Sevgi ve alışkanlık, tutku ve aşk birbirine karışır. Aldatan erkek hangisini hissettiğini algılayamaz hale gelir. Evlilik öncesi çok fazla sevgilisi olmayan tecrübesiz erkeklerin düştüğü veya düşeceği en büyük ikilem budur. Bu karmaşa içinde ne eşinden, ne de sevgilisinden vazgeçebilir. Of, adamın işi çok zor, Allah kolaylık versin!

Siz kadınların hep karıştırdığı, anlamadığı bir durum

var. Çapkın adamların evlendiği zaman diğer erkeklere göre daha riskli ve tehlikeli olduğunu düşünüyorsunuz. Bekârlığında çapkın, flörtöz ve bol seçenekli erkekleri riskli ve aldatmaya daha meyilli görürsünüz ama biraz önce bahsettiğim deneyimsiz, seçeneksiz, kendine güvensiz erkekler inanın daha tehlikelidir. Bunun birkaç sebebi var. Bekârlığında çok kadın tanımış, çapkın erkek diğer erkekler gibi her önüne gelen kadınla ciddi bir ilişki içerisine girmez. Bu tarz adamların bol seçeneği vardır ve alternatifleri arasında kendisine en uygun kadını arar ve çoğu zaman da bulur. İşte bu en iyi anlaştığı, uyuştuğu, âşık olduğu kadınla hayatına devam eder. Ayrıca kendisinin ve karşısındaki kadının ne istediğini deneyimsiz, seçeneksiz erkeklere oranla çok daha iyi bilir ve anlar. Bahsettiğim erkek tipi eşini, sevgilisini seçebilen şanslı erkeklerdendir. Böyle azınlık erkekler, birçok kadın tarafından seçilen ama bunlar arasından kendisine en uygun olan kadını seçebilendir. Bu tarz erkeklerin aldatması anlık ve ilişkiyi zedelemeyecek aldatmalardır, ayrıca düşündüğünüz kadar da sık olmaz. Daha doymuş olurlar, bekârlıklarında yeterince yaşadıkları için cinsel açlıkları fazla değildir. Kadınlarla ilişkilerinde vazgeçemedikleri çoğu zaman zararsız bir flörtöz hareketleri vardır ama bu çoğu zaman flört ve cilveleşme olarak kalır. Şayet aldatırlarsa ki aldatırlar, diğer erkekler gibi duygusal bir bağ kurmazlar. Kendini başka kadına kolay kolay kaptırmaz hatta aldattığı aklına bile gelmez. O kadar önemsizdir ki, aldattığını ertesi gün bile hatırlamayabilir. Olmuş, yaşanmış, geçmiş ve bitmiştir.

Aldattığını unutur dedim ama daha önemli şeyleri hatırlayamayan mal arkadaşlarım var benim. Bu arada, başımdan geçen bu hikâyeden *İstanbul Erkeği* kitabımda da bahsetmiştim, o kadar ilgi çekti ki bu kitapta daha detaylı bir şekilde yazmaya karar verdim.

İş çıkışı bir akşam tüm samimi arkadaşlar buluşup rakı-balık yapmaya karar verdik. Gece boyunca bolca sohbet ve kahkaha eşliğinde bolca rakı tükettik. En samimi arkadaşım Murat her zaman olduğu gibi çoktan sarhoş olmuştu bile. Aslında bizim de ondan farkımız yoktu. Sadece Boğaz'da rakı-balık yapacağız diye başlayan akşam orada bitmedi. Rakı şişede durduğu gibi durmadı ve mazotu alan bizler doğal olarak geceye devam ettik. Her gittiğimiz mekânda fazlasıyla içtik. İyice sarhoş olan Murat'ı elimden geldiğince zapt etmeye çalışıyordum ama o sarhoş halimle başarılı olma şansım da pek yoktu. Gittiğimiz barlarda birer birer azaldık ve geriye sadece ben ve Murat kaldık. Tüm ısrarlarıma rağmen bizimkini bardan çıkaramadım. Benim de çoktan pilim bitmişti ve Murat'ın "Abi sen istiyorsan git ve beni rahat bırak. Benim bu gece keyfim yerinde. Kırk yılın başında dağıtıyorum işte, karışma bana" lafıyla, "Sen bilirsin, günah benden gitti" diyerek evimin yolunu tuttum.

Birkaç saat sonra zır zır çalan kapının ziliyle sıçrayarak uyandım, saat daha sabahın altısı. Panikle kapıyı açtım. Karşımda bitik bir şekilde, sarhoşluktan ayakta zar zor duran Murat'ı buldum. Neredeyse ağlayacak, muhtemelen çoktan ağlamış bile. Körkütük sarhoş, hatta kendinde bile değil. İçeri girdi ve anlatmaya başladı:

– Abi bittim ben, mahvoldum.

– Ne oldu? Meraktan çıldıracağım anlatsana oğlum. Kaza mı yaptın? Birinin başına bir şey mi geldi?

– Keşke kaza yapsaydım, daha iyiydi. Bittim ben bittim. Hepiniz gittikten sonra tek başıma bir bara daha gittim, içmeye devam ettim. Hayal meyal hatırlıyorum bazı şeyleri. Eskilerden bir kıza rastladım.

– Hangisine? Neyse boş ver, sonra?

– Kızla içmeye devam ettik, galiba barda kızı öpmeye başladım, orası tam net değil.

– Yuh, öküz! Eve dön diye kıçımı yırttım tüm gece. Zaten içince ne zaman dinledin ki beni? Bir damla alkolle şeytan giriyor içine.

– Dur abi, bu kadarla kalsa iyi.

– Barın tuvaletinde seviştim deme sakın bana?

– Keşke abi, keşke orada sevişseydim.

– Ne yaptın oğlum? Dayanamıyorum artık, sadede gel.

– Kızı da alıp bardan çıktım, taksiye binip eve geldik beraber.

– Kimin evine?

– Benim evime abi.

– Ne?

– Daha eve girer girmez holde öpüşmeye ve soyunmaya başladık. Doğruca yatak odasına geçtik. Işığı açtım ve Nevin'i yatakta doğrulmuş bana bakarken buldum. Bittim ben, hayatım karardı. Öldürsem mi kendimi? Ne yapacağım abi ben şimdi?

Sözlerini bitiremeden neredeyse hıçkırarak ağlamaya başladı.

Bu arada bu arkadaşımın bu olaydan birkaç ay önce evlendiğini ve Nevin diye bahsettiği kadının çiçeği burnunda karısı olduğunu söylemiş miydim size?

İstanbul gece hayatının meşhur playboylarından biri

olan bu arkadaşım kırklı yaşlarının başında aradığı kadını bulmuş ve sonunda evlenmişti. Eşi de düzgün, tam aradığı gibi bir kadındı ve gayet keyifli giden bir evlilikleri vardı, ta ki o uğursuz cuma akşamı erkek erkeğe dışarı çıkışımıza kadar.

Adam o kadar sarhoş ki evli olduğunu gerçekten unutmuş, refleksle bekârken ve evlendikten sonra da halen oturduğu evine hatta yatak odasına kız atmış. Evli olduğunu karısını yatakta görünce hatırlamış. Tamamen sarhoşluğun verdiği geçici hafıza kaybı yani. Şimdi elinizi vicdanınıza koyup söyleyin bana, bu adamın suçu ne? Karısının yerinde olsaydınız siz ne yapardınız? Cevaplarınızı bekliyorum. @1istanbulerkegi

Karısı ne mi yaptı? Biliyorum çok merak ediyorsunuz. *İstanbul Erkeği* kitabımda cevabını Twitter'da konuyla ilgili yorum yapanlara vereceğimi söylemiştim. Ama mızıkçılık yapıp söylemedim, hatta bu konu Twitter'da TT oldu. En çok tartışılan konu başlıklarında Türkiye'de birinci, dünyada üçüncü sıraya bile yükseldi. Herkes Nevin'in ne yaptığını bana sordu ve sormaya devam ediyor. Biliyorum, benden bu önemli memleket hatta dünya meselesi hakkında artık bir cevap vermem bekleniyor. Evet, sıkı durun Nevin'in ne yaptığını açıklıyorum.

Daha doğrusu Nevin'in ne yaptığını ne zaman açıklayacağımı açıklayacağım. Bu mühim konu hakkında uluslararası bir basın toplantısı düzenleyip, orada "Nevin ne yaptı?" sorusunun cevabını ne zaman vereceğimi tüm kamuoyuna söyleyeceğim, söz. Artık daha ne yapayım...

Bu arada aldatma konusunu yazarak veya "Her erkek aldatır" diyerek durumu normalleştirmeye, doğallaştırmaya, onaylatmaya çalıştığımı falan da düşünmeyin. Öyle bir amacım asla yok. Ben hayatın hoş olmayan gerçeklerinden birini anlatıyorum sadece.

İlişkilerimize başlarken, konuşmadan, bir kâğıt parçasını imzalamadan, yüksek sesle söylemeden bazı sözler veririz. Bu sözler aslında duygularımızla attığımız imzalarımızdır. Buna "duygusal anlaşma" diyebilirsiniz. Bu anlaşmanın birinci maddesi de "güven ve sadakat"tir. Bu duygusal kontratın ana maddesini bozduğunuz anda yaptığınız o sessiz anlaşma da bozulmuş, feshedilmiş sayılır. O kontratı yırtmak da, uzlaşıp yeni bir kontrat üzerinde çalışmak da tamamen sizlere kalmış.

Eşinin veya sevgilisinin bahsettiğim duygusal anlaşmayı bozduğundan emin olmasına rağmen sesini çıkarmayan o kadar çok kadın var ki. Birçok kadın erkeğinin sadakatsizliğinden şüphelenmesine hatta emin olmasına rağmen durumu hiç kurcalamıyor ve üstüne gitmiyor. Aslında bu durumdaki bir kadının kendi içinde farklı ve haklı sebepleri var:

- Ayrılığa maddi manevi hazır olmadığı için.
- Adamın değişeceğine inandığı için.
- Birlikte olduğu erkeği kaybetmemek için.
- Yaşadığı düzeni ve ilişkisini bozmamak için.
- Çocukları için.
- Emek verdiği için.
- Yeni bir hayata başlamaktan korktuğu için.
- Öteki kadına inat için.
- Adamın hayatını karartmak için.

İşte bu ve buna benzer sebepler yüzünden ayrılmayıp üç maymunu oynuyor durmaksızın. Dışarıdan konuşmak kolay, davulun sesi uzaktan hoş gelir. Çevremizden duyduğumuz, hatta aldatılan kadının arkasından "Benim başıma gelse arkama bile bakmaz çekip giderim, anında ayrılırım, asla affetmem. Kadınlık gururum var benim" gibi klişe ve büyük konuştuğumuz laflar var. Başına gelince bakalım sen nasıl davranacaksın diye sorun bir kendinize. Kolay iş değil.

Bırakın milletin olur olmaz konuşmasını bir de tam ters baskı var. Kimi zaman bunu kendi öz ailesine bile anlattığında "Olur böyle şeyler kızım, erkektir aldatır, ben babandan az mı çektim?" diye "Sesini çıkarma, sineye çek ve sus" baskısı yiyebiliyorlar. Acı ama gerçek. İçlerinde biriken, dışarı vuramadıkları duygular eninde sonunda patlıyor ama ne yazık ki çoğu zaman iş işten geçmiş oluyor. Zaten tüm bu ayrılmadan geçen her an, kadını çok daha zor ve çıkılamaz bir noktaya getiriyor. Onun kendine güvenini yıkıyor, hayat enerjisini çalıyor, hırçınlaşmasına, tahammülsüz olmasına yol açıyor doğal olarak. Bu da adamı öteki kadına daha çok itiyor, kendi çapında haklı yapıyor adamı. "Ulan ben getirdim bu kadını bu hale" diye düşüneceğine "Bak işte bu tahammülsüz, sinirli kadın yüzünden aldattım" diyerek kendini savunup rahatlatıyor öküz herif. Bak sinirlendim şimdi, getirin lan bana o adamı. Çok temizim ya...

Yıllar önce bir sevgilim gayet sinirli ve aynı zamanda ağlayarak yanıma geldi ve bağıra çağıra "Sen şu kızla şöyle böyle yapmışsın, şu bu geçmiş aranızda. Hepsini biliyorum, sakın bana yalan söyleme. Yakaladım her şeyi" diyerek benim onu aldattığımı söylüyor. İşin içinde beni konuşturmak için de biraz blöf var. Evet, itiraf ediyorum, tam bir aldatma olmasa da sayılır. Ama ortada bir mesajlaşma ve uzaktan cilveleşme dışında bir şey yok. Aldatma teşebbüsü var yani. Cinayet işlenmemiş ama planlanmış gibi bir durum. Bu da yasalarda bir suç sonuçta...

Kıza döndüm ve "Biz ayrılalım" dedim. "Nasıl yani? Bana ne olduğunu anlatmayacak mısın? Kendini savunmayacak mısın?" diyerek duraksadı. Anlatsam, ayaklarına kapanıp özür dilesem, onu ikna edip beni affetmesini sağlasam elime ne geçecek? Hep suçlu, ihanet etmiş bir adam kalacağım onun gözünde ve bu hep önüme çıkacak, yüzüme çarpılacak. Her tartışmamızda, her kavgamızda o defteri önüme açacak. Hayatımı burnumdan getirme ihtimali oldukça yüksek. O gün ilişkimizi kaybetmişiz. Bunu teyit etmek için ayların, yılların geçmesine gerek var mı? Birbirimizi yıpratmanın kime ne faydası var? Onun da benim de yolumuz açık olsun.

Aldatıldığını fark edip bunu itiraf ettiren kadınlar da az değil. Önce tüm ortalığı ayağa kaldırıp kavga dövüş, salya sümük hemen adamı sokağa atıyorlar. Fakat inanın genelde adamın "Çok pişmanım, kendimden nefret ediyorum. Şeytana uydum, ne olur beni affet" yalvarmalarına, çevrenin "Olur böyle şeyler, bu seferlik affet" baskılarına "Zaten zar zor buldum bu adamı, o kadar emek harcadım bu ilişkiye, ben şimdi tek başıma ne yaparım?" deyip boyun eğerek barışıyorlar. Bütün söylediklerini birer birer yutup sanki hiçbir şey olmamış gibi sözde mutlu evliliklerine kaldıkları yerden devam etmeye çalışıyorlar.

Bir araştırmaya göre kadınların yüzde 41'i aldatan eşini affediyor. Ama sonra ne mi yapıyor? Adamın hayatını kâbusa çeviriyor. Her kadının içinde hem melek hem de şeytan vardır. İşte böyle durumlarda adamın anasından emdiği sütü burnundan içindeki şeytanla birlikte acımasızca getirir. Aldatan erkeğin her yaptığı hareketin altında "Yine bir şeyler mi çeviriyor arkamdan?" sorgulaması hiçbir zaman bitmez doğal olarak. Her zaman tetikte olur ve şüpheyle yaklaşır adama. Her kavgada aslında hiç kapanmayan o defter hep açılır ve adamın önüne bir güzel saçılır. Aslında ne adamın ne de kadının bu ilişkide şansı kalmış. Sonucu belli olan maçın uzatmalarını oynuyorlar.

Bu duruma düşen erkekler de genelde yaşadığı bu kâbustan kurtulmak için kendisini sevecek bir kadın arayışına girer. Boşanmayı devamlı düşünür, normalde ilk fırsatta boşanır ama kimi zaman çocukları çoğu zaman da maddi yetersizlikleri sebebinden bunu başaramayan erkekler de var. Evliliği cehennem azabı gibi giden, bu tarz durumlara düşmüş o kadar çok erkek tanıyorum ki, onlara "Oğlum, peki niye ayrılmıyorsun? Neden hem karına hem de kendine bu kadar eziyet çektiriyorsun?" diye sorduğumda çoğunlukla aldığım erkek cevabı, "Ayrılsam ne yapacağım? Çocukların, eşimin hayatını maddi olarak karşılamam gerek. Kendi evimi kurup, bekâr hayatı yaşamam da lazım. Nerede bende o kadar para? Bok gibi bir hayatım olur. Biraz daha param olsaydı çeker miydim sanıyorsun bu hayatı?" oluyor. İnanın çok fazla duyuyorum bu lafı.

Geçenlerde tanıdığım evli bir kıza da aynısını söylemiştim, size de söyleyeyim. Günümüzdeki evli erkeklerin büyük bir kısmı şayet daha çok paraları olsa kesin boşanırlardı. Birçok erkeğin hayalinin sorumluluk almadan, kendi kafasının doğrultusunda, onunla yatıp bununla kalkarak, nerede sabah orada akşam şeklinde yaşamak olduğunu bilin artık. Ayrıca daha önce bahsettiğim arz-talep meselesinin de erkeklerin avantajına olduğunu göz önüne alırsak, dışarıda o adamın peşinde koşacak, ilgi gösterecek, özel hissettirecek bolca kadın da var. Adam da bunun farkında ama yapamıyor, çünkü küçük bir eksiği var, o da para...

Aynı durum evli kadınlar için de geçerli ama erkekler kadar güçlü değil. Maddi bağımsızlığı olan hatta kendinden veya aileden zengin olan kadınlar da çok çekmiyor erkeği, rahatça boşuyorlar adamı. Fakat bir fark var aramızda, kadınlar biz erkeklere göre çok daha duygusal ve bağlı. Daha kalıcı ve bağlı sizlerin sevgisi. Bizim kadar kolay kopmuyorsunuz ilişkilerinizden. Koparsanız da genelde bu adamın ihanetinden, ilgisizliğinden, çok fazla ilgisinden, tutarsızlığından, ezikliğinden, sünepeliğinden, kısaca adam olmayışından kaynaklanıyor. Hep söylerim, "Olmamış adamları koparmayın dalından" diye. Bu arada siz o adamı bu saydığım hallere sokuyorsunuz, başta bayılarak beğenip âşık olduğunuz o adamı değiştirmeye çalışarak, baskılar kurarak eziyorsunuz. Sonra da yarattığınız yeni ürünü beğenmiyorsunuz.

Maddiyattan, paradan puldan bahsetmişken hep duyduğumuz bir lafı da açıklığa kavuşturmak istedim. Hani "Parayı bulan adam önce arabasını sonra karısını değiştirir" diye bir söz var ya... Evet, genel olarak doğrudur bu laf. Bekârken çok ilişki yaşamamış, seçeneksiz bu tip erkeklerin daha tehlikeli olduğundan, kendilerini hemen öteki kadına kaptırdığından bahsetmiştim. Ayrıca az önce anlattığım maddi gücün evlilik üzerindeki tahammülü azalttığı da bir gerçek. Ama bu durum biraz daha farklı, bunun içinde sonradan görmelik var. Erkeğin sonradan parayı göreninden korkacaksın. Bu tip adamlar, bu noktaya nasıl geldiklerini, nasıl üçkâğıt yaptıklarını (yaptılarsa), nasıl hırsla çalıştıklarını bilen, o anlarda yanlarında olan kadından kaçmak isterler. İş hayatında bununla övünürken kadınların yanında tam tersi hep paralıymış gibi görünmeye çalışırlar. Yeni bir hayata başlamış gibi hissetmek derdindelerdir. İşte çoğunlukla bu yüzden yeni bir hayat, yeni bir araba ve onu hep paralı tanımış yeni bir kadın isterler hayatlarında.

Antropolog Helen Fisher yememiş içmemiş tam 62 farklı toplumda boşanma, 42 toplumda da zina olgusunu araştırıp analizler yapmış. Muhtemelen, kocasının onu neden aldattığını anlamaya çalışan kadınlardan biri. Çıkan sonuç, insanlığın geçirdiği tüm evrim boyunca, cinsel davranışlarının pek değişmediğini, cinsel genetik mirasımızı inatla koruduğumuzu söylüyor. Yani ilk insanlardan bugüne kadar ilkel üreme dürtüsüyle hareket ediyoruz. Her canlının, her hücrenin birincil görevi bilgiyi aktarmak, bunu yapmanın yolu da üremektir.

Hayvanlar âleminin yüzde 98'inin çokeşli oluşu da bunun en güzel kanıtı değil mi? Zaten yapılan son araştırmalar erkeklerin yüzde 70'inin, kadınların da yüzde 40'ının evlilikleri dışında kaçamak yaptığını söylüyor. Bu araştırmaya ne kadar dürüst cevaplar verildiği de bence ayrı bir araştırma konusu...

Tekeşlilik insanın, özellikle de erkeğin doğasına aykırı. Buradaki vurguya dikkat edin, çokeşlilik sadece erkeklere ait bir güdü değil, her insanın doğasında olan bir olgu. Yani aslında bunun erkeği kadını yok. Fakat tarih boyunca hep erkek egemen ve ataerkil bir toplum olan biz insanlar, kadınlardaki çokeşliliği baskı altına almış, yok etmeye çalışmışız. Çağdaş toplum tek erkek, tek kadın diye bir düzen kurmuş ve bu düzeni korumak için de evliliği icat etmiş. Evlilik, çok sonradan, insanoğlunun kurumsallaşma sürecinde gelişen bir kurum yani. Tekeşli yaşayanlar bile aslında çokeşli yaşamayı istiyor, ancak kaybetme korkuları ve bunu besleyecek iradeleri güçlü olduğu için tekeşli kalmayı başarabiliyor ve bu duygularını baskı altında tutabiliyorlar. Bunu ben söylemiyorum, bilimadamları, antropologlar, araştırmacılar, anketler söylüyor. Ben onların yalancısıyım, kızmayın hemen bana.

Sahtekâr Hayvanlar Âlemi!

Hayvanlar âleminin yüzde 98'inin çokeşli olduğunu öğrenince ilk ilgimi çeken o yüzde 2 oldu. Hangi hayvanlar salak, pardon sadıkmış diye merak ettim ve bunun altında kesin bir şey yatıyordur diyerek küçük bir araştırmaya giriştim. Yazarın, bilimadamı olma merakı yani...

Tekeşli hayvanlar arasında ilk dikkatimi çeken siyah kuğular oldu. Tekeşli olarak saygı duyduğumuz bu kuş türünün bu kadar güzel ve çekici olmasına rağmen nasıl aldatmadığı kafama takıldı. İnternet üzerinden incelediğimde rastladığım bir haber durumun farklı olduğunu söylüyordu:

Avustralya'daki Melbourne Üniversitesi Zooloji Fakültesi'nde yapılan bir araştırma, sadakat ve aşk sembolü kuğuların "masum" olmadığını kanıtladı. Araştırmayı yürüten Raoul Mulder, uzun süren çalışmalar sonucunda siyah kuğuların tekeşli olmadığını bulduklarını söyledi. (İspiyoncu adam işte.) Araştırmada, Albert Park Gölü'ndeki 60 erkek kuğunun kuyruk tüylerine yerleştirilen mikroçiplerden yararlanıldı. DNA testi sonuçlarına göre, yumurtadan çıkan her altı siyah kuğudan biri "evlilik dışı ilişki" sonucu dünyaya geliyor. Teknoloji çok tehlikeli bir şey diye boşa söylemiyorum. Nasıl ki erkeklerin aldatması artık cep telefonundan, bilgisayarından ortaya çıkıyorsa zavallı kuğunun da mikroçip sayesinde olmuş. Bu durumda altı siyah kuğudan iki tanesi eşini çatır çatır aldatıyor. Daha da kötüsü, siyah kuğular sadece eşini değil biz insanları da aldatmış yıllarca. Tekeşli diye saygı duyup örnek gösterdiğimiz hayvan gizliden gizliye takılıyormuş. Siyah kuğular aldatma konusunda çığır açmış anlayacağınız. Eşleri dışında yedi milyar insanı da kandırmışlar. En iyi aldatan kategorisinde ödülü hak eden kuğuları alkışlıyor ve önlerinde saygıyla eğiliyorum.

Gelelim gorillere, onların da tekeşli olduğunu biliyoruz. Fakat biraz goriller hakkında bilgi sahibi olmaya başlayınca tekeşli olmalarının sebebini anlıyoruz. Gorillerin tek eşle yetinmesinin iki sebebi var:

Birinci sebep, gorillerin eş seçerken kaba kuvvet uygulaması, yani diğer erkekler ile kavga ederek dişiyi ayartabiliyorlar. Bu kavga ölümcül yaralanmalara bile yol açabiliyor. Maçolar yani... Rekabet çok yoğun ve riskli. Hayvancağız ikide bir kavga etmemek için tek bir eşle yetinmek zorunda kalıyor. Ne demiş atalarımız "Önce can sonra canan."

İkinci sebep ise, gorillerin obez ve çok tembel olmaları, hayvanın parmağını oynatacak hali yok, karnını kaşıyıp, miskin miskin takılıyor. Dişiyi bulmak için efor sarf etmeye üşeniyor anlayacağınız. Bulduğu bir dişiyle yetinmek zorunda kalıyor. "Of şimdi kim uğraşacak, git kur yap, bir de üstüne öbür heriflerle kavga et, hiç çekemem, en iyisi ben benim hatunla yetineyim" edasında tembel tembel takılıyor ve diğer genç dişi gorillere bakıp "Ulan genç olacaktım ki, şimdi herifin ağzını yüzünü dağıtıp şu fıstığı kapacaktım" diyerek iç geçiriyorlar.

Güvercinlerin ve kumruların tekeşli olduğuna dair yazılara rastlıyorum, bu bana daha en baştan çok saçma geliyor. Rahmetli babam sağlam bir güvercin meraklısıydı ve çocukluğum en iyi cins güvercinleri besleyerek geçti. Bu konuda araştırma yapmama bile gerek yok. Evet, çift yaşantıları vardı, güvercinlerin –ama her çiftten– birkaçını çaktırmadan diğer çiftin birinin üzerinde görebilirdiniz. Sinsi hayvanlar anlayacağınız... Sırf bu yüzden, soy ve cins bozulmasın diye ayrı ayrı kümeslere koyardık güvercinlerimizi. Bu arada kumruların da bir güvercin türü olduğunu hatırlatayım.

Penguenler insanların gözünde "romantik olmakla" ün salmışlarsa da, bunun da gerçeklikle pek bir ilgisi yok. İmparator penguenler bütün bir Antarktika kışı boyunca süren uzun süreli ilişkiler kurdukları için tekeşlilik timsali olarak görülürler. Ama penguenlerin de kendilerine göre bir bildikleri vardır ve durmadan eşlerini değiştirirler. Örneğin, kral penguenlerin yüzde 81'i her mevsim kendine yeni bir eş seçer. Yani boşanıp yenisini alıyorlar. Mahkeme yok, nafaka derdi yok, hayat onlara kolay sonuçta...

Dişi Humboldt penguenlerinin yaklaşık üçte biri eşlerini aldatır. Bu aldatmalar bazen insanları çok şaşırtabilecek çıkarcı kaygılardan kaynaklanır. Yuvalarını taşlardan yapan Adelie penguenlerinin yeterince taş bulamamaları onları farklı yollara sürükler. Onlar da taş alabilmek için başka erkeklerle çiftleşirler. Bazı dişiler de, kandırma yolunu seçerek, erkeklerle ayrıntılı bir flört ritüeline girişirler, ama taşları aldıktan sonra ilişkiye girmeden kaçıp giderler. Gösterip vermiyorlar yani.

Tekeşli olduğunu sandığımız diğer penguenlere gelirsek, bana sorarsanız onlar aldatıyor ama aldattıklarının farkına varmıyorlar. Ne de olsa penguenler, neredeyse tıpatıp birbirine benzeyen hayvanlar. Eşi sanıp ilişkiye girdiği komşunun karısı çıkabilir sonuçta, işi pişirdikten sonra "Ya kusura bakma, ben seni benim hanım sanmıştım, bir yanlışlık oldu galiba" diyen ve cevap olarak da "Sorun yok, ben de seni bizim bey sanmıştım. Gerçi ön sevişmeyi uzatmandan şüphelenir gibi olmuştum ama neyse artık dedim" diyen penguenler kesin vardır. Yani aldatıyor ve aldattığının farkında bile değil hayvan. Yakalanırsa bahane dünden hazır: "Vallahi sen sandım hanım." Penguen olmak varmış.

Geriye kalan tek sadık hayvanın angut kuşu olması da

çok manidar. Bu kuş tekeşli, hem de ölümüne kadar. Normal hayatında aşırı korkak olan bu hayvan şayet eşi ölürse kımıldamadan onun yanından ayrılmayıp, kurda kuşa yem oluyormuş, bir çeşit intihar yani. Tam angut işte... Birisi bir salaklık yapınca, laftan anlamayınca, böyle boş boş bakınca hemen "Angut musun?" deriz ya. İşte aldatmayan bu hayvanın yaptığı bu angutluktan dolayı ağzımıza yapışmış o meşhur angut kelimesi.

Yalanlar Detaylarda Gizli

Sahtekâr hayvanları bir tarafa bırakıp sahtekâr erkeklere geri dönelim. Aldatan erkeğin kendine özgü bir sürü taktiği vardır ama ne yazık ki genelde hepsi salakça ve yakalanmaya müsait olur. Aforoz edilme, dışlanma pahasına rağmen birkaçını sizinle paylaşayım bari.

"Kendine daha çok bakar, diyet yapar, spor salonlarına yazılır, yeni kıyafetler alır" gibi geyikler yapmayacağım. Bunlar zaten çok bariz belirtiler.

Artık erkeğin üzerine sinen parfümden, gömleğindeki ruj lekesinden, karıştırılan cüzdan ve ceplerden ipucu aramanın da devri çoktan geçti. Bunlardan yakalanan salak erkekler hep var ve hep de olacak fakat gelişen teknoloji size farklı ipuçları sunuyor artık.

Erkeğin ihanetini öğrenmek için kimi zaman da bir şey yapmanıza bile gerek kalmaz, onlar zaten salaklıklarıyla kendi kendilerini yakalatırlar. Bir tanıdığımdan duyduğum ve onun arkadaşının başından geçmiş bir hikâyeyi anlatayım sizlere:

Bu bahsedeceğim adam evli ve karısını aldatıyor. Yaşadığı gelip geçici, bir gecelik ilişki de değil. Ne sevgilisi ne de karısı diğerinden haberdar ve durumu zorbela idare ediyor. Bu arada benim anlam veremediğim bir durum bu. Tabii ki karına söylemeyeceksin bunu anlıyorum da sevgilisine evli olduğunu söylememek nasıl bir rahatlıktır? Tamam, kızın bu durumu kabul etmeyeceğini düşündüğü için söylemiyordur fakat eninde sonunda evli olduğu ortaya çıkmaz mı? Bunu nasıl anlayamıyor bu kaz kafalı adamlar?

İkisini bir şekilde idare eden adamın önüne onu çok zorlayan bir özel gün gelip çatıyor. Her erkeğin kâbusu olan Sevgililer Günü bu adam için daha da zor bu yıl. Hem karısı hem de sevgilisi bu sözde özel gün için planlar yapmasını istiyor bizimkinden. Ayrıca ikisine de hediye alması lazım. Biz bir kadına hediye seçmekte ve plan yapmakta zorlanırken, adamı düşünemiyorum bile. Neyse adam düşünüp taşınıp kendi çapında bir çözüm buluyor ve soluğu pahalı bir iç çamaşırı mağazasında alıyor. İşin kolayına kaçıp aynı mağazadan farklı bedenlerde iki çift seksi iç çamaşırı alıyor. Her bir paketin içine de önceden hazırladığı notu koymasını rica ediyor kasiyerden.

Notlardan biri karısına: "Canım karıcığım, bu özel günde yanında olmayı çok isterdim. İş seyahatimden dönünce evde beni bunlarla karşıla ve daha kapıda kendimi affettireceğime söz veriyorum... Seni çok seven kocan..."

Diğer not ise sevgilisine: "Aşkım, gel biraz oyun oynayalım... Bu akşam seni Çırağan Otel'in 302 numaralı odasında bunların içinde görmek istiyorum. Sen hazırlan ve sadece beni bekle... Akşam sekizde görüşmek üzere. Seni seven aşkiton...

Not: Anahtarı resepsiyondan al, ben her şeyi hazırladım..."

Adam her şeyi halletmenin mutluluğu içerisinde hediyeleri yolluyor. İş seyahatinde olacağını söyleyip karısını halletmiş olmanın verdiği rahatlıkla akşam otelin yolunu tutuyor. Heyecan içinde 302 numaralı odaya geliyor ve kapıyı çalıyor. Kapı yavaş yavaş açılıyor ve karşısında kim mi var? Üzerine birkaç beden dar gelmiş külot ve bol gelmiş sutyenle tam karşısında duruyor karısı. Adam şaşkın bir halde tam "Ne işin var senin burada?" diyecekken, karısı lafa giriyor:

– Aşkım bu yaptığın sürprizi hayatım boyunca unutmayacağım...

Bizim salak "Ne sürprizi, seksi sevgilime ne yaptın? Onu da mı yedin yoksa?" diyecekken kadın konuşmasına devam ediyor:

– İnan hiç anlamadım. Sen iş gezisine gidiyorum deyince bir de kızmıştım sana. Nasıl da kandırdın beni hınzır. Ne yalan söyleyeyim, ölsem senin böyle bir fantezi yapacağını düşünemezdim. Gerçi aldığın iç çamaşırları bana tam olmadı ama bu bile hoşuma gitti. Bedenimi böyle bilmen sevindirdi beni... Hadi öyle kapıda dikilme de ısmarladığım şampanyayı aç... Çok heyecanlandın biliyorum, soyun rahatla...

İşte o anda bizim geri zekâlı durumu çakmış, paketlere konulan notların karıştığını anlamış. Belki de duruma içerleyen kasiyer kızın intikamıdır, kim bilir?

Adam gecesinin mahvolduğuna mı yansın yoksa sevgilisinin evli olduğunu öğrenmesine mi? Beter olsun salak... Hep söylerim, salakların ve tembellerin aldatma işine bulaşmaması lazım diye. Pijamalarıyla evlerinde oturup çay içerek televizyonlarını seyretsinler...

Aslında bir erkeğin aldattığının en büyük kanıtı bilgisayarında, tabletinde, kredi kartı ekstresinde ve en önemlisi cep telefonunda gizlidir. Teknoloji çağındayız ve tekno aldatmalar var artık. Telefon aramaları, mesajlaşma, e-mail, WhatSapp ve sosyal medya uygulamalarının hepsi telefonumuzda duruyor. Bir erkek ne kadar tüm gelen mesajlarını itina ile silse de inanın bir yerde hata yapar. Nasıl ki mükemmel bir cinayet yoksa, mükemmel bir aldatma da yoktur. Suç mahallinde, arkasında mutlaka bir delil bırakır. Tek yapmanız gereken onlara bakmak. "Ayrılmak istiyorsan kocanın, sevgilinin cep telefonunu karıştır" lafını duymayanınız kalmamıştır ve kesinlikle doğru bir tespit. Her kim üşenmeden araştırdı bilemem ama yakalananların yüzde 83'ü cep telefonu kaynaklıymış. Bence bu oran çok daha yüksek.

İşte bu yüzden aldatan erkek telefonunu kesinlikle sakınmaya başlar, ortalarda bırakmaz, sürekli sessizde tutar, hatta tuvalete bile telefonuyla gider. Sanırsın ki telefon adamın bir uzvu. Niye orada bu kadar uzun kalıyor sanıyorsunuz? Adamın bağırsaklarında bir sorun yok, sevgilisinin mesajına cevap veriyor tabii ki. Zaten telefonunun karıştırılmasını engellemek için şifreyi çoktan koymuştur bile. Gerçi artık parmak izi var telefonlarda ama onun da üstesinden gelen kızlar var. Sevgilisi uyurken, gizlice adamın parmağını telefonuna götürüp bir güzel açıyorlar. Kadınlarla uğraşamazsınız. Kafalarına bir şeyi taktılar mı ne yapar eder çözümünü bulurlar. Bir de yanınızdayken telefonunu kapatıyor veya sessize alıyorsa düşünülecek çok da fazla bir şey kalmamıştır. Arkanızdan kesin bir haltlar çeviriyordur. Zaten kitabın vücut dili bölümünde bahsettiğim gibi siz kadınların vücut dilini okuma beceriniz, altıncı hissiniz oldukça kuvvetli, şayet şüpheleniyorsanız büyük ihtimalle haklı çıkarsınız. Tabi eğer paranoyak ve ruh hastası değilseniz...

Çift hat telefon kullanan erkekler de tanıdım ve bu durumu genelde eşine veya sevgilisine şirket hattı diye yutturmaya çalışırlar. Yerseniz.

Erkeklerin kendi çapında fazlada komplike olmayan bazı saklama taktikleri vardır. Sevgililerinin numaralarını ya erkek isimleriyle ya da çalıştığı işe göre firma isimleriyle kaydederler. Çok uyanıklar ya. Kızın adı diyelim ki Nil ve adam tekstil işi yapıyorsa kayıt adı "Nil Tekstil", turizmciyse "Nil Turizm" olur. Erkek isimleriyle kaydediyorlarsa bu genelde samimi arkadaşlarının ismi olur ve karıştırmamak için yanına bir şey eklenir. Yani Mehmetcep2 vb. şeklinde olur. Bütün yaratıcılık bu kadar yani...

Bir arkadaşımın başından geçen böyle farklı bir isimle telefon kaydetme olayını anlatayım size:

Arkadaşım evli ama bir sevgili yapmış. Bu arada sevgilisi onun evli olduğundan haberdar değil. Yani çifte aldatıyor, bir taşla iki kuş misali hem karısını hem de sevgilisini aldatmış oluyor mal. Sevgilisinin telefon numarasını da en samimi arkadaşının adıyla sonuna bir şey ilave ederek kaydediyor.

Genelde kızın evinde buluşuyorlar, ne de olsa kendi evine götüremiyor kızı. (Daha önce anlattığım arkadaşım kadar salak ve sarhoş değil.) Kız "Neden senin evine hiç gitmiyoruz?" diye sorduğunda cevabı da hazır: "Evim tadilatta, annemle yaşıyorum geçici olarak..." Bitmeyen tadilat yapmışlar, şatoda yaşıyor sanki salak...

Neyse, yine bir akşam kızın evine geliyor ve her zamanki gibi sevişiyorlar. Her erkek gibi sevişme sonrası aklı başına geliyor bizim salağın ve karısıyla o akşam bir arkadaşlarına yemeğe gideceklerini hatırlıyor. Sessizde olan telefonuna bakıyor, karısı birkaç kez aramış ve mesaj atmış bile. Anında "Duş yapacağım" diyerek banyoya giriyor. Suyu açıp sanki duş yapıyormuş efekti verdikten sonra eline banyoya çaktırmadan soktuğu telefonunu alıyor. Niyeti, en samimi arkadaşına mesaj atarak onu beş dakika sonra aramasını ve "Başım belada, acil bir durum var hemen gelmen lazım" diye söylemesini yazmak. Bu arada bunu biz erkekler çok sık yaparız. Beğenmediğimiz bir kızın yanından kaçmak, sevişme sonrası kızdan kurtulmak gibi durumlarda acil kaçış planımız budur genelde ve arkadaşlarımız olayı hemen anlar. Aynısını o da bizden istiyordur çünkü. Erkek dayanışmasının en güzel örneklerinden biridir bu numara...

Neyse, acele ve panikle mesajını yazar: "Abi, 10 dakika sonra beni ara ve başım belada falan de. Kızın yanındayım ve acil kurtulmam lazım. Karıma sözüm varmış amına koyayım. Kız yatakta yıkılıyordu bu arada:)) Ve mesajı yollar.

Mesajı yolladığı anda içeriden "Ping!" diye bir ses gelir, sevgilisinin telefonuna gelen mesaj bildirim sesini duyar. Hemen kendi telefonuna, yolladığı mesaja bakar ve o anda dünyası başına yıkılır. Mesajı arkadaşına değil, panikle ve yanlışlıkla onun adıyla kaydettiği yatak odasındaki sevgilisine attığını fark eder. Kızdan şaşkınlık ve öfke dolu bir "NEEEE?" duyulur.

Kızın halini bir düşünsenize, banyoda duş yapan sevgilisinden bir mesaj geliyor ve kızcağız hem adamın evli olduğunu, hem ondan kurtulmaya çalıştığını, hem de sevişmesini arkadaşına anlattığını okuyor. En kötüsü de bu mesajı adam kendi elleriyle yollamış.

Şimdi bir de adamın halini gözünüzün önüne getirin, çırılçıplak banyoda, elinde bir telefon ve boş boş ekrana bakıyor, "Has secret, boku yedim" diyerek kendi kendine küfrediyor. Dışarı da çıkamıyor, kendini banyoya kilitleyip çırılçıplak öylece duruyor...

Arkadaşım bunu bana anlattığında gülmekten gözümden yaşlar geldi, ne yapayım onun klozetin üstünde çırılçıplak, korkudan büzüşmüş şeyiyle, telefonuna bakarak oturuşu gözümün önünden gitmiyor. Gülmekten nefes alamaz hale geldim ve kendimi toplamaya çalışıp sordum:

– Eee ne yaptın peki?
– Ne yapacağım. Öylece durdum banyoda...
– Ne kadar kaldın peki?
– Ya ne bileyim oğlum? Kaldım işte bir saate yakın...
– Kız ne yaptı peki?
– Önce kapıyı yumruklayıp, küfürler etti. Sonra sesi kesilir gibi oldu ve kapıyı çekip evden çıktı. İşte o zaman dışarı çıkabildim.
– Neyse olay çıkarmamış kız çok da fazla.

Arkadaşımın yüz ifadesinden bu kadarla konunun kapanmadığını anladım. Ve merakla sordum:

– Sonra? Giyinip kaçtın herhalde arkana bile bakmadan değil mi?

– Evet, amacım oydu. Acele giyinmeye başladım... İşte o anda...

Sustu, meraktan çatlamış bir halde devam et der gibi tekrar sordum:

– O anda ne oldu oğlum, anlatsana? Çatlayacağım...

– Pantolonumu ve gömleğimi makasla kestiğini fark ettim. Hepsini paramparça etmiş...

Aferin vallahi kıza, takdir ettim. Helal olsun...

Aldatan erkekte yeni âdetler baş gösterir. Erkek arkadaşlarıyla sözde buluşmalar, iş yemekleri ve iş seyahatleri bir anda artmaya başlar. Toplantıların ardı arkası kesilmez. Götü boklu adamı tanımasan çok sosyal bir holding patronu sanacaksın. Bir de tüm bu toplantı ve arkadaş buluşmalarını gereksiz yere detaylı anlatma salaklığına girişir. Yalanı detayla besleme gafleti...

Arada iç hesaplaşmalarından kaynaklanan pişmanlıklar da yaşar. Eşine çiçekler, sebepsiz hediyeler almalar, sürprizler ortaya çıkar. İleri tarihlere birlikte romantik tatil programları (hiç gerçekleşmez) yapmalar başlar. Birdenbire eşine karşı daha hoşgörülü olur. Sanki hayatınızdaki o öküz herif gitmiş yerine arada dalıp giden anlayışlı, mülayim bir erkek gelmiştir. Kimi zaman da tam tersi olur ve hoşgörüsüz, sıkılmış, yorulmuş ve tartışmaya hazır bir ruh hali içine girer. En ufak olayı kavgaya dönüştürür. Onu hiç anlamadığınızı söyler durur. Aldatan erkek yorucu bir ikilemin içine düşer. İçten içe yaşadığı vicdan azabını ürettiği bahanelerle, size yüklediği suçlarla bastırmaya ve kendini rahatlatmaya çalışır. Sonuç olarak size karşı olan davranışları eskiye göre iyi ya da kötü değişmeye başlar. Hayırlı olsun.

Aldatan erkeğin seks hayatında bariz değişiklikler ortaya çıkar, azalan seks hayatınızda ya diğer kadından öğrendiği yeni numaraları uygulamaya başlar ya da yatakta sizden uzak, komodinin üstünde duran telefonuna yakın durur. Çoğunlukla, sevişmekten bahaneler üreterek kaçmaya başlar. Ara ara, özellikle müzik dinlerken yüzünde anlamsız bir tebessümle dalar gider bir yerlere. Hafta sonlarının bir an önce geçmesini ve pazartesinin gelmesini iple çeker.

Ama daha önce de söylediğim gibi bir erkeğin aldatmasını anlamanın en kolay ve kesin yöntemi adamın telefonuyla ilişkisinin yoğunluğuyla çözülür. Telefonuyla aşk yaşıyor yani elinden bırakmıyor veya sessizde ve sizden uzakta tutuyorsa kesin aldatıyordur. Nokta...

Tüm bu belirtileri hemen hemen her kadın kolayca okur ve aldatıldığından emin olur ama zor karar bundan sonra başlar: "Anlamak, hiçbir şey olmamış gibi davranmak, ortaya çıkarmak, kızmak, bağırmak, suçu kendinde aramak, sindirmek, kabullenmek, susmak, üzülmek ve ayrılmak." Her kadın için o kadar kolay mı bunlar? Veya içi içini yerken, her anında eşinin çevirdiği dolapları üçboyutlu film gibi seyredip hiçbir şey olmamış gibi davranmak ne kadar kolay? Karar sizin, hayat sizin.

Kocasının veya sevgilisinin telefonunu karıştırıp, aylar hatta yıllar süren bir ilişkisi olduğunu öğrenip büyük kavgalarla ayrılan ve sonrasında "Keşke elim kırılsaydı da o telefonu hiç karıştırmasaydım" deyip çok pişman olan kadınlar da tanıdım ne yazık ki.

Aldatılmadan önce, aynı kadınlara, "Şayet bir gün aldatılırsan ne yaparsın?" diye sorsanız birçoğu böyle bir ihanetin içine düşerse mutlaka onu terk edeceğini söyleyebilir size. Herkesin kendine ait bir yaşamı ve dünyası var. Herkes farklı bir pencereden bakıyor dünyaya. Araştırmalar da bunu kanıtlıyor zaten, çiftlerin yüzde 70'inden fazlası aldatma sonrasında halen bir arada kalmaya devam ediyor. Doğru veya yanlış gidebildiği yere kadar gidiyor...

Son yıllarda erkeğin aldatmasına karşı bakışın da değiştiğini gözlemliyorum. Durum sanki doğallaşmış ve normalleşmiş gibi bir hal almış durumda. Daha önce de bahsettiğim gibi benim amacım asla erkekleri haklı çıkarıp aldatmayı sıradanlaştırmak, normalleştirmek ve kabul edin demek değil. Lütfen beni yanlış anlamayın. Ben sadece durum tespiti yapıyorum, erkeğin neden, niçin ve nasıl yaptığını, neler hissettiğini, bahanelerini, yalanlarını ve sonuçlarını dürüstçe bir erkek gözüyle anlatıyorum. Yazarın günah çıkarma telaşı...

Günah çıkardığıma göre biz tekrar konumuza dönelim. Aldatmaya bakışın değiştiğini söylüyordum, hatta geçen aylarda bir sevgilimin, kızım sana söylüyorum, gelinim sen anla (gelin de oldum) şeklinde söylediği "Hayatım, her erkek aldatır biliyorum, buna takılmıyorum. Tamam aldatsın ona itirazım yok çünkü bunun önüne geçemem. Sadece kadınına hissettirmeden, belli etmeden yapabilecek kapasitesi ve zekâsı olsun. Çaktırıp yakalanmadan ve kadını millete rezil etmeden yapsın. Hatta kendi arkadaşlarına bile anlatmadan gizliden gizliye yapsın ne yapıyorsa. Bir kadını aldatıldığında en çok yaralayan şeylerden biri de inan bana, diğer insanların bunu biliyor olduğunu öğrenmektir. İlişkisine ve sevgilisine zarar vermeden yapabiliyorsa ne güzel. Bu benim için yeterlidir" lafı buna en güzel örnek.

Birçok aldatılan kadının bana göre düştüğü en büyük yanılgı, aldatılmayı kişisel olarak algılaması. "İlişkimde yetersiz miyim? Güzel değil miyim? O daha mı güzel? Benim neyim eksik? Keşke şöyle yapmasaydım, nerede yanlış yaptım? Yeterince seksi değil miyim?" gibi laflarla kendini suçlaması ve sorunu kendinde araması. Unutun tüm bu lafları... Hayır, yok öyle bir şey. Adam şeyinin doğrultusunda hareket etmiş, el âlemin kadınıyla yatmış kalkmış ve ihale senin yetersizliğine mi kalmış? Sakın bunu üzerinize almayın. Ne sizin bir suçunuz ne de bir eksikliğiniz var. Şayet biri sizi aldatmışsa bu tamamen onun suçudur, fakat o kişi pek çok kere aldatmışsa işte o zaman bu senin suçundur.

Erkeğin evriminin halen tamamlanmayışı neden sizin suçunuz olsun? Tabii ki "Tekeşlilik insanın doğasına aykırıdır" deyip kestirip atmak da çok mantıklı değil. Aldatmaları, ihanetleri sadece buna bağlamamak gerek. Birbirini yeterince tanımadan, aşksız, ten uyumsuz, sadece toplum baskısı veya çocuk yapmak için oluşan ilişkiler ve evlilikler de başka arayışlara sürükleyebiliyor bizleri.

Aldatışımız sadece bir karakter, kişilik sorunu da değil, aynı zamanda dürtü ve erkek egemen kültürün sorunu. Beğenilme egosunun, ilişki içinde olduğumuzu bile bile aklımızı çelen kadınların, yeterince ilişki yaşamadan girilen evliliklerin, aşksız birlikteliklerin, doyumsuzluğun, ilgi açlığının, önüne geçemediğimiz dürtülerin, ilişkilerdeki monotonluğun, adrenalin arayışının sorunu. Kimi zaman bu saydığım nedenlerden biri, ikisi veya hepsinin birleşimi. Ayrıca bu bir psikolojik rahatsızlık hiç değil, tedavi edilmeye de ihtiyacımız yok. Sebep ne olursa olsun, dürtülerimizi kontrol edemeden aklımız şeyimizde ortalarda dolanıyoruz işte. Bu kadar basit.

Kızın, sövün, bağırın, çağırın, ağlayın, terk edin, affedin, hayal kırıklıklarınızı ve tüm duygularınızı dibine kadar yaşayın fakat asla ama asla durumu üstünüze almayın. Tolstoy ne güzel söylemiş, "Bir kadının kaderi, sevdiği adamın ihanetiyle, sevmediği adamın sadakati arasında çizilidir" diye...

Medyada, magazin haberlerinde sık sık dünyanın en başarılı, en güzel kadınlarının bile çatır çatır aldatıldığını okuyup görüyorsunuzdur. Kadının güzel, zeki, başarılı, işveli cilveli, seksi olması dahi aldatılma gerçeğini değiştiremez. Bu aldatılışlar aslında kim olduğunuzun, güzelliğinizin, dişiliğinizin, zekânızın ihanetlerin önüne geçemediğinin en büyük kanıtı değil midir?

Irvin Yalom'un da dediği gibi, "Her güzel kadının yanında, onu düzmekten bunalmış bir erkek vardır."

Doymuş bireylerin kuracağı, karşılıklı aşk ve saygıyla yoğrulmuş sağlıklı ilişkiler içerisinde aldatma minimum düzeye inebilir. Ne yazık ki biter diyemiyorum, olsa olsa seviyeli bir düzeye inebilir...

Kim Demiş Kadınlar Aldatmaz Diye?

Erkeklerin aldatması hakkında uzun uzun konuşulurken, bu konu hakkında filmler çevrilirken, kitaplar yazılırken, medyada ağırlıkla bu tarz haberler öne çıkarken neden kadın ihaneti konusunda daha sessiz kalıyoruz? Hep gündemde olan ve ortalarda konuşulan erkeklerin aldatış hikâyeleri. Peki ya kadınlar, onlar hiç aldatmıyor mu? İhaneti sadece erkekler mi yapıyor? Tek suçlu biz miyiz? Kadınlar çok mu masum? Tabii ki hayır, kadınlar da çatır çatır aldatıyorlar, hem de bildiğinizden, düşündüğünüzden çok daha fazla. Biz beceriksiz erkekler daha sık ve kolay yakalandığımız için daha çok aldattığımız gibi bir algı var. Fakat bana sorarsanız bu neredeyse yakın bir oran. Erkeklerin aldatma oranı daha yüksek değil, yakalanma oranı daha yüksek...

Erkeklere aklı şeyinde damgası vurulup hatta abartarak tedaviye ihtiyacı var bile denilirken, kadınlara niye kimse bakmıyor? Onlar çok mu melekler? Hayır, onlar da aldatıyor ama kolay kolay yakalanmıyorlar.

Kimse bu konuyu doğru düzgün anlatmıyor deyip, *İstanbul Erkeği* kitabımda da bu konuyu elimden geldiğince yazmaya çalışmıştım. Aslında söylenebilecek her şeyi zaten yazmıştım. Ama bu tabu konuyu yeniden anlatıyorum, bize çamur atarken ellerinizin temiz olup olmadığına tekrar bir bakın istedim.

The Godfather filmindeki bir replik bu durumu çok güzel özetliyor: "Sakın bana masum olduğunu söyleme, çünkü bu benim zekâma hakarettir..."

Evlenmeden önce yani henüz çıkarken aldatan kadınlar aslında ilişkisinden, sevgilisinden tam olarak emin olmayan kadınlardır. Bunu biz erkekler de çok fazla yapıyoruz. Ayrıca ilişki ciddi bir yere gelmemişse, daha başlarındaysa erkekler aldatsa dahi bunu aldatma olarak görmez. "Daha çıkıyoruz, ciddi bir şey yok" deyip başka kadınlarla birlikte olmayı kendilerine hak görürler. Bunu size yüksek sesle söylemezler ama içten içe buna inanırlar. Hatta yakalandıkları zaman bunu arkadaşlarına anlattıklarında, "Eee, ne olmuş yani? Evli değilsin ki sen... Manyak mı lan bu kız? Ne diye karışıyor sana? Daha başından bunu yapıyorsa işin var oğlum senin" gibi onaylayan ve kızı suçlu çıkaran cevaplar duyarlar.

Hep söylerim "Âşık olan kadının gözü hiçbir şey görmez ve asla aldatmaz" diye. Aşk zaten bir akıl tutulması, geçici körlük ve duygu kasılması değil mi? Âşık kişi, karşısındaki dünyanın en seksi, en çekici insanı olsa dahi bırakın aldatmayı onu gözü görmez bile.

Eğer, bir kadın henüz çıkarken aldatıyorsa, âşık olmadığı halde beraber olduğu o adamı sadece yedekte tutuyordur. Çantanızda duran kâğıt mendil gibi yani. Devamlı kullanmasanız da o mendilin orada olduğunu bilmek rahatlatır içinizi. Ne olur ne olmaz ya burnunuz akarsa? Elde bir garantinin durması iyidir misali. Burnunuzu sildiğiniz peçete misali herifleri atın artık çantanızdan ve hayatınızdan.

Garanti olarak tuttuğunuz ama sizin içinize sinmeyen bu adamlar genelde sizin bir şey hissetmediğiniz ama onun sizi sevdiğinize inandığınız erkeklerdir. Muhtemelen iyi bir eş ve iyi bir baba olacağı duygusunu size veren fakat ne yazık ki sizi heyecanlandırmayan, âşık olamadığınız adamlardır. "Yine de bir köşede dursun ne olur ne olmaz, hiçbir şey bulamazsam onunla evlenirim" diye aklınızdan geçirip seçeneklerinize bakmaya devam edersiniz. Bekâr kadının aldatması tam olarak işte böyle bir şey.

Diğer yandan, ilişki sürecini çok uzatıp hâlâ evlenme teklifi etmeyen, oyalayan, kararsız, sizin tüm kutsal duygularınızla oynayan evlilik fobisi olan adamlar da daha iyi bir seçenek ortaya çıktığında çatır çatır aldatılır. O sizin değerinizi bilmemiş, siz niye değer vereceksiniz? Oh, iyi yapıyorsunuz.

Tüm bunlar başkaları için bir ihanet, aldatma gibi görünse de bana göre kesinlikle değil. Benzer durumda kim olsa aynısını yapar. Aldatmak bu kadar basit bir kavram değil. Bunun adı olsa olsa arayış.

Âşık olduğun, her şeyini karşılıklı olarak paylaştığın, tüm ruhunla söz verdiğin, gözlerinde geleceğini gördüğün insana ihanet ediyorsan işte o zaman bunun adı aldatmak.

Sen yedekte tuttuğun adamı değil aslında kendini kandırıyorsun. Mevcut bir ilişki içerisindeyken başka biriyle tanışmaların, arkadaş ortamlarında tanıştırılmaların, görücü usulü flörtleşmelerin, ilişki denemelerinin de başarılı olması pek mümkün değil. İçine düştüğümüz en büyük yanlışlarımızdan biri de bu değil mi zaten? Süren ilişkilerimiz içerisinde arayış içinde olmak veya kafamızdan atamadığımız biten ilişkilerimizi başka ilişkilerle iyileştirmeye çalışmak. Bir şeyler hep yarım. İlişkin yarım, mevcut sevgilin yarım, gizli ilişkin de yarım. Her şeyin ötesinde sen yarımsın. Dürüst değilsin, ne kendine, ne sözde sevgiline, ne de yeni adaya. Tamamlanamadığın yerde yarım da kalma. Ya bütünleş ya da sıfırlan.

Bir köşede tuttuğun yedeklerin, zoraki ilişkilerin, arkadan dolap çevirmelerin en çok sana zarar verir, ya bugün, ya yarın, ya da yıllar sonra. Ama mutlaka.

Bir kere geldin bu hayata, doğru olanı bekle! Sev, sevil, âşık ol, aşkı yaşa, aşkı yaşat, iliklerine kadar hisset...

Sadece yakalanmamaları değil, kadınların aldatmasının ortalara düşmeyişinin aslında birçok sebebi var:

Aldatan kadınlar aldatan erkeklerden çok daha dikkatli olmak zorundalar. Erkeğin aldatması toplumda öyle veya böyle kabul görürken, kadının aldatması asla kabul edilemez bir vaka. Aldatan erkeğin kimi zaman gurur bile duyabildiği ihanet, kadın yaptığında çok büyük sonuçlara yol açıyor ve silinmeyen damgalar yiyor. Hep diyorum ya erkek egemen toplumuz diye, eşitsizlik ihanette bile kendini gösteriyor. Toplumumuzda kadınlar aldatıldığında bunu örtbas etme eğiliminde oluyorlar. Kadın unutmuyor, tolere ediyor, erkek ise aldatılmayı kabul edemiyor. Erkeğe ikinci, üçüncü hatta dördüncü şanslar verilirken, yakalanan kadının ikinci bir şansı bile yok. Erkek çabuk unutur ama asla affetmez, kadın çabuk affeder ama asla unutmaz...

Kadınlar erkeklere nazaran çok daha becerikli, zaten buna mecburlar. Çok daha zeki ve kurnaz olduklarından yakalanmaları çok zor. Erkekler zekâ pırıltısı olmayan basit yalanlar söylerken kadınlar tüm detayları düşünerek, zekice hesaplamalar yaparak, stratejik yalan kurguları yapabiliyorlar. Kadın, analitik bir beyne sahip olduğu için arkasında hiçbir delil bırakmıyor. Vücut dilini iyi kullanan kadın yalanlarını da çok daha iyi saklayabiliyor.

Detaylara bakmayı, ince duygu değişikliklerini görmeyi beceremeyen erkekler aldatıldığını kadınlar kadar kolay fark edemiyor, çoğu zaman anlayamıyor. Kadının davranışlarındaki değişiklikleri, belirtileri ve vücut dilini okumada kadınlar kadar başarılı değiller. Evet, bakıyorlar fakat görmüyorlar.

Erkek şayet eşinin aldattığını hissetse bile eşini ve namusunu kutsal gördüğü için toz kondurmaya kıyamıyor ve bu düşünceden kaçıyor. Şüphelense bile "Ben yanlış anladım galiba" diyor. Hatalı bir suçlama içinde olduğunu düşünüyor veya buna inanmak istemiyor. Erkekler şüphelerinin üstüne gitmemeyi tercih ederken kadınlar şüphelerinin üzerine çok daha rahat ve dibine kadar gidiyor.

Aldatan kadınlar yaşadıklarını kendi içinde tutup asla paylaşmıyorlar. Diğer kadınların eline koz vermemek için bunu tam bir sır olarak içlerinde tutuyorlar. En fazla, o da belki açığını bildiği, elinde ona ait sırları olduğu en samimi arkadaşı dışında hiç kimseye anlatmıyorlar. Yerin kulağı falan yok, milletin ağzı gevşek ve kadınlar bunun farkında. Onlar, biz boşboğaz erkekler gibi skor böbürlenmeleri yapmıyor ve önüne gelenle paylaşmıyorlar.

Erkeklerin egoları yüksektir ve erkekliğine laf getirtmek istemez. İşte bu yüzden erkek aldatıldığını anlasa ve ortaya çıkarsa dahi genelde bu durumu kadınların yaptığı gibi ortalara düşürüp mağdur edebiyatı yapmaz. Sizler gibi salya sümük el âleme anlatmaz. Düştüğü durumu başkalarının bilmesini dahi istemez. Erkeklik gururu ve utanç daha ağır bastığı için sessiz kalır. Ayrılır, boşanır ama dışarıya başka sebepler göstererek yapar bunu.

Aldatılan erkeğin toparlanması çok zordur. Özgüveni korkunç bir şekilde ezilen erkek bunu neredeyse hayatı boyunca içinde taşır. Kadınlar kadar çabuk atlatamaz. Aldatılan erkeklerin yeni ve sağlıklı ilişkiler kurması da inanın çok kolay değildir. Yaşadığı eziklik duygusunu beraber olduğu tüm kadınlara şüpheyle yaklaşarak, aşırı kısıtlayarak ve gereksiz kıskançlıklarıyla zehir eder. Hatta daha da ileri giderek kadın düşmanı bile olabilir.

Karısı tarafından aldatılarak terk edilen bir arkadaşım vardı. Sorunlu bir boşanma yaşadıkları için kadının tüm aldatmaları da deşifre olmuş, basında bile uzun uzun işlenmişti. Bu arkadaşım boşandıktan birkaç yıl sonra bana bir itirafta bulundu. Anlattıkları hâlâ aklımdan çıkmaz. Ayık halde asla anlatmayacağı şeyleri, sarhoş olunca şakır şakır dökülmeye başladı. Bana kadınlardan ne kadar nefret ettiğini, onların asla güvenilmez varlıklar olduklarını anlatma sahnesini asla unutamam. Buna o kadar inanıyordu ki "Saçmalama, her kadın öyle değil, senin yaşadığın durum farklı" dememe rağmen kabul etmiyordu. Gözlerindeki kini bile görebiliyordum. İşin en garip ve inanılmaz tarafı da son olarak söylediği cümle oldu: "Artık kadınlara güvenmiyor ve nefret ediyorum. Bu yüzden sadece fahişelerle para vererek sevişiyorum ve işim bittikten sonra da onları bir güzel dövüyorum." Duyduklarıma inanamadım. "Oğlum, ruh hastası mısın sen? Kesin tedavi görmen lazım" dediğimde bana itiraz etti. Fahişelerin bunu bildiğini, daha başta onlarla o şekilde anlaştığını söyledi. Kadınların para için sevişmesini doğal olarak biliyordum ama para karşılığı dayak yemeyi kabul ettiğini ilk defa duymuştum. Günlerce, haftalarca süren ısrarlarıma dayanamayan arkadaşım sonunda bir psikoloğa gitmeyi ve tedavi olmayı kabul etti.

Çevremde kocalarını aldatan veya aldatmaya niyetlenen ve bunu benimle paylaşan, anlatan kadınlar da oldu, bildiğimi bilen ama yaramaz bir gülücükle göz kırpıp "Boş ver, girmeyelim bu konulara" diyenler de.

Evli kadınların aldatmasında genelde seks çok geri planda, mutlaka istisnalar vardır. Sadece cinsellik ve zevk için aldatan kadınlar da –az da olsa– var ama bu kadınların sayısı o kadar fazla değil. Kocasıyla yemeğe restorana gelip, tuvalette başkasıyla sevişen kadınlar da, kocasının yanında masa altından başkasına kendini okşatan, adamı çaktırmadan okşayan kadınlar da var.

Salt cinsellik ve zevk için aldatan bir kadından duyduğum trajikomik hikâyeyi anlatayım sizlere:

Kadın evli ve kocasını yıllardır farklı farklı erkeklerle aldatıyor. İhaneti alışkanlık haline getirmiş, hatta bağımlısı olmuş. Bu tarz seri ilişkiler yaşamasına rağmen kocası durumdan hiç şüphelenmiyor. Aynı biraz önce bahsettiğim, ideal koca gibi görünen biri aslında ama monoton ve karısının saygısını yitirmiş, erkek gibi görmemeye başladığı bir adam haline dönüşmüş. Kadın farklı farklı heriflerle yatıyor. Sonunda kadına cinsel bir hastalık bulaşıyor ve soluğu doktorda alıyor. Doktor sadece cinsel yolla bulaşan bu hastalığın antibiyotiklerle iyileşeceğini söylüyor fakat kiminle beraber olduysa onun da tedavi olması gerektiğini ekliyor. Sevgililerinden birinden kaptığı hastalığı muhtemelen kocasına da bulaştırmış. Eğer eşi de tedavi olmazsa tekrar ona bulaşacak. Cinsel hastalıklar genelde aldatan kocalardan karılarına bulaşır ama burada durum tersine dönmüş. Kadın ne yapacağını bilemez durumda kocasına, hiç doktora gitmediğini, ne olur ne olmaz bir kontrole gitmesi gerektiğini söylüyor. Zorbela, kocasının başının etini yiyerek doktora gitmeye razı ediyor. Doktora giden adamda doğal olarak cinsel yolla bulaşan bir hastalık ortaya çıkıyor ve bizim saf adam karısına durumu anlatıyor. Sonra ne mi oluyor?

Kadın, kocasının anasından emdiği sütü burnundan getiriyor. Yok yanlış duymadınız, kadın adamın ağzına ediyor. "Sen beni aldatıyorsun demek, zaten şüpheleniyordum" gibi laflarla adamı kendinden şüphe edecek hale sokuyor. Günlerce adama sayıp sövüyor, neredeyse terk edecekmiş süsü bile veriyor zavallıma. En iyi savunma saldırıdır derler, işte bu kadın bunu dibine kadar ispatlıyor. Kadın hem suçlu hem de fazlasıyla güçlü... Kadınlarla şayet aldatsa bile başa çıkmak çok zor.

Bu tip kadınlar aynı erkekler gibi şeyleri doğrultusunda hareket ederler. Seks ve adrenalin dürtüsüyle aldatırlar. Hissettikleri çok da önemli değildir onlar için, anlık zevklerinin peşinden giderler. İhanetleri tek seferlik değildir, seri ve sürekli aldatırlar. Bu tarz aldatmalar için söylenecek her şeyi zaten erkek aldatmasında bahsetmiştim. Daha fazla söylenecek bir şey yok.

Normalde, kadının cinselliği biz erkekler gibi sadece cinsel organında değil, duygularının, ruhunun, kalbinin, beyninin, bedeninin her yerinde. Aşkla, hayranlıkla bakılan gözlerinin ışığında, beğenildiğini, arzulandığını duyan kulaklarında, sahiplenildiğini hissettiren sarılmalarda, sevgiyle okşanan saç telinde, öpülmeye doyulmayan boynunda, sevdiği teni koklayan burnunda, "Ben de sana deli gibi âşığım..." demeye hazır dudaklarında... Tüm bunlara bir kadının her zaman ihtiyacı var. Yaşı, kariyeri, kişiliği, ırkı, karakteri, statüsü ne olursa olsun her kadın her zaman bu duygulara aç ve her zaman doyumsuz.

Bir kadın için cinsellik sadece seks hatta ön sevişme bile değil, bahsettiğim bu duygularını harekete geçiren ön duyularıyla sevişir kadınlar. Tüm bunları (birkaçına da razı) kocasında bulan kadın asla aldatmaz, aklından bile geçirmez. Hiçbirini bulamayan kadın (birçoğu) aldatır veya aldatmayı çok sık düşünür.

Arzulanma, beğenilme hissi bir kadın için en önde gelir. Kendisini gerçek bir kadın gibi, seksi bir dişi gibi hissettiren erkeğe hayır deme şansı çok azdır. Tüm bunlarla yoğrulan duygularıyla yaptığı seks ise bambaşka olur.

Biz erkeklerin tam olarak anlayamadığı ama çok önemli olan bir detay var. İyi koca olmak sadece evin ihtiyaçlarını karşılamak, ilgili baba olmak, kalıplaşmış anlamda iyi eş olmak değil. Bir kadın bunları bizden doğal olarak bekler ama sevgimizi, aşkımızı, ilgimizi, tutkumuzu, şehvetimizi de ister arsızca.

Hep zor adamların, çapkın, ihanet içinde olan kocaların aldatıldığı düşünülür, en azından biz erkekler öyle olduğunu düşünürüz. Fakat tam tersi, eşini aldatan kadınların birçoğunun kocası dışarıdan bakıldığında ideal eş ve baba. Eviyle, eşiyle, çocuklarıyla çok ilgili. Hatta birçoğu karısından bile daha çok eviyle ve çocuklarıyla ilgilenen adamlar. Ayrıca eşini öyle sık aldatan adamlar da değiller. Birçok bekâr kadının rüyasını süsleyen ideal eş yani. Fakat inanın bana, en çok da onlar aldatılıyor. Niye mi?

Çok basit, bu tarz adamlar kocalık tanımını yanlış algılıyorlar. İşin sadece maddi ve çocuk boyutuyla ilgilenip eşleriyle yüzeysel bağlar kuruyor, karısının temel ihtiyaçlarını karşılamanın yeterli olduğuna inanıyorlar. Özel günlerde verdikleri hediyeler, çok nadir baş başa çıkılan yemekler, haftada bir ve sadece yataklarında yaptıkları, aynı rutinde ve pozisyonda ilerleyen sevişmeleri yeterli zannediyorlar. Onlara bu muhtemelen yetiyor olabilir ama kadına asla bu yetmez. Gözü dışarı kaymaya başlar. Kadın olduğunu hissettiren, onunla içten cilveleşen, ufak dokunuşlarından bile tahrik olduğunu hissettiği adamlara gözü ve gönlü kayar. Karşısında çırılçıplak durduğunda bile kocasının dönüp bakmadığını, oysa dışarıdaki bir adamın ufak bir dokunuş için çaba sarf ettiğini hisseden kadın o tarafa yönelebilir.

Aldatmaya en müsait kadınlar, ilişkisi monotonlaşan, eşi tarafından eskisi kadar arzulanmayan, beğenilmeyen kadınlardır. Kocası tarafından beğenilmediğini hisseden, kendini bırakmaya yüz tutmuş, özgüvenini yitirmek üzere olan bu kadınların dışarıda, başka adamlarda bulduğu tamamen budur, arzulanmak, beğenilmek, seksi hissetmek ve macera. Aşk romanlarında okuduğu, romantik filmlerde gördüğü gibi bir ilişki hayal eder ama ne yazık ki kocasının bunu verme şansı yok. Kadın ateş gibidir. İlgisiz bırakırsan ya söner ya da her şeyi yakar...

Başka bir adamdan gördüğü ilgi ve iltifatlar onun yeniden seksi hissetmesine yol açar. Bu duyguyu aldığı yöne ilerlemek, yeniden o heyecanı hissetmek, kalbinin tekrar hızlı çarpışını duymak, adrenalini dibine kadar yaşamak ister. Evet, bu duyguları kocasından göremeyen her eksik kalmış kadın bunu ister ama kimisi yaşar kimisi de sadece istemekle, kafasında geçirmekle yetinir. Ayrıca sözde ideal eş görünen bu tarz adamlar o kadar kendini yenilemeyen adamlardır ki kadın bu tip adamlardan bir süre sonra sıkılır. Yanlış anlaşılmasın kadının kocasına hâlâ sevgi ve saygısı vardır. Adamın iyiliğine sözü de yoktur fakat kocası ve evliliği çok durağan gelir. Bu arada adamın üzerinde baskı kurup adamı bu hale getiren de aslında kendisidir. Daha önce söylediğim gibi kocasının onu aldatmadığından da emindir. Çocuklar ve ev hayatı düzene girmiş ve monotonlaşmıştır. Bu rahatlık da biraz batar kadına. Heyecan, aşk, macera, gerilim, adrenalin ve tutku arayışı içine sürüklenir.

Kocası karizmatik, dengeli, seviyeli maço olan hatta aldatıldığından şüphelenen kadınlar aldatmayı akıllarından diğer bahsettiğim kadınlar kadar geçirmezler. Zamanları yoktur çünkü. Ev ve çocuk işleri üzerlerine yıkılmış, kocasını hâlâ dizinin dibine alamamış, dizginleyememiş ve diğer kadınları rakip görmekten, kocasını elinde tutmaya çalışmaktan kendi hayatlarının eksikliğini görememişlerdir. Kafasını mevcut evliliğinden çıkaramaz, kocasıyla, ailesiyle didişmekten bırakın maceraya atılmayı nefes bile zor alırlar. Bu tarz kadınlar hâlâ diğer kadınlarla rekabet halinde ve kocasının peşinde koşturmaya devam ederler. Kocalarıyla uğraşmaktan aldatma şansları hatta düşünceleri bile yoktur.

Bu arada, kadının intikam aldatması diye bir gerçek de var. Kocası aldattığı için aldatan kadınlar yani. Evet, var ama o kadar yaygın değil. Aldatılan kadınların bir kısmı evliliğini bitirse de devam edenlerin oranı çok daha fazla. Bu durumdaki bir kısım kadın da kocasının bunu tekrar yapmaması için çaba gösterip tüm enerjisini bu yönde kullanırken çok azı da incinen gururunu intikam alarak onarmaya çalışır. Sırf intikam almak için duygusuz, hazsız, şehvetsiz ve her şeyin ötesinde gereksiz bir cinsellik yaşar. Ama bunlar sadece bir sevişmelik ve sonrasında pişmanlık yaşanan aldatmalar olarak kalır. Adam çirkinleşti diye sen neden çirkinleşesin? Onun seviyesine düşmene ne gerek var?

İhanet, yarım kalmak, yarım bırakmaktır... Şüphe tohumları ektiğiniz bir kalpten, sorgusuzca size teslim olmasını nasıl bekleyebilirsiniz? Yüzde yüz güvenmek ile yüzde doksan dokuz güvenmek arasındaki yüzde birlik farktır sadakat. Ve aslında sadakat çok seksi bir şey...

4. Ayrılık, Ayrılık, Aman Ayrılık

Alevlendim, Söndüm, Kül Oldum

Biz erkelerin egolarını siz kadınlar o kadar şişirdiniz ve o kadar şımarttınız ki, yaşadığımız ilişkiden kopmamız ve ayrılmamız bizleri özellikle ayrılığın ilk günleri hiç üzmez. Nasıl olsa halihazırda bir veya birkaç bekleyen kız vardır, yoksa bile hemen başka bir kız bulacağımızdan ve bir ilişkinin içine kabul edileceğimizden hatta üzerimize birilerinin atlayacağından eminizdir.

Bu arada çıkmaya hazır kızlar vardır demişken, biteceğini bildiği ilişkilerin son dönemlerinde başka bir kızla görüşmeye başlayan bu tip erkeklerden de çok var. Ayrılığı kolaylaştırmak, yalnız ve açıkta kalmamak için ilişkisinin son zamanlarında başka bir kızla gizlice çıkmaya başlıyor bu tarz erkekler. Kemikleşmiş ilişkisini bir an önce ve minimum zarar görerek, üzülmeden, yara almadan, dağılmadan rahatça bitirmeye çalıştıkları için kendilerini başka sevecen kucaklara atıyorlar. Siz kadınlar gibi anılarımıza değil başka kadınlara sarılıyoruz.

Kırk yaşına gelip, hiç evlenmediği halde hayatının

son yirmi senesinde sevgilisiz tek bir gün bile geçirmeyen arkadaşlarım var benim. Bu adamlar uç uca bağlanmış, seri ilişkiler yaşıyorlar. Hep biri var hayatlarında ve o biri daha bitmeden diğer birine başlıyorlar. Peş peşe ilişkiler yaşıyorlar. Aslında bu tip adamlar, egolarını kadınlarla besleyen, eksikliklerini onlarla tamamlayan ve kişisel gelişimini kadınlarla yapan erkekler... Durun, bir soluklanın, kucaktan kucağa atlayacağınıza yalnızlığınızın tadını çıkarın be kardeşim...

İnanın, bir kadın ile erkeğin ayrılık süreci birbirinden çok farklı işliyor. Ayrılık sonrası erkeğin farklı evreleri vardır ve yaşadığı her bir evrede tamamen birbirinden farklı duygu ve tavırlar içine girer.

Birinci Evre: "Hayat Bana Güzel."

Ayrılan erkek, ilk başlarda omzundan büyük bir yük kalkmış ve hafiflemiş gibi hisseder. Tasmasından kurtulmuş bir köpek gibi özgürce nereye gittiğini bilmeden koşar. Daha önce de söylediğim gibi erkekler daha ilişkiye başlarken ayrılığı düşünmeye ve ilişkilerinin bitiş tarihlerini koymaya başlarlar. Bu tarihler genelde hep ertelenir. O çok zorlandığı ayrılık konuşmasını sonunda yapmanın ve kızla yüzleşmeyi başarmışlığın verdiği bir rahatlama duygusu kaplar içini. Kendini yeniden özgür hisseder ve oradan oraya koşturmaya, o bar senin bu kulüp benim modunda sürtmeye başlar. Anında bekâr ve çapkın arkadaşlar aranıp planlar yapılır. Ayrıldığını duyan bekâr arkadaşları her ne kadar yalandan "Çok üzüldüm abi ya, çok yakışıyordunuz" gibi laflarla konuşsalar da, bu konuşma sadece o kadar sürer ve "Hoş geldin... Hadi yeni kızların şerefine içelim" olarak devam eder. Ayrılmayı başarıp, zincirini koparıp kaçabilen birçok erkek için her son aslında yeni bir başlangıç demektir.

Sabırsızlıkla beklediği özgürlüğüne kavuşan erkek, sanki uzun süre bağlı kalıp, sonunda zincirini koparmış bir köpek gibi dili dışarıda gezmeye başlar. Arada ayrılığından, yaptığından pişman olma kırıntılarına rastlar ama önüne gelen her kıza yazarak ve cilveleşerek bunun üstesinden gelmeyi ilk günlerde başarır.

Erkeğin ayrılık tedavisi ve ayrıldığı sevgilisini unutma reçetesi bolca gezmek, içmek ve yeni kadınlar tanımaktır. "Oh ne iyi yaptım da ayrıldım. Hayat bana güzel, bekârlık gerçek sultanlık" modunda başka başka tenlerde kaybolmaya çalışır. Ayrıca bu tempo hafif hafif içini kemiren sevgilisinin boşluğunu, acabalarını, sorgulamalarını da unutturur. Sevgilisinden önce tanıdığı eski kız arkadaşlarını, kırıklarını aramaya ve onlarla günlerini doldurmaya başlar. Elinde hazır mevcut olan garanti kızları ve ilişkisi sırasında onunla cilveleşen ama bir şey yaşamaya fırsat bulamadığı kızları gözden geçirmeye başlar. Ayrıca yeni kız arayışına da tüm hızıyla devam eder. Biz erkeklerin anlamadığı en önemli nokta, her şeyi seversen, hiçbir şeye ait olmazsın.

Çapkınlığı başaramadığı, kız ayarlayamadığı gecelerde ve ona yüz vermeyen kızlarla her yaşadığı hüsranda aklına eski sevgilisi gelir. "O benim değerimi biliyordu, bu salaklar anlamıyor beni" diyerek hem kendini rahatlatır hem de sevgilisinin değerini anlamaya başlar. Eli telefona gitse de aramaya cesaret edemez. Bazı kadınlar birer zümrüttür ama biz erkekler çakıltaşı toplamaya devam ederiz.

İkinci Evre: Hayalet Sevgili

Ayrılık sonrası ilk günler, erkek o kadar hızlı koşar ve o kadar azar ki tüm enerjisini tüketir ve yavaş yavaş yorulmaya başlar. Özgürlüğün o kadar da güzel bir şey olmadığını görür, zaten istediği gibi bir kız da bulamamıştır. Bulması da aslında neredeyse imkânsızdır çünkü "Çivi çiviyi söker" formülü bitmiş ilişkiler için doğru bir tedavi yöntemi değildir. Henüz bitmiş ama kafada bitmeyen ilişkiler, aşklar, hiç beklemediğimiz anlarda bir hayalet gibi hortlar. Başkalarıyla yaşamaya çalıştığımız birliktelikler elimize yüzümüze bulaşır. Hep bir yarım kalmışlık, içimizde hep bir boşluk vardır. Biz erkeklerin ayrılık sonrası yaptığı en büyük stratejik yanlışlık da budur zaten, ilişkimizi başka ilişkilerle, sevgilimizi başka tenlerle unutmaya çalışmak...

Bir süre sonra sokaklarda bulacağını zannettiği hayali kadının aslında orada olmadığını veya olanın da ona bakmadığını fark eder. Birlikte olduğu yeni kadınların eski sevgilisi kadar ona sevgi göstermediğini, hatta esprilerine gülmediğini şaşırarak görmeye başlar. Egosu zedelenmeye başlamıştır. Oysa eski sevgilisi her haliyle nasıl da onu sevip hatta tapmıştı. Ne olduğuna anlam veremez. Tüm yaşadığı hayal kırıklıkları, onu her şeyi ile seven sevgilisini hatırlatır. Ayrıca alışkanlıklar da önemli yer tutar hayatımızda, o alıştığı dokunuşları, öpüşmeleri, kokuları, sevişmeleri, sarılışları, sözleri özlemeye başlar. "O varken özgürlük, o yokken onsuzluk bağırıyor" moduna girer.

Üçüncü Evre: Geri Vites

Şayet erkek ayrıldığı sevgilisini gerçekten sevmişse durum çok daha vahim. Özlemeler, pişmanlıklar ansızın başlar ve dozunu artırarak devam eder. Türkçe müzikler dinlediğinde her ayrılık sözü ona çarpmaya, her rakı içişinde anılar onunla oynaşmaya başlar. "Tokuşturduğum kadehte senin dudak izin yoksa neyleyim ben o masayı?" moduna girer.

Evet, erkek kolay ve çabuk ayrılır ama ne yazık ki kaybettiğini anlaması uzun sürer. Keşke aşkı gidişinden değil de gelişinden tanıyabilsek. Erkeğin kadınını aklından çıkarması düşündüğünüzden çok daha zordur. Sadece duygularını saklamaya alışık olduğu için bunu belli etmez, ne de olsa bir kadın için üzülmenin zayıflık olduğunu öğretmiştir bu toplum bize. Yine de sevdiği kadından kolay kolay kopamaz. Hayatının her noktasında o kadını arar. Duyduğu her seste, dokunduğu her tende, öptüğü her dudakta, gördüğü her gözde onu arar durur. Yabancı tenlerde onun tenini, kadehlerde onun hayalini yok etmeye çalışır. Fakat ne kadar içerse içsin sadece başı döner, sevgilisi değil.

Tüm içine attığı, saklamaya çalıştığı duygular aniden dışarı vurup onunla dalga geçer. Şarkıların sözleri ne olursa olsun sevgilisine bağlanır, onu hatırlatır. Normalde melodisini dinleyen erkek, şarkıların sözlerini dinlemeye başlar ve her söz ona batar, canını acıtır. Ne de olsa âşıkken müziği, ayrıyken de sözlerini duyarız. Yalnız kalmak istemez, her yalnızlığı sevgilisinin hayalini ansızın geri getirir. Konuyu sevgilisine getiren çok şey olur ama sevgilisini ona getiren hiçbir şey olmaz. Gönlüyle bulduğunu aklıyla kaybeder...

Erkek sonunda pişman olur, sevgilisine dönmek ister fakat bir kadın ilişkisini kafasında bitirdiği an o ilişki ölmüştür artık. Allah rahmet eylesin.

İlişki süreçlerimiz tamamen farklı işliyor. Kadın sabırla beklerken, erkek sürtüyor, kadın özlerken erkek bakınıyor, kadın gidince erkek geri dönüyor. Sonra adam dönüp bir bakıyor ki orada kimse yok. Adam şok...

Söndüm, Kor Oldum, Alevlendim

Siz kadınların en büyük sınavıdır ilişkiler. İlişkiye başlamak, sürdürmek, ayrılığa karşı koymak, yenilip ayrılmak, yeniden başlamak için savaşmak ve kabullenmek. Ne de olsa aşkın olduğu yerde birden fazla çözüm yolu vardır, sizin de buna inancınız tamdır. Bu süreç oldukça yorucu ve yıpratıcı olduğu gibi bazen de trajikomik olabiliyor. Aslında en kötü hissettiğiniz, ağlayıp zırladığınız anlara bile sonradan kahkahalarla gülüp geçebiliyorsunuz. Erkeklere nazaran farklı süreçleriniz var sizin.

İlişkinin seyri istediğiniz yöne gitmediği anda her ne kadar pikniklerseniz de bunu belli etmeden adamı o yöne doğru çevirmeye çabalarsınız. Şayet başarılı olabilirseniz ayrılık evresini ertelemiş veya ona karşı koymuş olursunuz. Ayrılık korkularınız var sizin, üzüleceğinizi, yalnız kalacağınızı, sıfırdan başlayamayacağınızı, başa saracağınızı düşünür, bunu erteler ve ayrılıkla savaşırsınız. Sonrası mı? Sonrası en can alıcı kısım olan kabullenmek, ilişkinin artık bittiğini, ne yaparsanız yapın olmayacağını, sevginin yetmediğini hatta belki de hatanın sizde bile olduğunu düşünür ve ayrılığı kabul edersiniz. Ama bu kabulleniş bir pes etme, vazgeçme durumu değildir asla. Sözde kabul etseniz bile içinizde hâlâ direnmeye devam edersiniz.

Ayrılık süreci siz kadınlarda biz erkeklere göre ciddi farklılık içeriyor. Zamanlama, duygu yoğunluğu ve davranışlarımız tam tersi orantıda ilerliyor.

Birinci Evre: Bittim, Mahvoldum, Öldüm

Ayrılan veya ayrılığa zorlanan hatta terk edilen kadın, ilk günlerde nefes alamaz, onsuz ne yapacağını bilemez, sudan çıkmış balığa döner ve tam bir melankoli haline girer. Tüm korkuları içini kemirir, yeni bir başlangıcı hayal dahi edemez, canı yanar, ağlar, adamın canını acıtmak ister ama kıyamaz, bunun geçici bir süreç olduğu düşünür ve ne olursa olsun bunu atlatacağına inanır. Dışarı çıkmak istemez, kendi başına kalıp, damar şarkılar dinleyip melankolik haline iyice yerleşir.

Resimlerine bakar, tüm güzel anıları film şeridi gibi gözünün önünde dans eder, sevdiği adamın sesi onunla dalga geçer gibi kulaklarının içinde çınlar. Kadın için bu ilk birkaç gün gerçekten zordur. Şizofreniyle mücadele durumu yaşar. Her yerde her şeyde onu görür, duyar, koklar, hisseder. Geceleri uyuyamaz, sabah uyanmak istemezsiniz, yediklerinizden tat alma duyunuzu bile kaybedersiniz. İçinize öküz oturmuştur resmen. Gözleriniz her an ağlayacakmış gibi sulu sulu bakarken kız arkadaşlarınıza durumu anlatıp size akıl vermelerini ister fakat "Aman salla, sana adam mı yok? Zaten öküzün tekiydi!" laflarıyla yeniden yalnız kalıp, aslında durumun öyle olmadığına "Hayır ya, o öküz değildi. Benim canımdı..." diye düşünerek kendinizi ikna etmeye çabalarsınız. Seviyor ama gelmiyor değil mi? Öküz de öyledir, trene bakar ama binmez.

Onsuz bir hayatın olamayacağına olan inancınız hâlâ çok güçlüdür. Sanki ondan öncesi hiç olmamış, onunla hayata başlamış gibi hissedersiniz. Çok özlersiniz, eliniz telefonda belki arar, bir ihtimal mesaj atar diye beklemekten ruhunuz soğur artık. Her şeyi iyileştirdiğine inandığınız zamana sığınıp "Hayırlısı, inşallah..." gibi cümlelerle avunursunuz. Bu arada zaman diye bir ilaç yok, kıçınızdan ilaç ismi uydurmayın.

İkinci Evre: Silkelen ve Kendine Gel

Ayrılığın üzerinden bir hafta kesin geçmiştir ve artık normal hayata dönme vakti çoktan gelmiştir. Silkelenip o saçma ruh halinden çıkma ve kendinizi dışarı atma isteği başlar. Dışarı atma derken biz erkekler gibi hemen çıkıp yeni birileriyle flörtleşme ya da cilveleşme değil, ne de olsa siz kadınlar atı kıskandırmak için eşeğe binmezsiniz. Daha iyi bir at bulana kadar beklersiniz. Ama evde pijamalarla fonda çalan ağlak Türkçe şarkılar dinleyip zırlarken yediğiniz çikolataların kalorilerini hesaplamadığınızdan bu sürece bir dur deme zamanı çoktan gelip çatmıştır. Ağlarken yediğin o çikolatalar, gün gelir gülerken seni tırmalar...

Kuaföre gidip saçlar kısacık kesilmese bile mutlaka bir değişiklik yapılır. Ayrılık acısına bağlı olarak saçların ne kadar kısaltılacağına Türk kahvesi eşliğinde karar verilir. Ruhlarından öpülmeyen kadınlar saçlarını keserler. Yeni elbiseler ve imajla kızlarla buluşulur ve acil durum toplantısına başlanır. "Yıkılmadım ayaktayım" haline bürünür ve içiniz acısa da artık insan içine çıkarsınız. Sevgilinizleyken ihmal ettiğiniz kız arkadaşlarınızın en zor zamanınızda yanınızda olduğunu bir kez daha anlar ve onlarla hayatın tüm zorluklarına göğüs gerebileceğinizi hissedersiniz. Aman da aman... Yeniden gülüp, eğlenip, ayrıldığınız sevgilinizi düşünmemeye çalışırsınız. O adamın ortalara düşüp önüne gelenle fingirdeştiğini duyar iyice delirirsiniz. Ne de olsa biz erkekler sizler gibi özleyince anılarımıza değil başkalarına sarılırız. Bu yüzden kız arkadaşlarınız hemen işe başlayıp sizi tanıştıracakları diğer baba adayları listesini hazırlamışlardır bile.

Bu süreçte dışarıdan bakıldığında gayet iyi görünseniz de gece yatağa başınızı koyduğunuzda ağlamaya devam edersiniz. Kadının yastığına rimelini akıtan erkekler, hepiniz cehennemliksiniz. Artık kendinize kızmayı bırakıp onun hatalarını da fark edersiniz. İlişkinin bu noktaya gelmemesi için elinizden gelen her şeyi yaptığınızdan emin olur, onunsa tam tersini yaptığı için suçlu olduğuna kendinizi inandırırsınız. Canınız acır ve onun da canını yakmak istersiniz. İyileşme süreci başlamıştır artık. Fotoğraflarına eskisi kadar sık bakmaz hatta telefon rehberine

"Sevgilim" diye kaydettiğiniz adını değiştirip sadece ismini yazarsınız herkes gibi, kendi içinizde onu sıradanlaştırırsınız yani. Bu süre zarfında aklınızda "Acaba arar mı?" sorusu hâlâ çok baskındır. Cevap bulmak için mutlaka bir falcıya gider ve saçma da olsa o falcının iki dudağı arasından çıkacak sözlerden kendinize güç alırsınız. "Merak etme sürüne sürüne dönecek" derse içiniz rahatlayacak ve özgüveniniz tazelenecektir. Şayet "O adam sana göre değil siktir et, başka bir kız görüyorum yanında" derse işiniz zor, süreci başa sararsınız. Ama her iki ihtimalde de akşam mutlaka kızlarla dışarı çıkılıp tercihen rakı muhabbeti yapılır. Gecenin başında "Bitti bu ilişki, artık onu istemiyorum. Bana adam mı yok?" cümleleri havada uçuşurken gecenin sonunda "Geri dönsün, söz bir daha istemediği hiçbir şey yapmayacağım. Çok seviyorum onu..." cümlelerine hızlı bir geçiş yaparsınız. Bu evrenin süreci kız arkadaşlarınızın eğlence seviyesine, kuaförünüzün el becerisine, falcınızın öngörüsüne ve içinizdeki aşkın derecesine bağlı olarak birkaç hafta sürebilir.

Üçüncü Evre: Yeni Hayat,
Yeni Aşk ve Gerisini Çöpe At

Bir kadın bu evreye gelene kadar o eski sevgili ile hâlâ barışamamışsa konu kapanmıştır. İlişkiniz öleli çok olmuş, cenaze namazı kılınmış, hatta kırkı bile çıkmış. Biten ilişkinize ruh çağırma seansları düzenlemekten vazgeçip, ilişkinizi zamanın altına defnettiniz. Artık kadın kalbinde ve beyninde o adamı bitirmiştir. Her ne kadar

"Benim erkeğe ihtiyacım yok, böyle de iyiyim. Yetiyorum kendime" gibi büyük laflar etse de, yeni bir ilişkiye başlamasa da artık başkaları tarafından beğenilmeye, arzulanmaya ve yeniden heyecanlanmaya hazırdır kadın.

Kestirip attığı saçları gibi eski sevgilisini de çöpe atmıştır. Bu süre zarfında daha sık dışarı çıkılır, yeni flörtlere başlanır ve gerçekten eski sevgiliden konuşulmaz. Hatta kendinizi denemek için onu görebileceğiniz mekânlarda tesadüfi karşılaşmalar bile ayarlarsınız. Bu adama "Artık seni sevmiyorum, umurumda bile değilsin. Şimdi bak da gör neler kaybettiğine" deme ve adamı göt etme şeklinizdir. Canınızın acısı geçmiş ve rahatlamışsınızdır artık. Tabii ki bu süreç, aşkınızın gerçekliğine ve derecesine bağlıdır. Sonuçta herkesin ayrılık acısı aşkı kadar. Hâlâ o adama deli gibi âşıksanız, onu gördüğünüz zaman "Kahretsin, kalbim hâlâ ağzımda atıyor. Gidip boynuna sarılacağım şimdi" moduna da geçebilirsiniz. Aman dikkat...

Evet kadın zor ayrılır, ayrılığı kabul etmemek için direnir fakat bittiğini içinden hissederse konu kapanmıştır. Aşkınız fragman, ayrılığınız film olur... Geçmiş olsun...

5. Fabrika Ayarlarına Dönün

Günümüz ilişkileri kadının kovalaması, erkeğin kaçması haline dönüşmüş ve sanki bir oyun oynarmış gibi devamlı tekrar eden bir durum. Tamam, oyun oynamak zevklidir ama ne yazık ki hep biz erkeklerin istediği oyun oynanıyor. Zavallı kızların en sevdiği oyunlara sıra bir türlü gelmek bilmiyor.

Siz ısrarla en sevdiğiniz oyunları oynamak isterken bizler tamamen şımarık bir biçimde yaramazlık yapıyor ve sadece bizim sevdiğimiz oyunları oynamaya devam ediyoruz. Birlikte oyun oynamayı çok sevmemize rağmen aynı oyunlardan hoşlanmıyoruz. Sizin en favori oyununuz evcilik, bizimkiler de buna karşılık olarak oynadığımız köşe kapmaca, yakalamaca ve saklambaç...

Evet, çoğu zaman sizin cazibenize, çekiciliğinize dayanamayıp evcilik oyunu oynamaya başlıyoruz, hatta biz sizi oynamak için çağırıp, aklınızı çeliyoruz. Oyunun başı bizim için de çok eğlenceli ama söylediğim gibi sadece başı. Aslında bu evcilik oyununa başlamamızın tek ve en büyük sebebinin altında "Acaba doktorculuk da oynar mıyız?" heyecanı yatıyor. Tüm derdimiz hemen doktor olup sizi muayene etmek. Ama ne yapalım, çok zevkli...

En sevdiğimiz doktorculuk oyununa başlayıp sonrasında bir doktor edasıyla size iğneyi yapıyoruz. Sizler büyük bir heyecanla evcilik oyununa devam edeceğinizi sanırken bizler yavaş yavaş oyundan hevesimizi alıyor hatta sıkılıyoruz.

İlgimiz dağılmaya başlıyor, hemen arkasından o çok sevdiğimiz oyunu oynayacak, aşı yapacak yeni oyun arkadaşları aramaya başlıyoruz. Siz ne kadar ısrar etseniz, ne kadar çabalasanız da bize evcilik oyununun başı eğlenceli, ortası, hele de sonu çok sıkıcı geliyor.

Siz "Hadi şimdi sen baba ol, ben de anne" dediğiniz anda oyunu sonlandırıp anında köşe kapmaca oyununa atlıyor ve sizden köşe bucak uzaklaşıyoruz. Tam sizler köşe kapmacayı çözüp tekrar evcilik oyununa bizi götürmeyi başardığınızda, o oyundan da sıkılıp yakalamaca oyununa geçiyor ve tüm hızımızla kaçmaya başlıyoruz. Kendinizi ebe sanan sizler de peşimizden koşturup ısrarla yakalamaya çalışıyorsunuz. Şayet sabırla koşarsanız ve nefesiniz yeterse bazen yakalanıyor ve o sevmediğimiz evcilik oyununa geri dönmek zorunda kalıyoruz. Hiçbirimiz baba olup plastik bardaklardan çay içmek niyetinde olmadığımız için hemen yeni bir oyuna yöneliyoruz. Hangisi mi? Saklambaç tabii ki... Sizler gözünüzü yumarak, yüze kadar sayıp "Önüm, arkam, sağım, solum sobe!" dediğiniz anda bizler çoktan hiç bulamayacağınız en kuytu yere saklanmış oluyoruz. Ne kadar ararsanız arayın bulamıyorsunuz bizleri ve küsüp "Bir daha seninle oynamayacağım..." diyorsunuz. Arkasından evciliğe yeni oyun arkadaşı aramaya başlıyorsunuz.

Evet, günümüzdeki erkek ve kadın ilişkileri aynen bu

şekilde. İlişkilerin "Erkek kaçar, kadın kovalar" haline dönüşmüş olması herkese sıradan gelen bir durum artık.

Peki gerçekten normal mi bu durum? Eski devirlerde ilişkiler böyle miydi? Nasıl oldu da ilişkiler bu hale geldi?

Aslında eski devirlerde durum tam tersiydi, kaçan erkek değil kadındı. Bıkmadan peşinden koşan, ısrarla kovalayan da erkeklerdi. Peki, niye her şey çok farklı şimdi? Kadın seçiciyken, seçilen konumuna nasıl oldu da düştü? Unutmayın, her sonuç, başlangıcın içindedir. Nedenini bilemediğimiz hiçbir şeyin çözümünü de bulamayız.

Daha önceleri durum çok farklıydı. Kadınlar romantik hislerini ve cinselliklerini erkeklere göre daha geri planda tutuyor, aslında tutmak zorunda kalıyordu. Kadın flörtün ilk başlarında erkek tarafından gösterilen ilgiyi ya kabul eder ya da reddederdi. Erkek, kadının etrafında koşturur, pervane olur, buna karşılık kadın karşısındaki adamdan emin olana kadar tepkisiz kalırdı. Kadınlar için cinsellik evlenene kadar kapalı bir kutuydu. Evlilik kurumuna girmek ve o konumda itibarlı olmak için cinsellikten kaçmak zorundaydı kadınlar. Bu kendini kocasına saklama durumu, onlara ahlaki, dini ve toplumsal bir statü kazandırıyordu.

Görücü usulü evlilikleri bir tarafa bırakırsak, seçen her zaman kadın, seçilen ise erkek konumundaydı. Yirminci yüzyıl öncesinde, özellikle Batı toplumlarında erkekler bir kadınla birlikte olabilmek ve bir yuva kurabilmek için kendilerini ispat etmek mecburiyetindeydiler. Bu yüzden flört boyunca daha aktif ve daha romantik olmak zorunda kalıyorlardı. Eski dönem edebiyatında, bu romantizmin etkisini fazlasıyla görebilirsiniz. Bir kadına âşık olup onun için ölmeye hazır olan adamlar, buram buram aşk kokan şiirler ve mektuplar, işte hep bu kurların göstergesidir. Kadınlar tüm bu cilve ve flörtlere, önlerine bir evlilik teklifi gelene kadar bariz bir karşılık vermezdi. Duygularının karşılıklı olduğundan, adamın iyi bir eş ve baba olacağından emin olana ve bunun sadece bir gönül eğlencesi olmadığını anlayana kadar sessiz kalırlardı. Aşkını, ilgisini dibine kadar göstermesi gereken erkek, ancak bunu gerçekten ispatlarsa o kadınla evlenebilirdi. Kadınlar toplumun birçok noktasında haklardan mahrumken, duygusal kararlarında sanıldığının aksine oldukça güçlüydüler.

Erkekler evliliğe kadınlara nazaran daha çok ihtiyaç duyuyordu. Gündelik hayatın ve iş hayatının daha rahat, verimli geçmesi için evde bir kadının olması onlar için çok daha zorunluydu. Sosyal statü ve iş hayatı açısından da evli olmak bir erkek için neredeyse şarttı. Şimdi erkeklerden duyduğunuz "Özgürlüğüm kısıtlanıyor. Bekârlık sultanlık" gibi lafları bırakın duymayı tam tersi bekârken hayatları çok daha zordu. Bu yüzden erkekler evlenmek için kadınlara kıyasla çok daha hevesliydi. Evlilik, aşkla birlikte kadının, evinin ve kocasının hayatını düzenine oturtması ve adamın çok daha rahat çalıştığı iş hayatında başarılı olmasında en önemli araçtı.

Ayrıca şimdiki gibi kıçı başı ayrı oynayan erkeklerin, döneklerin değil, gerçek adamların dönemiydi. Erkeklik kavramı, kadına, karısına sağlam duygular hissetme, gösterme, söz verme ve sözünde sonuna kadar durma ve tam anlamıyla bağlanma kapasitesine bağlıydı. Güvenilirlik ve sözünde durmak erkek karakterinin vazgeçilmez unsurlarıydı.

Biraz önce de bahsettiğim gibi, mantıklı düşünürsek dönem ne olursa olsun erkeğin evliliğe daha çok ihtiyacı var gibi görünüyor. Erkek bu işten daha kârlı çıkıyor, kadın kocasına bakıyor, her şeyiyle sanki çocuğuymuş gibi ilgileniyor. Yediriyor, içiriyor, kıyafetlerini seçip giydiriyor, adamın ailesiyle, akrabalarıyla bile bağlarını güçlendiriyor, erkeği iş hayatında yönlendiriyor, teşvik ediyor, kol kanat geriyor, çocuk doğurup bakıyor, eğitiyor. Peki erkek ne yapıyor? Tek yaptığı –ki onu da becerirse– çalışıp eve para getiriyor. Normalde erkeğin "Tutmayın lan beni, evleneceğim!" diyerek evliliğin içine atlaması gerekmez mi?

Yirminci yüzyılda kadınların iş hayatına girişi ve gittikçe çok daha aktif olması, ekonomik özgürlük kazanmasıyla birlikte ilişkiler de değişmeye başladı. Kadının ekonomik özgürlüğü ilişkilere bakışını da değiştirdi ve özgürleştirdi.

Kadınların hak ettiği ve sahip olduğu özgürlük sadece iş ve özel hayatında kalmadı, cinsel özgürlüğe de dönüştü. Kadınlar daha önceki devirlere göre daha rahat davranmaya ve yaşamaya başladılar. Bu durum zamanla ilişkilere de doğal olarak yansıdı. Tabular yavaş yavaş yıkılmaya ve evlilik dışı ilişkiler, cinsellikler çok daha rahat ve özgürce yaşanmaya başlandı.

Kadının ekonomik özgürlüğü ve arkasından gelen cinsel rahatlığı öncesinde, erkeğin yaşayabildiği tek seks, evlilik içerisindeyken karısıyla veya evlilik dışında para karşılığıylaydı. Erkeğin önceliğinin seks dürtüsü olduğunu biliyorsunuzdur. Hâlâ bilmiyorsanız da öğrenin artık.

Doğadaki tüm canlılar gibi erkeğin görevi çok seçici olmadan önüne gelen ve onu seçen dişiye sperm saçmaktır. Bu doğanın, evrimin biyolojik dengesi. Bizler sevişmeye, çoğalmaya programlanmışız. Neslin devamı için erkeklerin görevi çocuk yapmak, bakmak değil. Çocuk yapabilmek için de doğa bize oldukça zevkli bir uğraş vermiş, yani seks. Düşünsenize, şayet seks acılı bir sonla bitseydi, haz yerine ağrı hissetseydik insanlık hâlâ var olur muydu? Kimse sevişmez, dolayısıyla da doğurmazdı. Muhtemelen insan nesli aynı dinozorlar gibi çoktan yok olmuştu.

Erkeğin bu psikolojik, biyolojik ve evrimsel cinsellik dürtüsü toplum tarafından da benimsenmiş hatta erkeğin çok sayıda kadınla cinsellik yaşaması güç ve statü göstergesi bile olmuş. Bunda, tarih boyunca sadece ayrıcalıklı ve üst düzey statüdeki erkeklerin (kral, prens, sultan, kont, padişah vb.) çok fazla kadınla olabilmelerinin de etkisi vardır mutlaka. Birçok kadınla yaşanan cinsellik, güçlü, varlıklı ve yüksek statülü erkeklerin yaşayabildiği bir ayrıcalıktı. Toplumsal ve erkekler arasındaki onaylanmanın bir yolu, göstergesiydi...

Bu durum günümüzde hâlâ devam ediyor. Toplum, ailemiz, çevremiz, arkadaşlarımız hâlâ çok birliktelik yaşayan erkeklere güçlü, becerikli, karizmatik ve şanslı gözüyle bakıyor. Daha küçük yaşlarımızdayken bir kızla berabersek "Aferin oğluma!" lafını ailemizden, sonraları ne kadar çok kızla birlikteysek "Helal olsun!" takdirlerini çevremiz ve arkadaşlarımızdan duyuyoruz. Bu konuda şayet çok seçenekli olmasak bile yalan söylüyor, farklı görünmeye çalışıyoruz kimi zaman. Hayatımıza giren kadın ve sevişme konularında abartıp, "Geçen şu kızla beraberdim, şununla buluştum, şununla birlikte oldum. Hepsini idare ediyorum, şu kadar kız hayatıma girdi" gibi skor böbürlenmesi yapacak kadar saçmalıyoruz çoğu zaman.

Çok kızla birlikte olmak, onlara abartılı değer vermemek için gizli bir baskı içindeyiz neredeyse. Ne kadar çok kız hayatımızdaysa o kadar güçlü bir erkek olduğumuzu sanıyor, öyle bir havaya sokuluyoruz.

İnanın erkekler için birçok kadın tarafından beğenilmek, arzulanmak, sevişmek statü göstergesi gibi artık. Bu durumu abartıp ilk buluşmasında kıza anlatan mal herifler bile var. Geçenlerde bir kız anlatmıştı yaşadığı bu durumu.

Adamla bu kızımız bir şekilde tanışıyorlar ve en sonunda bir restoranda ilk buluşmalarını yaşıyorlar. Konular havadan sudan devam ediyor ama adamın burnu havalarda. Kızın tam kelimeleriyle:

— Adam bir havalarda sorma. Kendini bir şey sanıyor. Nedir bu özgüveni diye merak edip deşiyorum adamı. Kaçacağım hemen ama yapamıyorum, oturmuşuz artık. Ayrıca karnım da çok aç. Neyse birkaç duble şaraptan sonra adam şakımaya başladı. Bana, bilmem kaç kız arkadaşı olmuş, kaç kızı idare ediyormuş, kaç kız onun için ölüyormuş diye böbürlenmeye başladı. İnanamadım kulaklarıma... Yani bir kızın en nefret ettiği konuyu, kızları nasıl aldattığını, arkalarından ne dolaplar çevirdiğini ballandıra ballandıra, sanki çok matah bir şeymiş gibi anlatıyor. İşin tuhafı, bunların beni etkileyeceğini de sanıyor geri zekâlı herif. Yani sanki, "Bak ben işte böyle, her kızın istediği muhteşem bir adamım. Boş değilim, boş olsam bu kadar kız peşimden koşturmazdı. Hadi sen de katıl..." diyerek beni ikna edecek. Kendi çapında sultan olmuş, kurduğu haremine beni de alacak. Bu normal mi sence?

Nasıl olur da bir erkek ilk buluşmada tüm bunları bana anlatabilir? O kadar geri zekâlı bir adama da benzemiyor uzaktan bakınca.

Gülmeye başladım ve adamın altyazılarını arkadaşıma elimden geldiğince anlattım:

– Bak canım, biz erkekler kendi aramızda aynen böyle konuşabiliyoruz ve bunu dinleyen diğer erkeklerden "Vay, helal olsun kardeşime, yakışır..." gibi onay ve takdir alabiliyoruz. Bu salak muhtemelen içkinin ve senin burnundan kıl aldırtmayışının da etkisiyle coşmuş ve sana dökülmüş. Seni erkek yerine koymuş yani. Aynen o şekilde anlatmış her şeyi. Muhtemelen birçoğu da yalan ve abartıdır zaten. Olmadığı ve olmak istediği karakteri oynamış. Gerçek olsa çok kadın tanıyor olurdu ve zaten bunları bir kadına anlatmaması gerektiğini gayet iyi bilirdi. Biz erkeklerde işte böyle bir saçma algı ve diğer erkekler tarafından gereksiz saygı duyulma arzusu var. O yüzden yaşadıklarımızı abartarak anlatmaya bayılırız.

Bunları onun şaşkın bakışları altında anlatırken aklıma bir fıkra geldi, çok fıkra bilmem ve çok da sevmem ama bu anlatacağım güzel bir durum tespiti:

Jennifer Lopez ve Dursun bir gemi kazası geçirirler ve ıssız bir adaya düşerler. Adada sadece ikisi olduğu için Jennifer ablamızın da başka seçeneği yok ve can sıkıntısından sabah akşam sevişmeye başlarlar. Aradan zaman geçer ve Dursun durumdan eskisi kadar zevk almamaya başlar. Jennifer şaşırır, Dursun'a ne olduğunu sorar, ne isterse yapabileceğini söyler. Her türlü fanteziye açık olduğunu, her şeyiyle emrine amade olduğunu, nerede hata yaptıysa düzeltmeye çalışacağını anlatır. Dursun inatla Jennifer'a "İstediğim şeyi yapabilmen mümkün değil" der.

Tam o günlerde sahile bir sandık vurur, içinden bir takım elbise ve bir şişe rakı çıkar. Bunu gören Dursun'un gözleri parlar. Hemen Jennifer'ı çağırır, saçlarını kısacık kesmesini ve akşama bu takım elbiseyi giyerek hazırlanmasını söyler. Jennifer seks hayatlarının bu fantezi ile tekrar düzeleceğini düşünerek heyecanla hazırlanır. Saçları kısa, takım elbiseli haliyle erkeğe benzeyen Jennifer sahile gelir ve bir bakar ki, Dursun sandığın üzerine mükellef bir rakı sofrası kurmuş ve masayı mezelerle donatmış.

Dursun elini Jennifer'ın omzuna atar. Rakı kadehini kaldırır ve tokuştururken konuşmaya başlar:

"Ulan Cemal, bir aydır kimi götürüyorum biliyor musun? Anlatsam hayatta inanmazsın!"

Erkekler yaşadıkları kadın ve seks hikâyelerini anlatmak zorunda hissederler, anlatmazlarsa eksik kalırlar. İşte tüm bunun sebebi, erkekler arasındaki sosyal statüsünü çok seçenekli olarak gösterip yükseltmek arzusudur. Erkekliğini seks yaparak ispat etme arayışı da diyebilirsiniz düştüğümüz bu salak duruma.

Bir erkeğin hava atacağı, gösteriş yapacağı, etkileyeceği birkaç şeyi vardır, statüsü, parası ve kadınlar tarafından beğenilmesi ki parayı ve statüyü de kadınlar tarafından beğenilmek için gerekli görür, yani işin özü kadın.

Geçenlerde bir arkadaşımdan duyduğum bir laf var ve çok doğru. Biz erkeklerin lüks araba merakının altında yatanı tabii ki biliyordum ama pahalı saat merakını tam olarak çözememiştim. "Lüks arabasını barın, restoranın içine sokamayacağı için koluna arabası değerinde saat takıyorlar" demişti. Hak verdim, gücünü, parasını göstermek için yani. Nasıl bir horoz tüylerini kabartıyorsa adam da saatini kabartıyor.

Yani aslında ne yaparsak gücümüzü, karizmamızı, statümüzü, etkimizi göstermek için yapıyoruz. Bunun da tek bir sebebi var bana göre farkında olmadığımız, onun uğrunda çırpındığımız seks ve iktidar güdüsü.

Yaşamımızın artık büyük bir parçası olan sosyal medya, ilişkilerin de seyrini fazlasıyla değiştirdi. İlişkilerin değişmesinin en başrol oyuncularından biri artık. Özel hayatlarımızla arasındaki çizginin giderek incelmesi ile sosyal medya, kimi zaman yeni ilişkilere kolay bir başlangıç zemini olurken, kimi zaman da sevgililerin ve evli çiftlerin arasındaki tartışmaların ve boşanmaların sebebi oluyor.

Sosyal medyada harcanan zamanın giderek artması, günümüzdeki ilişkilerin doğasını da ciddi ölçüde değiştirmeye başladı. Özellikle aşk ilişkileri, sosyal medyanın hayatımıza girmesiyle beraber büyük bir hızla değişim gösterdi. Bu yeni mecralar sayesinde artık sokağa bile çıkmadan karşı cins ile tanışabiliyor, ilişkiye başlayabiliyoruz. Bu da yüzeysel ve sahte ilişkilere sebep olduğu gibi ilişki içindeyken de başkalarıyla sosyal flörtleşmeye, akıl ve gönül kaymasına hatta ilişkilere kadar ilerleyebiliyor. Birçok kızla tanışıp ilişkiyi çok çaba sarf etmeden, hak etmeden kurabiliyoruz. Bunun verdiği rahatlık tek bir kıza bağlanmamızı gerçekten zorlaştırıyor. Bu kadar çok kızla tanışmak, rahat ve hızlı ilişki kurmak bizim kafamızı karıştırıyor. Diğer kızları da tanımak, seçeneklerimizi görmek istiyoruz doyumsuzca.

Son dönemde aldatmaların büyük bir kısmının sosyal

medya tanışmalarından doğduğunu artık hepimiz biliyoruz. Bu durum hem fast food ilişkilere, hem de telefon, bilgisayar başında tekno aldatmalara yol açtı. İlişkiler aynı telefon şarjımız gibi, anında tükeniyor. Pili tüketen de sosyal medya uygulamaları...

Öyle bir zaman ki, herkes hızlıca arkadaş, çabucak dost, hemen sevgili ve bir çırpıda düşman oluyor.

Biz erkekler seri ilişkiler yaşayıp, tek bir kadına bağlanmakta, seçenek bolluğu içerisinde bir kişide karar kılmakta zorluk çekiyoruz. Sizlere nazaran çok daha fazla duygusal ve cinsel seçeneğe sahibiz. Sizin üzerinizdeki duygusal hâkimiyeti yaratan da işte bu eşitsizlik. Bağlanmak isteyen bir kadını etkilemek, güç sahibi olmak ve kadının kontrolünü tamamen ele geçirmek her geçen gün daha da kolaylaşıyor bizler için. Kendinizi adamın şımarık ve beceriksiz ellerine teslim ediyorsunuz.

Eski devirlerde erkeğin genel evlenme sebepleri, seks, düzen ve aile kurmaktı. Çok daha az olsa da tabii ki aşk evlilikleri de vardı. Şimdi evlilik ve bağlanma kararını etkileyen seks ve düzen tüm çıplaklığıyla önümüze serilmiş durumda.

Erkekler evlilik kavramını cinsel bir piyasa olarak görüyor ve bu cinsel piyasada daha uzun süre kalma çabası içerisindeyken, kadınlar cinsel piyasayı evlilik kavramı olarak görüp orada daha kısa bir süre kalmaya çalışıyorlar. Yani biz erkekler evliliğe giden yolda yaşanan ilişkilerden cinsellik olarak faydalanırken, siz kadınlar bu cinselliği bizi evlilik yoluna sokmak için kullanıyorsunuz çoğu zaman.

Zaten modern yaşam ve kadınların cinsel özgürlüğe sahip olmasıyla seks sadece evlenince sahip olabileceğimiz veya ayrıcalıklı erkeklerin sahip olduğu bir ödül olmaktan çıktı ve artık her erkeğin önüne altın tepsiyle sunulmaya başlandı. Cinselliği günlük veya kısa vadeli ilişkilerin içindeyken çok fazla çaba sarf etmeden, rahatça, toplum tarafından yargılanmadan, hatta takdir edilerek yaşayabiliyoruz. Artık bunun için evlenmemize gerek yok.

Günümüz şartlarında büyükşehirlerde yaşayan, maddi durumu yeterince iyi ve ilişki seçenekleri bol olan bir erkek için ciddi ilişki yaşamak ve evlilik kararı almak oldukça zor. Şimdi yüksek sesle düşünelim, böyle bir adama evlilik ne veriyor ve ne alıyor diye.

Büyük bir ihtimalle birçok bekâr arkadaşından kopacak, kendine ait alanı daralacak, sorumlulukları artacak, özgürlüğü kısıtlanacak, cicim aylarından sonra seks hayatı eski hızında olmayıp azalacak, harcamaları artıp parası azalacak, daha çok çalışmak zorunda kalacak, ona hayran olan kız ordusu yok olup, eleştiren, değiştirmeye çalışan bir kadın hayatında olacak, kendini bırakıp emekli moduna geçecek, bir de üstüne her yaptığı şey için hesap verecek, şayet boşanma olursa ki evliliklerin büyük kısmı öyle sonuçlanıyor, çocuklarıyla birlikte, mal varlığının yarısı da kadına gidecek. Uzun lafın kısası, gençliğiyle, imkânlarıyla, ona hayranlık duyan bol seçeneğiyle, altın tepside sunduğunuz açık seks imkânlarıyla, özgürlüğüyle, parasıyla rezil olacak. Şimdi elinizi vicdanınıza koyarak söyleyin bana, bu tarz adamlara sanki psikolojik bir rahatsızlığı varmış havasında "Bağlanma fobisi var" deyip suçlamalı mıyız? Yoksa, "Adam dibine kadar haklı, ben de olsam aynısını yapardım mı?" demeliyiz. "Bağlanma fobisi mi yoksa akıllı seçim mi? Bunun cevabını gerçekten empati yapmayı becerebildiğiniz, onun ayakkabısının içine girebildiğiniz zaman verin. Cevaplarınızı bekliyorum. @1istanbulerkegi

Aslında ilişkilerin değişmesinin, erkeğin evlilikten kaçmasının inanın ana sebebi bu. Bize koşulsuz ve çabasız seks sunmanız. Yani yine suçlu siz oldunuz. Elinizdeki en güçlü silahı bir anda bize teslim ettiniz.

Bunun geri dönüşü kesinlikle mümkün. Hatta çok basit...

Tüm kadınlar birleşin, örgütlenin ve birlikte bir karar alın ve fabrika ayarlarınıza dönün. Eğer bu söyleyeceğim kararı gerçekten uygularsanız, inanın ilişkiler de tekrar olması gerektiği yere geri dönecektir. Erkekler yeniden romantik bir şekilde peşinizden koşacaktır.

Tek yapmanız gereken, evlenmeden seks yok demek ve üç ay bu yasağa uymak.

Biliyorum yapamazsınız, aranızdan birçoğu hile yapar ama şayet bunu becerebilirseniz, her şey yeniden çok farklı olur. Unutmayın, kadınların "hayır" diyemediği bir dünyada, erkeklerin harem kurup sultanlık yaşadığı bekâr hayatından vazgeçip evlenmesi, inanın düşündüğünüz kadar kolay değil.

Hadi, birleşin, örgütlenin ve hemen ilişki devriminizi başlatın...

6. Kadınların Kalpleri Basılmamış Romanlardır

Seni gerçek kadın yapan nedir farkında mısın? Güzelliğin, kıyafetin, makyajın, vücut hatların değil sadece. Dünyanın en kutsal ve en zor işidir kadın olmak. Bir sürü role bürünmek ve hepsini mükemmel yapmak zorunda kalmaktır kadın olmak. Baştan çıkaran bir sevgili, sevecen bir eş, şefkatli bir anne, şehvetli bir âşık, başarılı bir işkadını, mükemmel bir aşçı, titiz bir ev hanımı, sırdaş bir arkadaş, iffetli, sabırlı, çekici, hırslı, asil, zeki, anlayışlı, bakımlı, seksi, güzel bir kadın olmaktır diye öğrettiler bize kadın olmayı. Peki, gerçekten kadın olmak sadece bu mu?

Gerçek kadın olmak, duygularının, beklentilerinin, yaşadıklarının, hareketlerinin ve tüm bunları nasıl, niye ve kime yaptığının bütünüdür. Evden çıkarken o hazırlanışın, o aynaya bakışın, makyaj yapışın, acaba kilolu mu gösteriyor deyip son anda değiştirdiğin o kıyafetin, zorlanarak giydiğin topukluların, asansöre bindiğinde yeniden aynaya bakıp makyajını kontrol edişin, saçını beğenmeyip kuaförüne kızdığın o anın, saçını neden kestirdiğini hatırlayıp sövdüğün o eski sevgilin.

"Niye yalnızım hâlâ? O bile evlendi..." diyen içsesin, gittiğin yerde "Evet, o gece işte bu gece" diyerek seni dolduran arkadaşın ve her seferinde senin de buna inanışın, mekâna girdiğinde elbiseni çaktırmadan düzeltişin, içkini, yemeğini yine kendi kendine sipariş edişin, bir anda elbisenin fermuarını zorla çektiğin ve tekrar nasıl tek başına indireceğinin aklına gelişi.

Ailenin, arkadaşlarının "Eee, evlilik ne zaman?" sorularına maruz kalışların, önceki ilişkilerinde yaptığın hataları bir daha yapmayacağını düşünüp çıtanı yükseltişin, aslında artık seni hiçbir şey üzemez gibi gelmesine rağmen anılarla hüzünlenişin, yalnızlığa alıştığın her anda birlikteliği özleyişin, "Ben her şeyin en güzelini hak ediyorum" diyerek isyan edişin, "Kedilerle mi yaşlanacağım?" soruların ve bundan ölesiye ürkmen ama her şeye rağmen hayattan vazgeçmeyen o dimdik duruşun, o güzel göğsünü gererek hep taze kalabilmen, umutların.

Kendini öne itişlerin, geri çekişlerin, acabaların, olmaz deyişlerin. Sana yanaşan, hiçbir şey hissetmediğin adamlara boşluğumu doldurur belki diye düşünerek salak espirilerine bile gülüşlerin ya da karşına çıkan en doğru adama delice şüphelerle bakıp itişlerin. Kaç yaşında olursan ol önceki yaşadığın deneyimlerinden dolayı ördüğün surlar, kaleler ve ne yaşarsan yaşa, ne kadar duvarlar örersen ör kaybetmediğin aşk inancın, genç kızlığın.

O bebek çığlıkların, doğmadan adını koyduğun çocukların, ulaşamayışların, ulaştıklarına değer vermeyişlerin, acabaların, soruların, dünlerin, çözemediklerin, bugünlerin, yarınların, gelecek korkuların, yalnızlığın, sahte kalabalıkların, ne işim var bu adamla deyip, ölüyorum ona deyişlerin, bu halde toplu taşımaya binemem deyip taksiye daha da ürkerek binişlerin. Tek başına uyuyamayıp, horlamayı da çekemeyişin, çocukluğunu özleyip, yaşlılığını hayal edemeyişin, Barbie bebeklerle büyüyüp, oyuncak arabalarla büyüyen adamları anlamaya çalışmaların.

Adam beni öpecek mi diye düşünürken, acaba ağzım kokuyor mudur telaşların, devamında sevişsem mi, ilk gece olmasın ya yine adam kaybolursa korkuların, sevişmene bile doğru düzgün kendini veremeyişin, birlikte olursam ona aidiyet hisseder miyim endişelerin, eğer dibine kadar sevişiyorsan da bu sefer adam ne düşünür diye kafanı takışların, yarın arar mı diye düşünüp yarım kalışların, erkekleri anlamaya çalıştığın o gereksiz her şeyi bilme isteğin.

Özlemin, hasretin, acıların, aşkın, şefkatin, ayrılığın, hırçınlığın, isyanın, özgürlüğün, çift olma merakın, vahşiliğin, uysallığın, sabrın, sahiplenilme ihtiyacın, hiç bitmeyen merakın. İşte tüm bunlar senin kadınlığın, dişiliğin, dibine kadar seni sen yapan güzelliğin, masumluğun. Kaybetme kal böyle, değişme, bozulma, bekle, sakla, yaşa, sev, sevil, öp, seviş, terk et, kız, gül, ağla, bağır, isyan et, kahkaha at, şükret...

Unutma, seni sen yapan umudunu kaybetmeden yaşadığın her an. Sahip çık kendine, has secret et diğer her şeyi, doya doya canının istediği gibi, millet ne derlere takılmadan, gerçek aşka olan inancını asla kaybetmeden özgürce yaşa... İçsesin sana en doğruları söylüyor, keşke ne söylediğini bir dinlesen. Sevdiğini dibine kadar göstermeyi de, gerektiğinde arkana bile bakmadan gitmeyi de bil. Bekle, sabret, seyret, şükret, yanlış olanın beklemek değil, beklentiyi düşürmek olduğunu sakın unutma.

Her tanışma bir acaba, her ilişki bir macera, her aşk bir roman, her ayrılık da bir şiirdir. Zaten her kadının kalbi basılmamış bir roman değil mi? Yaşanacak ve yazacak anlarınız olsun...

Birisiyle yaşlanın, birisi yüzünden değil...

Siz ne dersiniz? @1istanbulerkegi